JAMES BOND
007典藏精选集

# 微量的慰藉

[英]伊恩·弗莱明　著

徐建萍　译

北京联合出版公司
Beijing United Publishing Co.,Ltd.

图书在版编目（CIP）数据

微量的慰藉 / （英）伊恩·弗莱明著；徐建萍译. — 北京：
北京联合出版公司，2016.7（2019.3重印）
（007典藏精选集）
ISBN 978-7-5502-7723-6

Ⅰ．①微… Ⅱ．①伊… ②徐… Ⅲ．①长篇小说－英国－现代
Ⅳ．①I561.45

中国版本图书馆CIP数据核字(2016)第107194号

# 微量的慰藉

作　　者：伊恩·弗莱明
译　　者：徐建萍
出版统筹：新华先锋
责任编辑：孙志文
特约编辑：吕露冰
封面设计：吴黛君
版式设计：朱明月

北京联合出版公司出版
（北京市西城区德外大街83号楼9层　100088）
三河市嘉科万达彩色印刷有限公司印刷　新华书店经销
字数157千字　620毫米×889毫米　1/16　15印张
2019年3月第2版　2019年3月第2次印刷
ISBN 978-7-5502-7723-6
定价：59.00元

# 007 目录

CONTENTS 微量的慰藉

## 微 量 的 慰 藉

詹姆斯·邦德离开伦敦来到巴哈马的首都拿骚已经一个多星期了，他这次的任务已经圆满完成。第二天，他就要去迈阿密执行一项例行的调查任务。

这是他在拿骚的最后一个晚上。总督特意为他举行了告别晚宴，一位总督的副官和巴哈马富翁哈维·米勒及其夫人作陪。晚宴上，邦德感觉与他们几乎没有什么共同语言，气氛也不是特别热烈。人们一直在津津乐道地谈论空中旅行，邦德更是觉得非常无趣。

米勒先生和太太要去蒙特利尔，副官陪着这对百万富翁夫妇去机场。邦德不得不和总督寒暄上一个钟头之后才能回旅馆睡觉。"我一直在想，假如我结婚的话，一定要找个空中小姐做妻子。"于是，邦德装作非常漫不经心地说道。

"是吗？这是为什么呢？"总督的口气稍微有些冷淡，但一直彬彬有礼。

邦德心里很希望总督和他聊天时能够轻松一点儿。换句话说，多点儿人情味儿。"这个我也说不好。不过想想，如果随时都有个可爱的姑娘服侍我，睡觉时帮我掖好被子，还能端水送饭，嘘寒问暖，那该多好啊！还有就是空中小姐常面带微笑，让人觉得心里舒服。"

邦德其实根本没有结婚的打算，更没有打算要娶一位空中小姐做妻子，就算是要结婚，他也不会选择一个既乏味又无趣的奴仆做妻子。他说这些话无非是想和总督找到一些感兴趣的话题，活跃一下气氛罢了。

"我觉得和空中小姐结了婚，恐怕和想象当中的会不一样。工作的时候，她们亲切的笑容和热情的服务自然迷人，因为那是她们的工作，下班之后很难说不是另外一副面孔。"

听了总督的话，邦德觉得合情合理，赶忙解释道："我没有迫不及待要结婚，所以还没有对空中小姐做过具体的调查。"

接下来便是一阵沉默。

在手上的雪茄熄灭后，总督重新点燃。当他再次张口时，声音里似乎有了些感情："我以前的一个朋友，他和你有过类似的看法，没想到他真的爱上了一个空中小姐，并且结婚了。想想这真是一段颇有趣的故事。"总督稍微停了一下，侧过脸斜视着邦德，笑了笑，又说，"我想，你是看过很多生活的阴暗面的，而这段故事并不是什么美满幸福的童话故事，你想知道这是为什么吗？"

"乐意倾听。"邦德故意使自己的声音听起来充满了热情。他不太清楚总督所指的那些生活的阴暗面和自己想象中的是否一样，但至少和空中旅行这件事比起来至少会有趣很多吧！他在那张过于柔软的沙发上坐得有些不舒服，于是站起来，又往酒杯里倒了一些酒，拖了一张椅子，隔着放酒的小车和总督斜对面坐着。

总督自始至终都在看着短短的雪茄烟头，就连讲话的时候眼睛也始终没有离开雪茄头上的烟灰，好像在和眼前升起的一丝丝烟雾说话。总督开始叙述他的故事："这个人叫菲利普·马斯特斯，他和我差不多大，我们在同一个部门工作，我比他早去一年。马斯特斯虽然资质平庸，但是非常勤奋干练，给人留下很好的印象，让大家觉得他工作很踏实。他曾就读于牛津大学，学业完成之后，申请去殖民地工作，被录用了。最初，他被派往尼日利亚，然后他在那里干得很好。他思想开明，虽然他不一定是真的想和本地人亲近友好，但是他和他们相处得也非常融洽。"总督的嘴角露出一丝微笑，"他的这种做法，在当时却让上司感到难以理解，于是他们之间有些隔阂。"

总督停下来吸了口烟，然后俯身把马上就要掉下的烟灰抖到咖啡杯里。他靠着沙发，把目光再次投向了邦德："我敢保证，他对当地人的感情和他的同龄人对异性的迷恋差不多。不过稍有些遗憾，菲利普·马斯特斯的性格很是腼腆，举止也很笨拙。同女人打交道时，总是愁眉苦脸，不知该如何相处，所以也一无所获。之前在牛津学习的时候，他也是只知道应付各种考试，曲棍球是他仅有的爱好。放假的时候，他都是到威尔士的姊姊家消磨时间，去参加当地一些俱乐部组织的登山活动。他的父母在他上中学时就离了婚。虽说是独生子，但进入牛津大学以后，他的双亲就不再理会他的生活了。因为有奖学金和津贴，他吃穿倒没有什么问题。只是他几乎没有时间去追求异性，甚至和那些有过一面之缘的姑娘做自我介绍的机会都非常少。就是这么平淡无味，他的青春在缺乏情感交流的生活中一天天过去了。有时候，我常常会想他的这些经历，他为什么能和尼加拉瓜的有色人种的关系那么好？我猜大概就是因为长期以来，他生活的环境几乎不存在爱，而潜藏在内心深处的那份情感无处宣泄；而尼加拉瓜有色人种生性善良，他从他们的相处中得到了爱，也使自己蠢蠢欲动的情感找到了一个归宿。"

"说白了，其实最麻烦的还是由于他不知道和那些漂亮的黑人姑娘怎么避孕吧！"邦德觉得总督有点儿太过于正经了，便插嘴说道。

总督把一只手举起来，说话的口气中明显表明他讨厌邦德这种庸俗的论调："不，不，你完全误会了。我刚才说的和性爱一点儿关系也没有。你不了解他，他是那种绝对不可能和黑人姑娘发生关系的人。实际上，他的性爱知识少得可怜，甚至可以说是一窍不通。这种情况即使放在现在，也并不少见，更何况在那个时候。其实，正是这种对性爱的无知，才造成了许许多多的灾难性婚姻和其他的一些让人悲伤的事情。我想你会同意我的观点的。"邦德点点头。

总督接着说下去："我这么不厌其烦地介绍他的情况，就是想告诉你，一个人的内心情感丰富，而外表只是一个蒙昧的单纯青年，他不是在自己成长的社会环境中寻找爱，而是跑到一个无论是物质还是精神文明都落后的社会中去追求爱，来达到内心的满足，这一切都是环境造成的。总之，他的心太过于敏感，而生理上又表现得非常冷淡。除了这点之外，他的确是个健全的、非常优秀的公民。"

邦德伸直了双腿，轻轻地抿了一口白兰地，听得兴致勃勃。总督的叙述虽然平铺直叙，但给人很强的真实感。

总督接着说道："你还记得尼加拉瓜第一届工党政府做的第一件事吗？这届政府做的第一件事便是改革英国在海外的工作。年轻的马斯特斯干的一切恰好和这届政府的一些政策相吻合。当时尼加拉瓜新上任的总督思想很开明，当他惊奇地发现自己的下属中，居然会有这么一个年轻人与自己的想法如出一辙，虽然这个年轻人所做的仅仅是在他有限的职权范围内，这位总督依旧深感高兴。从那以后，他大加赞赏菲利普，并委以重任。当他该升迁的时候，总督甚至专门为他呈递了一份资料，里面对他极尽赞美并大力推举，这样使他一跃成为百慕大政府的副部长。"

"希望这个故事没有让你感到非常乏味。我马上就要说到实质性的问题了。"总督透过一缕一缕青烟注视着邦德，语调中带着一丝歉意。

"您请继续说吧，我对这个故事很感兴趣。马斯特斯这个人好像浮现在了我的眼前似的。你一定和他很熟吧？"总督顿了一下，回答道：
"在百慕大时我是他的上司，也是在那个时候了解他的。这要从英国和
非洲刚刚开始空中通航的时候说起。有一回，菲利普没有坐轮船，而决
定乘飞机回伦敦度假，这样他就可以在伦敦享受一段较长的假期。他先
乘火车到内罗华，然后乘坐帝国航空公司的飞机。由于这是他第一次坐
飞机，他有些紧张，又很兴奋，对一切也都非常感兴趣。飞机起飞之前，
空中小姐给了他一块糖含在嘴里，并嘱咐他坐好时系上安全带。他发现
这位空中小姐长得很可爱。

"当飞机起飞后，飞行很平稳，这让他觉得乘坐飞机其实没有他
想象中的那么可怕。这时那位空中小姐又来到乘客较少的客舱，笑眯眯
地对他说现在可以解开安全带了。马斯特斯动作很笨拙，无论如何都解
不下来。于是，她弯腰替他解了下来。这种有些亲昵的举动让马斯特斯
显得有些尴尬，也有些手足无措，接着她对他的感谢报以一个美丽的微
笑，然后轻轻地坐在过道另一侧的空位子的扶手上，询问起他这次的旅
行情况。两人轻松地聊着天，马斯特斯为她的美貌倾倒。在和他交谈时，
这位空中小姐落落大方，也很自在，对他所讲到的那些非洲见闻表现出
浓厚的兴趣，这一点更令他有些受宠若惊。她似乎非常羡慕马斯特斯那
充满了趣味和魅力的生活。马斯特斯因此有些飘飘然了，感觉自己的地
位一下子提高了许多。

"午饭的时间快要到了，空中小姐去准备午餐了，留下他一个人
呆呆地坐在那里发愣，她的倩影一直萦绕在他的脑际。他的心扑通扑通
直跳，连书也看不进去了。他不停地抬头张望，渴望看到她。只要这位
空中小姐一出现在客舱，马斯特斯的目光就一直追随着她。当他们的目
光相遇在一起时，她就冲他微笑着点点头，这一点更让他感到意味深长，
他觉得他们俩是这架飞机上仅有的两个年轻人，他们彼此心有灵犀，还

有着共同的兴趣和爱好。

"马斯特斯将目光移向窗外，尽管外面是一片白色的云海，但是空中小姐的倩影一直浮现在他的眼前，挥之不去，耳边也回响着她那甜美柔和的声音。

"马斯特斯仔细将她观察了一下，她让他觉得原来真的会有女人这么完美无瑕。样子娇小玲珑，皮肤白皙，红润的脸上嵌着樱桃似的小嘴，她总是在微笑，一对闪着蓝色光芒的眼睛不时地显出调皮来。马斯特斯钟情于女人的头发，他觉得那是一个正经的姑娘应有的标志，恰巧她的头发光滑柔软，并且干净整齐地在脑后绾成一个发髻，他格外欣赏她这个发型。马斯特斯根据她的面部特征，判断出这个女人有威尔士人的血统。后来打听了一下，果然如此。吃饭前在盥洗室旁，他无意中看见一张机组人员名单，在名单的末尾处是她的名字：琳达·勒薇琳。他试图不漏掉任何一个细节，仔细地观察和判断有关她的一切。飞机一直在朝着目的地飞去，航程也越来越短。

"他有些苦恼，下了飞机以后，他和她何时才能再相见呢？她有没有男朋友，或者数不尽的崇拜者？当然，还有一点更加让他忐忑不安，她会不会已经结婚了，是个有夫之妇？她在这次飞行后，会不会休上几天假？倘若邀请她吃饭或者去剧院，她会接受吗？她会不会向机长抱怨遇上了一个无聊的旅客呢？他甚至还担心自己会因此被赶下飞机，告到殖民部，然后将他的前途断送了。

"到了午饭的时候，空中小姐好像和他变得越来越亲密。她把就餐用的托盘在他的膝上放好，告诉他如何打开餐盘上装着各种美味食品的纸盒，如何拧开沙拉瓶上的塑料盖，又跟他说，那块被一层厚厚奶油包裹着的蛋糕做得格外美味等。她垂下来的头发偶尔会轻轻掠过他的脸颊，把他弄得神魂颠倒，仿佛触了电一般。总之，她热情相待，温柔至极。

而对于马斯特斯来说，他从未享受过如此美妙的待遇，甚至可以这么说，就算是在他的孩提时代也没有受到过母亲的这般关爱。

"就在旅程快要结束的时候，马斯特斯终于鼓足勇气邀她一起吃饭，在和她说话时，马斯特斯紧张得直流汗。令他惊喜的是，她非常爽快地答应和他一起吃饭。就是这么一瞬间，一切都变得顺理成章。一个月后，她辞去了帝国航空公司的工作，成了马斯特斯夫人。马斯特斯假期过后，两人一同前往百慕大。"

听到这里，邦德插话说道："我预感到结局并不是太美好。这位空中小姐本来会认为嫁给他以后，生活会充满了情趣，非常滋润，也一定会成为政府办公茶会和晚宴上不可缺少的重要人物，成为众人瞩目、高高在上的迷人女子。可是，没想到结婚之后，绚烂多姿的生活化为泡影。我有些怀疑，会不会到最后，马斯特斯悄悄地将她干掉。"

"没有那么严重。"总督淡淡答道，"不过如你所说，她结婚的目的确实是那样。此外，她也已经厌倦了枯燥乏味的空乘工作，也不想再为随时都有可能发生的空难而担惊受怕。这对新婚夫妇到了汉密尔顿，在市郊的一幢平房里安顿下来。值得提到的一点是，她迷人的脸蛋、富有感染力的语言以及欢快活泼的肢体动作给每个人都留下了美好的印象。而马斯特斯的精神面貌焕然一新。他对生活从来没有这么知足和满意，他简直就是生活在童话里的快乐王子。那时候，马斯特斯为了和她更像是天赐的一对儿，真是费尽心机，换衣服，抹发蜡，蓄小胡子，刻意地打扮自己——或许这是太太给他的意见——认为这样会更加有军人的感觉。总之，他煞费苦心，甚至有的时候会打扮得非常滑稽可笑。下了班，他便匆匆忙忙地往家赶。他说话的主题总是围绕着琳达，甚至有的时候还会向别人打听什么时候总督夫人伯尔福德会邀请琳达吃午饭。这一切，回忆起来让人觉得可笑！但是他工作很勤奋，大家也都很喜欢这对年轻的夫妇。

"这种平静而温馨的生活持续了半年,后来人们就会听到他们的争吵声,虽然只是有时候。但是很明显,幸福在一步一步远离这幢房子。我们可以想象得到,她会质问马斯特斯这样一些问题:为什么部长夫人从没邀请过她上街购物?下一次的鸡尾酒会为什么迟迟没有举行?这点儿少得可怜的收入怎么可能养得起孩子?为什么他还不提薪、还不升职等。女人很不安定,不时地抱怨着日子过得非常乏味,整天不是打扫房间就是煮饭烧菜……他们的行为仿佛预示着,他们已没有以前那般恩爱、如胶似漆了。两人在生活中的角色也完全颠倒了,马斯特斯开始伺候夫人。每天上班前,他都会把早餐端到琳达的床上;下班回到家里,他还要打扫满地的巧克力纸和烟灰。到后来,马斯特斯为了省钱给她添置新衣,他不得不戒烟戒酒。不管怎么说,这一切他都是心甘情愿的。在我们部门,我比较了解马斯特斯,所以很早就注意到他们夫妻不和。

"他常常愁眉苦脸,就算是给家里打个电话也是神色不安,周围的人都不知道他们在说什么。他还经常提前 10 分钟下班,陪琳达去看电影,只为了博她一笑。还时常听到他开玩笑似的和别人讨教有关婚后的生活问题,比方说别人的老婆整天都做些什么,女人是不是比男人更加容易暴躁,心理状况更加不稳定等。是啊,他太爱她了,她是他的星星和月亮,是他的整个生命,但凡她有一点儿不快乐或者烦闷,他都会因此而苦恼,觉得都是自己的错。他像个无头苍蝇似的四处乱撞,就是为了找到一种方法让他的妻子快活起来。最后,他选择了高尔夫球,并为琳达把一切有关的手续都准备齐全了。

"要知道,高尔夫球在百慕大可是贵族的运动。为了她,他做出任何牺牲都心甘情愿。在著名的太平洋高尔夫球俱乐部,琳达得到很多和外界各色人物接触的机会,让她大开眼界。俱乐部里的会员都是百慕大当地的达官显贵，每次打完高尔夫球后便凑到一起喝酒，天南海北地神侃。和这种上层社交圈打交道，正合琳达的心意。真不知道马斯特斯是怎么把那么多钱凑够的。后来，她几乎天天泡在俱乐部里，学得很带劲儿，没多久就可以参加比赛了。半年之后，她不仅可以参加有一定相当水平的比赛，而且在俱乐部里还受到了许多男性会员的青睐。

"我在那儿能常常看到她，她穿着时髦的短裤，短得不能再短的那种，戴着绿色白条的眼罩，再配上她那橄榄色的皮肤，真的秀色可餐，美丽动人。可以说，琳达是我在高尔夫球场上见过的最漂亮的女人。

"接下来发生的事情你完全可以想象得到。她参加了 4 人组的男女高尔夫球混合赛。搭档是塔特赛尔家族的几个富商，他们在哈密尔顿算得上是一股能左右社会势力的飓风。我提到的这个人是个捣蛋鬼，但是年轻，一表人才，擅长游泳，是打高尔夫球的老手，此外还拥有快艇和各种高档体育用品。你能想象得到他是属于哪类型的人了吧？没错，就是花花公子！他和哪个女人在一起，一句话的事。如果对方略有迟疑，那么毫无疑问，她就会在一切社交场合受到冷落。当他和琳达合作，在一场决赛中获胜时，马斯特斯还混在一群风流男女中傻乎乎地为这场胜利而欢呼雀跃呢！

"就是这样，琳达爱上了年轻富有的塔特赛尔，她的心不顾一切地随着他飘然而去。从此，马斯特斯再没有享受过片刻的欢乐。这可真让人替马斯特斯难受啊！"

总督把手轻轻搭在饮料车上，接着说道："而且更可怜、更令人难以置信的事也发生了。琳达肆无忌惮地和那家伙来往，甚至公开把他带到家里来。而且，她还一直羞辱和折磨马斯特斯，她逼他到另外一间房睡。偶尔，她也会打扫一下房间或者做做饭，但这些只不过是为了应付他，装装样子罢了。

"不到一个月的时间，这件事就传开了，闹得满城风雨，人尽皆知。可怜的马斯特斯被戴上了一顶绿帽子，成了当地出名的倒霉鬼。有一天，总督夫人伯尔福德出面找琳达·马斯特斯谈话，告诉她，她现在的做法无疑是在毁掉马斯特斯的前途。但问题就是伯尔福德夫人年轻时也是风姿绰约，从她现在的体态就能看得出来，这足以说明她曾经是个迷人的女子，和琳达一样年龄时可能也不那么安分。她也觉得马斯特斯的生活太单调乏味了，所以会稍稍同情琳达，这样一来，她的劝说当然不会管用。

"有时候，他们吵架时会动手动脚。他跟我说过，有一天晚上他们争吵时，他差点儿把她掐死，但这也无济于事。他开始变得冷淡，回避她，独自难过。你大概从没见过这样伤心欲绝的人。心都碎成一片一片的了，邦德，这可是被人的冷酷和残忍撕碎的。总之，他太可怜了。曾经的幸福一下子就没了，他们结婚还不到一年啊，他的脸上就剩下悲伤和绝望了。我总是想尽办法帮他减轻痛苦，其他同事都在安慰他。可是自从高尔夫球赛以后，事态就已经糟糕到无法收拾的地步了。他除了吞下苦果，其他什么都干不了。

"马斯特斯像一只受伤的小狗，蜷缩在角落里，只要有人向他靠近，他就会愤怒地咆哮，他就这么一直躲着我们。我只好写信劝他，除此以外，没有其他更好的办法。可是他呢，看都不看就把信给撕了，这也是后来他和我说的。还有一次，我特意在家里举办了一场只有男人参加的交流晚会，并把他请来。我们把他灌醉了，试图解除他的烦恼。可是谁知道，没过一会儿，就听见盥洗室里传来一阵声响，好像是有人摔倒了。打开门一看，原来他是想用我的剃须刀割腕自杀。当时在场的人都被吓坏了。

"事后我作为代表，将同事们的意见一一陈述给了总督。其实总督之前就听说过此事，所以并没有很惊奇，他只是不想干预属下的生活，然后一直没有出面。再之后，马斯特斯彻底被击垮了，打不起精神来，工作也一塌糊涂，就连他能否保住自己的职位也成了问题。我们谁都无法为这件事想个好的办法。幸亏有总督在，他看情况到了一定要采取行动的时候，就很果断地行事。如果任事态发展下去，总督没准儿也会被迫递交有关马斯特斯的报告，这样更会让他陷入绝境。就在我和总督见面的隔天，殖民部电告总督，华盛顿将举行有关沿海捕鱼权限设置的会议，要求他派遣代表出席。总督立刻授权马斯特斯出席会议，并要他妥善处理好家庭纠纷。一周后，马斯特斯出发前往华盛顿，并在接下来的五个月里认认真真地讨论捕鱼的权限问题。大家悬着的心也稍微放下了，为了替马斯特斯出气，大家谁也不再正眼瞧琳达。"

这段回忆也许是令总督兴奋不已，所以他面色红润，目光炯炯有神。宽敞明亮的房间里非常安静，总督用手帕擦了擦汗，然后站起来给邦德和自己都倒了一杯掺着矿泉水的威士忌。

"事情早晚会发生，只是没料到会这么快。"邦德说道，"马斯特斯倒霉透了，娶了这么个黑心肠的小母狗。难道琳达一点儿也不为自己的行为感到愧疚吗？"

总督又点燃一根雪茄，喷出一圈一圈的烟雾，然后继续讲下去："哼，她一点儿都不在乎。现在的生活正是她多年以来梦寐以求的，良心上的不安她根本不屑于考虑。她只会和情人在小岛上畅游，在沙滩上和棕榈树下热情相拥，在高尔夫俱乐部奢靡享乐，在晚宴上花天酒地，还开着名车和快艇招摇过市……一切仿佛都美梦成真了。换衣服、洗脸、吃饭、睡觉……这些对于她来说，不过是单调乏味的生活，平淡至极，而她也只是丈夫的奴仆。可是现在的生活和以前相比算得上是天壤之别，这才是她真正想要的。

"她甚至自信到，任何时候、任何情况下，只要她愿意，马斯特斯都会重新回到她的身边，不费吹灰之力就可以牢牢吸引住他，然后装出一副忏悔的样子给周围的人看，并充分展现她的魅力，相信所有人都会原谅她的。这一切都是那么轻而易举。何况，马斯特斯不原谅她也没关系，三条腿的蛤蟆不好找，两条腿的人还不容易找吗？世界上比马斯特斯更有男子气概的人多的是，做吊死在一棵树上的傻事才划不来呢！她只要把帽子轻轻往地上一扔，高尔夫俱乐部里那些喜欢她的男人肯定会争先恐后地俯身拾起，双手奉上。毋庸置疑，生活是美好的。逢场作戏也没什么大不了，好莱坞的电影明星可以这么做，她琳达为什么就不可以呢？

　　"没过多久，事情发生了转机，这下该轮到她尝尝苦头了。塔特赛尔开始厌倦她；总督夫人也做了一番工作，塔特赛尔的父母也不得不出面干预。于是塔特赛尔借口说他的父母不允许他们这样下去，如果他们继续来往，父母就要取消给他的津贴，他们必须一刀两断。况且他也巴不得赶紧抛弃琳达·马斯特斯，换换口味。时值盛夏，漂亮的美国女郎在海滩上漫步，这是多么让人快乐的事情。琳达对这样的分手早做好了思想准备，所以既没有害怕也没有怨言，大方得很。

　　"两周之后，马斯特斯就要从华盛顿返回百慕大了。在被塔特赛尔抛弃以后，高尔夫俱乐部的一些球友对琳达的态度也发生了翻天覆地的变化，政府工作人员对她也开始嗤之以鼻。而她本人呢，对此毫不介意。可现在汉密尔顿的商人集团也认为她是一个蹩脚的货色，用过之后便随手可弃。她仍然想和过去一样，给人一种娇美活泼的感觉，但现在人们不再吃她这一套。这些改变，使她突然意识到自己必须和马斯特斯破镜重圆，除此别无选择。踏踏实实地从头做起，再慢慢求得成功。于是，她整天待在家里，酝酿着新的计划，并且把所有的细节一一安排好，比如说眼泪、空中小姐那特有的温柔甜美、诚挚的自我悔悟以及一张双人床，然后反复地进行彩排。"

"那马斯特斯重新回到她的怀抱了吗？"邦德迫不及待地问道。

总督意味深长地看了看邦德，说道："你还没有结婚，对婚姻可能不甚了解。我观察了无数的夫妻，总结出在婚姻关系中存在着这样的一种规律：一个男人与一个女人结合之后，不经意之间他们就会形成一种特殊的关系。只要双方还有人类最基本的仁爱之心，婚姻关系就可以维持下去，不至于破裂。如果有一方对另一方的生死存亡漠不关心，或者刻意诋毁对方的人格，甚至使之丧失自我保护的能力，那么受到伤害的一方是绝对不会原谅对方的。这种婚姻关系早一天结束，对受伤的人来说就是早一天幸福。不过，只要双方还有爱，就算有一方不忠，或者有犯罪行为，甚至是一方得了不治之症，也不一定会破裂；反之，如果两个人之间的爱荡然无存了，那么任何灵丹妙药也挽救不了他们。"

邦德说："您真是一语中的，这样精辟的见解令人茅塞顿开。没错，生活中，随时都有不安的因素，一旦有人威胁你，甚至是要毁掉你，你只能退避三舍，力求自保，不是吗？面临这样的情况，夫妻也好，朋友也好，就都没有了存在的基础。"

总督没有回答邦德的问题，继续有条不紊地说："琳达应该很清楚地知道到了问题的严重性，事情早就不可回头了。马斯特斯刮了胡子，头发乱糟糟的，和他初次见她时一样。可实际上，他的眼神已经完全不同了，紧绷着的下巴表明了他的决心。那一天，琳达精心地打扮了一番，素服、淡妆，坐在窗边的椅子上，膝头静静地摊开一本书。阳光透过玻璃，洒在她的脸上和书上。她原本是计划着在他刚进门的时候，装成看书的样子，然后抬起头，温柔地凝视他，做出一副美丽贤淑的样子，就这么静静地等着他说话。接下来默默地走到他跟前，泪流满面，再把已经背得滚瓜烂熟的台词说给他听。她相信，马斯特斯一定会紧紧地拥抱她，然后她看好时机，给出种种诺言和保证。这个程序她排练多次，已经烂熟于心了。

"当马斯特斯踏进家门的那一刹那，她把眼睛从书上移到他的脸上，温柔地看着他。马斯特斯放下手提箱，踱到壁炉前，木然地瞥了她一眼，这个眼神冷漠无情。他从外衣口袋里摸出一张纸，递给她，冷冷地说道：'这个房子，我做了安排，把它分成两部分。卧室和厨房归你，这间屋子和另一间空房我住。盥洗室我不用时，你可以用。如果没有朋友来访，你不可以进我的房间。'琳达张了张嘴，没有出声音，他接着说道：'无论你想对我说什么，我都不会回应的。有事找我的话，就在盥洗室里留个条。还有吃饭，饭要按时准备好，放在饭厅，等我吃完以后，你才可以吃。每个月初，我的律师会给你20英镑的生活费。我已经决定离婚了，他们正在准备一些必备的文件。你没有资格也不能提出任何反对意见。私人侦探调查得很清楚了，证据也非常充分。相关事宜会在一年后办好，那个时候我在百慕大的任期也满了。在这段时间里，我们继续扮演一对正常的夫妇。'

"马斯特斯的手插在口袋里，她的泪珠顺着脸颊流下来，他依旧无动于衷。他的态度是她万万没有想到的。她有些晕眩，那些话犹如当头一棒。马斯特斯冷冰冰地继续说：'还有我没说清楚的地方吗？如果没有的话，你最好现在就把你的东西搬到厨房去。'他低头看了看表又说：'每天晚上8点准时吃晚饭，现在是7点半。'"

总督喝了一口威士忌，沉默了一会儿说："这些具体的细节，都是琳达告诉伯尔福德夫人的，马斯特斯和其他人一句都没有提过。不难想象，琳达打算使用一切手段去打动他，一哭二闹三上吊也必不可少。可是马斯特斯像是吃了秤砣，根本不动心。她简直是束手无策，一点儿办法也没有。从前的那个马斯特斯早已消失不见了，现在住在这房子里面，和她打交道的只是一个躯壳而已。最后，她不得不屈从这些条件。

她穷得连一张去英格兰的机票都买不起。为了生存，她不得不服从他的安排。就这样，一年很快就过去了。这期间，凡是公开场合，他们相敬如宾。没有外人在场时，他们便沉默不语，甚至连招呼也不打。大家对这些变化深感意外，可是谁都不知道他们之间发生了什么。她羞于向外人提起，而他更觉得没有必要。慢慢地，他和我们疏远了，但工作依然很出色，大家也因此都松了口气，以为他们和好了。大家重新接受了琳达，她过去的种种行径也被人们逐渐地淡忘了。

"一年后，马斯特斯任职期满，要从百慕大调到别处去。他对外称，琳达要留下来处理他们的房子和其他事情。他俩参加各种为他准备的欢送会，然后他独自出发了。琳达没有去码头送他，我们觉得很奇怪，他只是轻描淡写地说琳达有些不适。两周后，英国便传来他们离婚的消息。琳达去政府办公大楼，和伯尔福德夫人长谈了一回，很多细节这才传了出来，也包括后来琳达受到的那些更加严厉的惩处。"

总督将威士忌一饮而尽，杯子里剩下的冰块哗哗作响。

"就在马斯特斯动身的前一天，琳达在盥洗室留了一张纸条，希望在他们分手之前可以和他最后谈一次。以前马斯特斯会把这类留言撕得粉碎，然后放在脸盆上面的架子上。可这一次，他破例回应了琳达，答应晚上 6 点和她在起居室见。到了约定的时间，可怜的琳达从厨房走进起居室。她已不寄希望于用旧情打动马斯特斯。她静静地站在一边说，现在她只剩下 10 英镑，除此之外一无所有，如果他走了，那么她只有饿肚子了。

"'之前给你的首饰和毛皮帽子呢？''那也顶多值 50 英镑。''那你自己去找活儿干吧！''但是找工作是需要时间的！两个星期后我就要搬出这里，另谋住处了！你难道一点儿东西也不留给我吗？我会挨饿的。'马斯特斯面无表情地说：'你很漂亮，不会沦落到挨饿的地步

的。’‘不，求求你，你一定要帮我，菲利普。假如我到政府办公大楼前去乞讨，你脸上也不会光彩的。’

"他们住的那幢房子是他们结婚时，连同家具一起租来的，现在除了一些杂物，没有其他的任何东西属于他们自己。一星期之前，他们和房主清点了所有的财产。所以现在，他俩的财产只有一辆二手汽车和一部收音机。

"马斯特斯看着她，这是他一生中最后一次看她。‘好吧，汽车和收音机给你。就这样，我还得去收拾一下。再见。’说罢他扭身回到自己的房间里去了。"

总督看着邦德，无奈地笑了笑，说："琳达这才觉得舒服，总算得到了点儿财产。马斯特斯一离开，她就将包括订婚戒指和狐皮披肩在内的所有东西带去了哈密尔顿，并在那里找到一家当铺，首饰当了 40 英镑，狐皮披肩换了 7 英镑。然后又根据挡泥板上的信息找到了一家卖车的中介，可是如意算盘并非那么好打。当她问到这辆车可以卖多少钱时，对方以为她在开玩笑，说道：‘夫人，马斯特斯先生是分期付款买这辆车的，他已经有很长时间没付款了。我想他一定跟你说了。我们听说他要离开此地，所以在一周前把律师的信发给他了。他回信说具体的事宜由你来交涉。稍等，让我查一下……’说着他从文件夹取出一页说：‘对，这里，他刚好还欠……200 英镑。’

"琳达听到以后，顿时急得哭了起来。经过交涉，中间商同意把汽车收回，尽管这辆车已经不值 20 英镑了。他要她把车留下来，连同油箱里的汽油及其他东西，琳达不同意也得同意了之后在收音机店里，她的运气更坏，还不得不付 10 英镑才说服老板留下收音机。为了省钱，她只好搭便车在离家不远的一个地方下车，然后走回去。一到家，她便扑到床上放声大哭，哭得天昏地暗。她现在的情况简直是糟透了，马斯特斯太狠了，将她落井下石，报复到家了。"

总督顿了顿又说："马斯特斯其实非常善良，平时连只苍蝇都不愿意伤害，这回却做出了这么决绝的事情，实在是因为他被伤害到了极致，也是情有可原的。"总督淡淡地一笑："无论她对他做的有多么过分，但凡当初她能够给他哪怕一丁点儿的精神安慰，事情也不至于此。'人之初，性本恶'，这不是没有道理。爱之深，恨之切，每个人的内心深处都埋藏着残忍的种子，一旦生存受到威胁时，就会生根发芽。马斯特斯这么做是要让这个女人也知道什么是痛苦，她受到的苦远不及她折磨他的。就算是已经分开了，他却还用汽车和收音机来折磨她，我想他之所以这么做是要她知道，他永远恨她，一辈子的恨。"

邦德颇感慨地说："她的处境真是非常糟糕。人有时候居然可以狠心到把别人伤害成这个样子！我现在倒有些可怜她了。那后来呢，他们怎么样了？"

总督看了看表，惊呼道："上帝，都已经快半夜了。我把服务员和你耽误到这么晚了。"他走到壁炉前按下一个钮，一个黑人男服务员走了进来。总督点了点头对他表示歉意，吩咐他锁门，关灯。邦德站起来，总督转身对他说："我把后来的事告诉你。从花园这边走，我跟卫兵打个招呼。"

他们穿过房间，从宽阔的台阶走下来，直接到花园中。夜已经深了，但是一轮明月挂在晴朗的夜空中，被淡淡的薄云透得时隐时现，夜色显得清爽迷人。

总督继续他们一直讨论的话题："自从经历了那场婚姻的折磨之后，马斯特斯像变了一个人似的，内心中所有宝贵的品质已经荡然无存，徒有一副躯壳而已。当然，这些都是那女人造成的。可我猜想，他自己也无法忘记自己对琳达的报复，他会感到不安。马斯特斯依旧在干他的老本行，可是再也没有升迁。尽管工作上尽职尽责，但在人际交往方面愈加冷淡，连人情味儿都没了，成了一个呆板麻木的人。他没有再结婚，退了休之后就到尼加拉瓜定居，回到 这个世界上唯一真心待他的人群当中，这里也是他生活起步的地方。唉，人生真是变幻莫测，苦多于乐。"

"那个女人怎么样了？"

"她过得很苦。出于同情和怜悯，我们多少都帮过她一些，给她找过活儿做。她也想过回航空公司重操旧业，可当时的情况和以前不一样了，航线不多，不需要太多的空中服务员。后来伯尔福德夫人随丈夫去了牙买加，她随之也失去了靠山。琳达几乎是走投无路了。虽然经历了这些波折，但她多少还有些姿色，于是和一些男人混着过日子，可没过多久就都抛弃了她。她与警察甚至都发生了纠葛，简直与妓女没什么两样。也许是上帝认为她已经受够了惩罚，一个机会降临到她的身上。伯尔福德夫人从牙买加来信，信上说替她在布鲁希尔饭店找到了一份工作，当招待员，而且信中附上了路费。就这样，她离开了百慕大。我猜她的离开让所有人都觉得松了一口气。"

总督和邦德走到政府办公大楼的大门前，周围静悄悄的。大门前的卫兵见到他们，"叭"一声立正，敬了个礼。总督把一只手举起："好，稍息。"卫兵笔直地站好。一切平静如初。

"故事到这儿马上就要结束了。一个加拿大的富翁去布鲁希尔过冬时，看上了琳达，和她结了婚，一起去了加拿大，从此她又过上了好日子。"总督对邦德说。

"她的运气可真好！不过她有些不配。"

"我也是这么想的。可命运本身就很难预测啊！也许是上帝觉得她已经赎够了罪，或者说真正的罪人不是她，而是马斯特斯太过于脆弱，他的父母把他培养得如此不堪一击，一旦卷进感情的旋涡，就注定要失败。性格决定命运，他的命运就该如此，只不过是选择了琳达作为这个故事的女主角而已，最后又送给她一个富翁，以示酬劳。这些事很难评判它的是非。不过话又说回来，她和那个加拿大富翁当真过得非常愉快，也许此刻两人正共度良宵呢！"

邦德讥讽地笑了笑。忽然，他觉得自己的生活是那样空虚，虽然工作中充满了紧张的气氛和戏剧性的变化，但却还是少了点儿什么。自己无意中说的一句话，打开了《人间喜剧》中的画卷，在总督的讲述中，他看到了现实生活的残酷，人类真挚感情的脆弱。世事难料，命运像个调皮的孩子一样随心所欲地捉弄着人类，这比任何政府和秘密情报局策划的阴谋危险得多，成功的概率也更大。

"谢谢您今晚的故事，它让我明白了许多道理。"邦德向总督伸出手说道。

总督握着他的手，笑着说："开始时，我还有些担心我的故事会让你觉得无聊呢！说实话，晚餐一结束，我就在绞尽脑汁地找话题，希望和你交流。我知道你的生活充满了冒险和刺激，而我们的生活又平淡且单调，想让你感兴趣可真不容易。我很高兴你觉得这个故事有意思。"

邦德和总督简单地说了几句，就道了别，朝码头附近的不列颠殖民饭店走去。这一晚显得格外宁静，他考虑着第二天一早如何同迈阿密海岸缉查队以及联邦调查局派来的人会晤。他本来对这次会晤很感兴趣，甚至是有些激动，但现在觉得很无聊，而且没有任何意义。

# 最 高 机 密

　　有人说，蜂鸟是牙买加地区乃至世界上最美丽的鸟。它同时还有另外一个美丽的名字："鸟大夫"。虽然雄性的蜂鸟身长大约有九英寸，但是它的尾巴就有七英寸长，似弓状般的黑色羽毛相互交织，在内侧形成一道扇面。墨绿色的羽翼，油黑发亮的脑袋，闪着智慧的深邃眼眸以及长长的尖嘴，无不显出诱人与美丽。每当阳光照耀在蜂鸟翡翠般的身上时，就会反射出夺目的光彩，绚烂而又美丽。在牙买加地区，人们总是给自己喜欢的鸟类冠上美丽的名字。就像蜂鸟，因为它那两根长长的尾巴很像旧时医生的黑色燕尾服，所以被人们亲切地称为"鸟大夫"。

　　哈夫洛克太太非常喜爱她饲养的蜂鸟。自从她嫁到康坦克，就每天看着这两对家族蜂鸟吸食蜜糖，相互玩耍，垒窝筑巢，交配生子。哈夫洛克太太早已经年过半百，这两对家族蜂鸟也养育了一代又一代的子女。在最开始的时候，按照哈夫洛克太太她的姨妈夫妇和姑妈夫妇的名字为这两对鸟夫妻命名，分别为佩拉姆斯和西丝贝、戴福尼斯和奇洛。后来，这两对鸟夫妻的后代一直都保持着这几个姓氏。此时此刻，哈夫洛克太太优雅地坐在宽敞的凉台上，身边还摆着一套精美的茶具，她看见佩拉姆斯凶猛地尖叫着，发出"啼——啼——啼——"的声音，并不断向戴福尼斯发起攻击，大概是戴福尼斯闯进了佩拉姆斯的领地，偷吃了只属于它独自享用的蜂蜜。好像墨绿色的流星一样，两只小巧玲珑的蜂鸟，一会儿旋转着在绿茵草地上掠过，一会儿又"嗖——"的一声，飞进远处的一小片柠檬树丛中，消失不见。可是，过一会儿它们还是要飞回来的。

鸟家族间的战争虽然总是无休止的，但这也不过是一种好玩的游戏罢了，绝对不会为了争抢蜂蜜。毕竟坐落在它们身边的这座植物园美丽而又巨大，足够供给它们蜂蜜。

哈夫洛克太太轻轻地放下茶杯，顺手拿起一块诱人的三明治，说道："这是多么令人害怕的表演。"

哈夫洛克上校手中正拿着一份《每日新闻》，忽然从上方伸出头来问道："你说谁在表演？"

"佩拉姆斯和戴福尼斯。"

"哦，没错。"哈夫洛克上校应付般地答道。报纸上的那些消息一直在他的脑海中盘旋。他说："依我看，过不了多久巴蒂斯塔就要逃亡了，而卡斯特罗还在不断地施加压力。今天早晨的时候，巴克莱公司告诉我说，有一笔巨款已经转到这边来了，准备购买比莱尔那块地方。噢，亲爱的，你也知道那地方，房子里全是可恶的红蚂蚁，牛虻在一千英亩的土地上到处乱飞，到不了圣诞节就肯定会被这些害虫蛀倒。就这种地方居然能值 15 万英镑！有个大人物在买下了那个破烂不堪的布鲁哈堡旅馆之后就突然离开了。甚至还有传言说吉米·法柯森也为他那地盘找到一个大买主。"

"这对于尤苏拉来说倒是个好消息。这个可怜的孩子已经无法在这里支撑下去了，但我并不太希望把整个小岛都卖给那些古巴人。不过蒂姆，那些古巴人哪里得来的这么多钱来买这些产业呢？"

"谁知道呢，不外乎是一些歪门邪道，游说募捐，再加上政府的一些公共贷款，没准儿还强取豪夺。那些家伙肯定是想把钱弄出古巴，然后再投资出去。牙买加就是个不错的资金周转的地方。我估计等政局稳定、卡斯特罗掌权肃清反对派后，也就一两年的时间，他们就会再把这些产业卖出去。真可惜，比莱尔家那地方在过去可是一笔不小的财富啊！"

"比莱尔的祖父活着的时候，方圆一万多亩呢。很多想绕过那里的人也要一连走上好几天才能走完。"

"比莱尔只会吃喝玩乐，挥霍祖上留下来的财产，我敢说他早就打算移居伦敦了，没准儿现在都已经办好移居的手续了。看来又一个古老的家族即将衰亡了。真不知道下一个又该轮到谁，但愿不是我们，幸亏我们的女儿尤迪喜欢这里。"

哈夫洛克太太颇有同感地说道："是的，亲爱的。"她敲了敲铃，招呼仆人把用过的茶具收拾干净。阿加莎从客厅里走出来，客厅的墙壁是耀眼的橙色。她的肤色深黑，身材粗壮而又高大，一条旧式的白头巾裹在头上。这种白色头巾在牙买加早就已经过时了，只有在一些穷乡僻壤偶尔才能见到。一个漂亮的混血少女跟在阿加莎的后面，名叫菲丽普丝，她来自玛丽亚港，哈夫洛克太太有意培养她接女仆的班。哈夫洛克太太对阿加莎道："今年番石榴成熟得早，我们该装瓶了。"

阿加莎显得很冷淡："知道。但我们还得要一些瓶子。"

"为什么？去年我刚从金斯顿弄了 24 个给你，那些可都是最好的啊！"

"没错，但是有五六个都已经用来装麦芽浆了。"

"我的天哪，这又是怎么回事？"

"我也不知道。"阿加莎捡起一个大银盘，又看了看哈夫洛克太太，等着挨训。

哈夫洛克太太不是牙买加本地人，所以她不清楚麦芽浆是什么东西，加之她又是非常随和的一个人，所以也不想寻根究底。既然瓶子不够用，她只好说："那好吧，阿加莎。等我再到金斯顿的时候多弄些回来。"

"好的，太太。"阿加莎边说边领着少女回到房里了。

哈夫洛克太太开始做针线活，她拿出一个花边，指头机械地动着，眼睛还不停地搜寻着她那惹人喜爱的鸟。哦，两只鸟战士回来了！它们在花丛间徜徉，就连翘着的尾巴都显得优雅。太阳低垂在远方的地平线上，"鸟大夫"时不时炫耀着它们那美丽动人的翡翠色。一只鸟站在鸡蛋花的枝梢上，开始了它的晚场表演。树蛙发出了咚咚的声响。黄昏降临了。

康坦克的面积大约有两万英亩，位于波特兰郡境内布鲁山脉最东部的坦德雷弗利山的脚下，是由奥利弗·克伦威尔将军赐给哈夫洛克祖先的。与很多移民不同，哈夫洛克家族历经三百多年的风风雨雨，也遭遇了不少地震和飓风的袭击，而且可可、蔗糖、柑橘和椰子的种植也都兴衰起落，可依旧能在今天支撑着这片巨大的种植园。丰收的香蕉和肥壮的畜群都足以证明这是岛上最富有也是个人财产最丰盛的一家农场。经历了三百多年风雨洗礼，重建后的那幢楼房，活像个混血儿：古老的石基上搭起了二层楼，红松木做成了梁柱，两侧单层耳房悬出，室内结构是牙买加式的银杉木天花板套间。哈夫洛克夫妇此刻正坐在楼房正中凹进去的阳台上，面前是精致的花园。四周是茂密的树林，一直绵延到20里外的海边。

哈夫洛克上校搁下报纸："好像有汽车的声音。"

哈夫洛克太太语气坚定地说："如果那些人是从安东尼奥来的，你干脆就藏起来，不去理会他们。我实在忍受不了他们关于英格兰的那些高谈阔论。上次他们居然喝了起来，害得我们一直开不了晚饭。"说着她忽地站起来说："我去叫阿加莎，就说我现在偏头疼。"

这时阿加莎正好从客厅走出来。她面色慌张，后面紧跟着三个男人。她紧张地说道："这几位先生要见上校，他们从金斯顿来。"

像是领头的男人头上戴了一顶巴拿马礼帽，短边、帽檐呈波浪形。他用左手把帽子摘下来，放在胸前。阳光照在他那油亮亮的头发和两排白白的牙齿上。他从女管家身后挤上前，伸出一张大手："我是冈查尔斯少校，从哈瓦那来。很高兴见到您，上校。"

他说话时带着牙买加出租车司机从牙缝里挤出来的那种美国音。哈夫洛克上校站起身来用手轻轻碰了碰伸过来的那只张开来的大手。他顺便扫了一眼那个少校身后的两个男人——他们各自提着一只在热带地区常见的新款旅行袋，即泛美公司夜宿手提包，看上去很重，他们就以这种姿势一动不动地站在门边。过了一会儿，这两个人同时弯下腰把提包放在他们的脚边，然后又站直。他们戴着白色的扁平帽子，高高的颧骨映着透明的绿色鸭舌帽檐。他们直勾勾地看着少校，注视着他的一举一动。

少校介绍道："这两位是我的副官。"

哈夫洛克上校从衣袋里掏出烟斗，填满烟丝。他毫无顾忌地打量着这位少校和他的两位副手，心里一直盘算着怎样把眼前这三个人带到他的书房写字台周围，因为在他写字台的抽屉里面有一支左轮手枪。哈夫洛克上校点燃烟丝，透过缭绕的烟雾看着少校的脸："先生们，请问有何贵干？"

冈查尔斯少校摊开双手，金黄色的眼眸里显露出喜悦和友善，敦实的笑容挂在脸上："我们到这儿来的目的是想给您介绍一位绅士，来自哈瓦那。"

少校右手一挥，一脸真诚的样子说："他是个十分和善的人，非常德高望重。我相信您一定会喜欢他的，上校。他委托我转达他对您的问候和敬意，并想顺便询问一下您的资产价格。"

这时，自始至终在一旁微笑着显得彬彬有礼的哈夫洛克太太突然站到丈夫身边，说道："真不好意思，少校。在这种肮脏的地方只有一条路好走。您的朋友应该事先写封信过来，或者是在金斯顿向人打听一下，实在不行就去政府问问看。您看，我丈夫一家子在这里已经住了有三百多年了。"

哈夫洛克太太的这番话似乎是不想使面前的这个人过于尴尬，她依然温文尔雅，略带歉意地看着对方，"我们从来就没打算出售康坦克，这个问题根本不需要讨论。我也不知道您的那位朋友是怎么打起这个主意的。"

冈查尔斯少校含笑着弯了弯腰，好像没听见哈夫洛克太太的话似的，又把脸转向哈夫洛克上校："我的这位先生为人很慷慨，您可以出任何一个合理的价格。何况这儿又是牙买加最好的一处地产。"

"您刚才清楚地听到我太太说的话了，我的资产是绝对不会卖出去的。"哈夫洛克上校干脆地答道。

冈查尔斯少校哈哈大笑，随后又摇了摇头，似乎是在向一个不懂事的孩子解释一件很简单的事情："您可能没有理解我的意思，上校。我的主人有一笔资金需要投资，正想在牙买加找出路，所以他希望能在您这儿为这笔钱找到归宿。整个牙买加，我的主人就只看上了您的产业，对于其他的通通不屑一顾。"

哈夫洛克上校即将爆发，但仍旧忍住性子说："您的意思我完全明白，少校。可是非常遗憾，您这样仅仅是浪费自己的时间。起码在我有生之年，康坦克是绝对不会卖出去的。请您原谅了，我们家吃晚饭的时间总是挺早，而你们也还要赶路吧！"他顺着凉台往右边做了个手势，继续说道："这儿是通往你们的汽车的捷径，我可以为你们带路。"

哈夫洛克上校颇为礼貌地先走了一步，但他发现冈查尔斯少校仍然站在原地不动，他的目光开始变得冷峻起来。

而此时冈查尔斯少校的目光也变得很强硬，笑容也在逐渐消失，只是态度依然没变，声音还是那么友好："请稍等片刻，上校。"他向身后的两个副手简短地嘱咐了一句，哈夫洛克夫妇竟然同时注意到他那张快活的假脸孔随着他的厉声嘱咐悄然消失了。哈夫洛克太太感觉有些不安，下意识地往丈夫身边贴近了一些。那两个男人听到少校的命令之后，弯腰拎起他们的夜宿包走上前来。冈查尔斯少校将拉链拉开，提包绷紧的大口张开了——里面塞满了大沓崭新的美钞，仿佛都快溢出来了。冈查尔斯少校伸出双手说道："这里全都是 100 美元的面值，一共 50 万，全部是真币，相当于 18 万英镑。上校，希望你清楚这可是一笔不小的财产，这笔钱足够你们在世界上的任何一个地方过上舒适的生活。没准儿我的主人愿意再增加两万英镑，凑个整数，一周之内您就可以听到消息，而我们所需要的不过就是半张有您签字的纸片而已。其余的事儿可以找律师去商量。上校。"冈查尔斯脸上又露出媚笑："让我们干脆一点儿，说声'好'，握握手，然后这些钱就可以留在这儿了，你们也可以享用你们的晚餐。"

哈夫洛克夫妇对这些人愤怒和厌恶的程度很容易从他们脸上看出来。可以想象哈夫洛克太太第二天将怎样描绘："庸俗卑鄙而且非常自以为是的小人，以为有两个肮脏的塑料提包就可以为所欲为！不过蒂姆可真是好样的，他当即叫那些人连同那恶心的臭钱一起滚蛋。"

哈夫洛克上校撇了撇嘴，厌恶地说："我想我刚才已经把我的态度讲得很清楚了，少校。无论你们出多高的价格，我的产业都不会卖出去的。我对金钱的渴望和一般人不一样。我现在唯一的要求是请您马上离开这儿！"哈夫洛克上校把熄了火的烟斗重重地搁到桌子上，好像准备要卷起袖子大干一场。

此刻冈查尔斯少校虽然嘴巴还露着微笑，但整个人已经快要恼羞成怒，一副尴尬的窘态，甚至连最初金色的眼眸也变成了两块硬硬的黄铜。他那压低的声音明显有一丝不快："是你没听清楚，上校，而不是我。现在请你听明白了，我的主人告诉我，如果您坚决不接受他最仁慈的要求，我们还有另一种办法可以采用。"

哈夫洛克太太将一只手放到哈夫洛克上校的胳膊上，使劲捏着，她有一种大祸将临的感觉。哈夫洛克上校抚摩着太太的手，试图安慰她，"少校，请您马上离开，否则我要叫警察了。"他紧闭的嘴唇里吐出几个字。

冈查尔斯少校的脸上没有一丝光，表情紧张而阴沉，他用红红的舌尖，轻轻地舔着嘴唇。他冷酷地说道："上校，您说在您有生之年绝对不会出卖这桩产业，您确定了吗？"他把右手伸到腰后，指骨节"咔嗒"响了一下。迅速地，站在他身后的两个男人亮出手枪，野兽般锐利的目光一直盯着少校放在身后的手指。

哈夫洛克上校试图说一声"是"，但嘴巴干得没能发出声来，而哈夫洛克太太也吓得赶忙用一只手捂着嘴。他咽了一口唾沫。眼前发生的一切让人难以置信。这些卑鄙下流的古巴无赖一定是在吓唬人。"唔，没错。"哈夫洛克上校含糊地应了一声。

冈查尔斯少校微微点了点头："既然这样，上校，我的主人就只好与您的女儿进行谈判了。"他把手指轻轻一勾，迅速闪开身，腾出地方，"砰，砰，砰……"枪声不断，眼前两个身体已经躺倒在地上。

冈查尔斯少校弯下腰检查了一下弹着点之后，和两个枪手大步走进橙色客厅，穿过大厅里红木雕刻的家具，从前门走出来，沉着地钻进一辆标着牙买加牌号的黑色塞丹牌轿车。冈查尔斯少校发动了汽车，两个枪手笔直地坐着，汽车缓慢地开上了洛伊尔·帕姆斯大道。就在通往安东尼奥港的公路的交界处，被剪断一半的电话线悬在树枝上，好似闪闪发光的蔓藤。冈查尔斯少校小心地开着车，熟练地穿过泥泞的窄路，开上沿海的柏油公路，他加大油门。大约过了20分钟，三个人开到了一个装卸香蕉的小码头，这里很是喧闹。随后他们把偷来的汽车停在公路边的草地上，下了车向前走了两百米左右，随后又穿过一条行人稀少而又宽敞的街道，来到码头。一艘小快艇正在这里等着他们，嘟嘟地排着气泡。三个人登上嗡嗡地叫着的快艇后，在静止的水面中冲荡起一轮一轮波纹，向远处驶去。曾经有个美国女诗人把这个地方称为世界上最美丽的港口。可是又有谁知道，这美丽的表象背后又隐藏着多少罪恶呢？

没多久，快艇便驶到一艘重达五十吨的轮船旁边。三个凶手丢弃快艇，登上甲板。轮船的双缸柴油发动机沉重地咆哮着，沿着深水道扬长而去，留下片片鳞波在船尾荡漾着。

与此同时，蜂鸟俯视着躺在康坦克凉台边上的哈夫洛克太太，不停地在她心脏的上方盘旋着。不，这事儿与它毫不相干。它快活地飞向树丛中那个宁静的栖息处。

马达的轰鸣声由远及近，一辆小型越野车在一个急转弯后在门前刹住。

如果哈夫洛克太太还活着的话，她准又会这样唠叨起来："尤迪，我的宝贝儿，我告诉你多少次了，不要总是开那么快，尤其是在拐角处，路上的那些沙子都被溅到草坪上了。你知道这会给割草机带来多少麻烦呀！"

一个月之后，伦敦。这是 10 月初的第一个星期，天气晴朗，情报局 M 局长的办公室里。窗外公园里割草机的声音使詹姆斯·邦德不自觉地倾听起来，呼吸着割草时那种时而渐弱时而渐强的草和泥土的清香，此时邦德正坐在局长对面。在邦德心中，电动割草机工作的声音是明媚的秋天里最动人的声音，可惜的是这种破旧机器发出的钢铁的催眠曲正在永远地从世界上消失。

邦德从三分钟前走进这间办公室，就一直这样遐想。这一次，局长称呼他——詹姆斯，而不是他的代号 007 的时候，他就有种感觉，这次任务不同以往，可能是从私人角度布置的，甚至与其说是命令，不如说是请求更加确切。时间已经过去了三分钟，局长仍像邦德进来时一样，那只烟斗还没有点燃，目光中散发的那种格外谨慎和担忧更加证明了邦德的猜测。

终于，局长慢慢地点燃了烟斗，从写字台前将转椅旋转过来，紧接着，一盒火柴隔着红色的皮革桌面朝邦德飞过去。邦德敏捷地接住，很有礼貌地把它转了个方向，重新放回写字台的中央。M局长颔首一笑，似乎看穿了邦德的心思："詹姆斯，你有没有想过，在一个舰队里面，每个人都知道自己应该做什么，但是只有总司令除外。"

"没有想过，先生，但我明白您的意思。司令却要做出决定，而别人只是按照司令的命令去执行。我想这意思是说最高统帅在某种程度上来说其实是最孤独的岗位。"邦德皱了皱眉说道。

"英雄所见略同。有些人易怒，有些人不得不在最后的时候做出决定。如果你连向海员快速地发布命令都做不到，那你就不配当这个舰队司令。有些人是虔诚的教徒，他们把决定权交给上帝。"M局长猛地把烟斗放在一旁说道："我在情报部的时候，就常常想把决定权交给上帝，可是上帝却总是把球又抛还给我，让我自己决定该如何去做。我猜这样对我也是有好处的，但同时也是让我难以承受的。毕竟人在 40 岁以后都容易力不从心，很难还能那样有力量。人的意志会被生命中琐碎的烦恼、灾难、疾病慢慢地侵蚀。"M局长瞥了一眼邦德："感觉如何，詹姆斯？你还没有到危险年龄。"

邦德不喜欢谈他自己，他也不知道该怎么回答。他没有妻室儿女，也从来没有经历过凡世的那些悲欢离合与儿女情长。他容忍不了愚昧和病痛，也从来没有想过他要怎样去应付那些超出他的能力之外的事情。对于这个话题，他有些犹豫："如果有必要，而且那样做是正确的话，那么，先生，我想我可以经得起最严峻、最残酷的考验。我是说……"

他觉得很难措辞，"如果，唔，是为了一项公正的事业，"他停顿一下，继续说道，"当然，要弄清楚什么是正义什么是非正义是件不太容易的事。我想假如部里硬是安排我去干一项我不愿意做的工作，那么它一定要是一项正义的事业。"突然，邦德意识到自己这番话可能一语中的，正好说到了局长的痛处，心中有点儿惶惶然。

"见鬼！"M局长显得有些不耐烦，"我说了半天真是浪费口舌！你又把球踢回给我了，自己却没有一点儿责任。"他拿烟斗指了指自己的胸口，"还是要由我来做决定，但是问题的关键是我现在还无法判断这件事到底是对还是错。"他的眼神中露出沮丧和郁闷，继续说道，"唉，算了吧。我总是要付出代价的，总要有无畏的人驾驶血腥的战车吧！"他深吸了一口烟斗，好像在细细地品味。

邦德有一些不安，因为他不曾听到局长使用"血腥"这种恐怖的词语；而局长也不曾在他的下属面前表现出哪怕是一丁点儿自己不堪重负的迹象，哪怕是轻微的。

自从局长接管了情报局的那一刻开始，他就自动放弃了成为第五任海军大臣光辉灿烂的前程，背上了沉重的担子。M局长将自己陷入了一个困境，邦德很想知道这个难题究竟是什么，它不是很危险的，假如M局长可以大致准确地了解形势力量对比，世界上任何的地方他都敢去冒险；它也不会是政治上的，任何内阁职务的问题M局长都不会为之伤脑筋，当然，也从来不会越过内阁大臣而直接接受首相的调遣。那么，有可能是良心道德方面的，也有可能是个人情感方面的。邦德问道："那我能做点儿什么呢，长官？"

M局长将深沉的目光从邦德身上移到窗外，盯着那高高的云天，然后重新注视着邦德。"你知道哈夫洛克案件吗？"他突然大声问道。

"嗯，不过只在报纸上读到过，应该是关于牙买加的一对夫妇。

据说是几个哈瓦那的暴徒枪杀了这对老夫妻。直到他们的女儿回到家中，才发现两个人双双中弹身亡。三个凶手是共乘一辆汽车离去的，女管家认为他们是古巴人。后来调查发现车是偷来的。同一天晚上他们还在当地的码头买了一艘快艇。我记得，当时警察全城搜捕，就是没有抓到人。我知道的好像就这些了。这个案子的其他消息我还没有看到。"

"你当然看不到。他们与我有些私人关系。我们没有受理过此案，只不过是偶然过问一下。"局长清了清喉咙，也许是这种公私兼顾在局长的良心上引起了不安，"我和哈夫洛克夫妇一直是朋友。事实上我还做过他们婚礼的男傧相，1925 年在马耳他……"

"我了解了，先生。真惨。"

M 局长继续说："他们是很善良的人。情报站一直在调查此案，但是他们从巴蒂斯塔的属下那里没有打听到一丝消息，倒是从卡斯特罗方面找到了一些线索。这样看来，卡斯特罗的情报人员比较了解政府内情。两个星期前我就掌握了事件发生过程的全部材料。简单来说这个事件可以概括为一句话：一个名叫汉迈尔斯顿，或者说是一个叫冯·汉迈尔斯顿的人杀害了他们。有很多的德国人隐藏在这个国家里多年，他们绝大部分是在战争快要结束时漏网的纳粹。这个人是巴蒂斯塔的反谍报机关的头目，以前是个盖世太保，专靠敲诈勒索、写匿名信和给人当保镖使自己的腰包变得充裕起来。这时候，卡斯特罗转运了。汉迈尔斯顿想溜出古巴，准确来说他是第一个想要溜出古巴的政府官员。他收买了手下一个叫冈查尔斯的官员，叫他带着两个枪手，环游加勒比海，用它购置有价值的不动产，为的是把他的钱转出古巴。他们专门收购一些高价值的地产，而且出价不菲。凡是他看中的地产，就一定要弄到手不可。如果金钱起不了作用，他就使用非常方法——诱拐小孩，烧房纵火，甚至谋财害命，不达目的誓不罢休。我推测他可能下令，如果买不到这块地产，就杀掉这对夫妇，再向他们的女儿施压。顺便说一句，这对夫妻的女儿，今年约 25 岁，我还没有见过她本人。在两个星期之前，巴蒂斯塔把汉迈尔斯顿开除了，至于原因是不是因为这件案子，我不太清楚。后来，汉迈尔斯顿和那两个枪手逃了出来。这件事确实策划得很严密。"

"那他们逃到哪里去了？"邦德低声问。

"美国。再准确地说，是维尔蒙特州北部，和加拿大的边界很近。不过这种人大概也只有在边境混混。那地方是他从一个百万富翁那儿租下来的大牧场，叫作回声湖。群山，风景如画。当然，他非要选一处僻静、没有人知道的地方居住，以避免一些麻烦。"

"您是怎样解决这一案子的，先生？"

"我把关于这个案件的报告交给了埃德加·豪弗尔。他知道汉迈尔斯顿这家伙，他掌握了汉迈尔斯顿和他的三个帮手的信息，知道他们是靠一张限时六个月的旅游签证混进美国的。他曾经问过我是否需要收回他们的签证，一并把他们驱除美国。我认为暂时不必，因为这样反而会打草惊蛇。之后，我和阿尔托将军商量能否因为这一案件引渡这些人，他表示没有太大希望，除非我们能从哈瓦那得到确凿的证据。然而这样的机会不大可能有。目前我们了解到的这些信息还都是通过卡斯特罗的情报人员才弄到手的。古巴官方是不会提供任何帮助的。"

M 局长重新将烟斗点燃，继续说道："我打算和我们在加拿大皇家骑警中的朋友聊一聊。我之前用电话和那里的司法专员讨论过这件事。他对我一直有求必应。他派了架边境巡逻机假装在边境迷了航，仔仔细细地俯瞰了回声湖一带。他说过只要我有需要，他随时都会鼎力相助。所以现在……"M 局长把转椅旋回到他的桌前，说："我想我要采取下一步行动了。"

M 局长的态度让邦德顿时明白局长为什么会感到事情棘手，为什么他一心想让别的人来做这个决定——死者是他的挚友，这个案子充满了私人的情感，局长只能在工作以外的时间来处理这件事。现在，关键时刻已经到来，要伸张正义，要惩处罪犯。但 M 局长还是在犹豫：究竟这么做是在伸张正义，还是公报私仇呢？倘若在谋杀案件中一个法官与被害者有私交，那么这位法官就不能审理此案。因此 M 局长需要有人来帮他的忙，来做出一个决定，而这个人就是邦德。

邦德没有丝毫的犹豫。他明白，自己并不认识哈夫洛克夫妇，但无论他们是什么人，汉迈尔斯顿残暴地对待两位毫无抵抗能力的老人，那就只好以其人之道还治其人之身。倘若说这是复仇，那这也是社会在向他们报复。

"我一点儿也不会犹豫的，先生。要是这帮外国恶霸发现他们干了这种伤天害理的事之后还能逃之夭夭，他们就会天真地以为英国人软弱、好欺负。有的人就有这种心理。这可是一场为正义而战的艰巨斗争，我们必须以牙还牙，以血还血。"邦德说道。

M 局长盯着邦德，没有表现出一丝鼓励，甚至连一句话也没有说。

邦德狠狠地说："绝不能轻易放过这些人，要严厉地制裁他们！"

M 局长怔怔地看着邦德的脸，眼前放空，好像很茫然。过了一会儿，他缓慢地拉开写字台左边的抽屉，从抽屉里面取出薄薄的一沓卷宗。卷宗上面没有任何表示绝密的符号，比方说红星，也没有通常情况下的横栏标题。他一只手将卷宗放在邦德的面前，另一只手又在抽屉里翻找着，从里面拿出一只方形的橡皮图章和一个红色的印台。M 局长把印台打开，使劲将图章在上面捣了捣，拿起来小心翼翼地印在卷宗那灰色封面的右上角。

把图章和红色印台放回抽屉里之后，M 局长将卷宗调了个方向，非常郑重地递给了邦德。卷宗上面的字母还显得很湿润，不过几个鲜红的字异常明显——"禁止传阅"

邦德默默地点了点头，随后拿起卷宗走出了房间。

邦德搭乘一架名为"星期五彗星"号的飞机去蒙特利尔，不过这都是两天以后发生的事情了。说实话他其实并不是太喜欢这种新式飞机，总觉得它飞得太高也太快，机上的乘客又太拥挤。对于邦德来说，他还是更加怀念以前乘坐的那种老式同温层飞机，虽然显得笨拙但很气派，飞越大西洋要用将近10个小时，这样他就有足够的时间好好吃顿安静而又美味的晚餐，还能在舒适的铺位上美美地睡够七个钟头，醒来之后一边吃着英国海外航空公司准备好的丰盛早餐，一边还可以观赏晨曦初露时的美景，西半球的第一缕金晖洒在客舱，令人感觉极其美妙。然而现在一切都变得太快了。机组的乘务员总是匆匆忙忙地做每件事，乘客在飞机上从四万英尺高空下降到一万英尺之前仅仅需要两个钟头，这个时间也只能打个盹儿罢了。

邦德驾驶着一辆赫兹——普利茅斯豪华型轿车从蒙特利尔出发，行驶到渥太华的17号公路上面，这时离开伦敦也才八个小时，甚至还要更短。他一直在提醒着自己：这里和英国不一样，车辆是要靠右行驶的。

渥太华国会大厦旁边的司法部里是加拿大皇家骑警总部的驻地。司法部大楼是一幢灰砖样式的建筑物，从外表看上去老式呆板，很容易让人觉得这幢楼房一定经受了无数漫长而冷酷的严冬的摧残，这和加拿大的绝大多数公共建筑一样。邦德按照M局长的指示，在门口报告求见司法专员时，报出"詹姆斯先生"的名字。

邦德在一位帅气的加拿大皇家骑警下士的带领下乘坐电梯上了三楼，随后在一间整洁的大办公室里把他转交给了一名中士。在这间大办公室里有两个很年轻的女秘书和许多陈旧的摆设。中士对着对讲设备讲了10分钟。趁着这个时间，邦德抽了一支烟，一边随意地翻阅着一本招募骑警的宣传册，这本小册子把皇家骑警队描绘得非常富有浪漫传奇色彩，在这里就仿佛置身于一个城市牧场。好像过了很久，他才被带到隔壁的一个房间去拜见专员。一个年轻人从窗前转过身，朝他迎过来，这个年轻人身穿白衬衫，扎着黑领带，外套是一件藏青色西装，个子也很高。"是詹姆斯先生吗？很高兴见到你，我是琼斯上校，我想你就叫我琼斯吧！"那男人热情地说道。两人握了握手。

"请坐。专员今日不能亲自迎接您，非常抱歉。他患了重伤风，或者说是流行感冒。"琼斯上校显得很愉快，"我们最好先把今天安排一下。我正好可以帮助您。我以前有过一两次狩猎旅行的经验，专员命令我让您度过一个美好的假日。"上校停顿一下："事情全由我包办了，好不好？"

邦德听了这番话，笑了笑，暗自琢磨：想必专员一定是个谨慎小心的人。他很愿意相助，可是又要如此微妙地解决这件事，看来他是不会再回到这间整洁的办公室了。顿了一下，邦德说道："我了解。我在伦敦的朋友也没有想到要劳驾专员亲自处理任何事情。我自己也从未见过专员和总部打过任何交道，所以我想也没必要一定亲自接见。那既然这样，我们就像朋友一样，随便地聊一聊吧！"

琼斯上校听了以后，大笑起来："当然可以，我是奉命先寒暄几句，然后回到正事上来。您知道，中校，我们将要合作。我们马上要做的是搞到一张伪造的加拿大狩猎执照，然后就是需要您违犯边境法，甚至还会要求您犯下更加严重的罪行。但是如果稍有不慎，就会闯下大祸。你懂我的意思吗？"

"我的朋友也专门吩咐我这点，他早就估计到了这一点。我想一离开这里，就会忘掉这里发生的一切。我要是不幸进了美国监狱，只能算我命运不济。那么，现在就开始吗？"

　　琼斯上校从写字台抽屉里面取出厚厚的一沓卷宗。文件的最上面放着一份目录。他用铅笔在第一项上面勾了一下，抬起头来看看邦德，说了声："服装。"邦德穿着旧西装、白衬衫，系了一条细细的黑色领带。琼斯上校从卷宗里取出一页纸，递给邦德："这上面列了一些你可能会用得着的物品，也有一家旧货服装店的地址。只是别弄得太引人注目，一条卡其布的夹克、深褐色的牛仔裤，还有高级登山靴等。相信这样的着装会让您觉得非常舒服。

　　"另外，这个地址标注的店铺出售一些染色剂。买它一加仑，你需要涂上。这会儿的山里是一片棕色，所以不要穿迷彩服或其他伪装色的服装。倘若被什么人发现了，您就可以说是来加拿大打猎的游客，只是迷了路，误闯了国境。我会亲自把枪放到你的普利茅斯汽车的行李箱里面，你在这里等一会儿。这儿还有一把崭新的萨瓦日99Fs手枪，可以连发五发子弹，气象使用的范围是$6 \times 62'$，配高速250—3000旋转弹20梭。市场上最轻量级标准，只有六磅半。这枪是经过检测的，连续发射过500发子弹而未出过任何故障。这是我从一个朋友那里借来的，希望事情结束以后它还能回到我这里，回不来也没事。这是枪支使用执照。"琼斯上校把使用执照递给邦德，"您需要用护照上的姓名注册使用。狩猎许可证是复件，是个小把戏而已，毕竟现在离猎鹿季节还有一段时间呢。驾驶证也是使用临时的；还有这是特意为您准备的食物和指南针，也一同放在您汽车行李箱里。噢，对了，想顺便问一句，您自己带枪了？"

　　"有。沃瑟PPK型手枪，伯恩斯·马丁枪套。"

　　"哦，请将号码给我，我这儿还有个空白执照。要是可以还给我，那再好不过。不过我已经为它的遗失找了一个理由。"

　　邦德将枪抽出来，念起上面的一排数字。琼斯上校填好表格，递给邦德。

　　紧接着,琼斯上校拿着一份地图绕过桌子走到邦德身边:"地图我们也要看一下。这是当地的地图,上面标了所有您想知道的东西。"

　　"您的路线是从 17 号公路到蒙特利尔,转 37 号公路,经过圣安娜桥和一条河,再上 7 号公路,就这样一直开到派克河,在斯坦布里奇桥边再开上 52 号公路,往右拐,向弗雷斯堡方向开,到了地点把汽车停好。这些路都很顺畅,也就需要五个钟头就可以到达目的地。请您看这里,标的这个地方就是您要办事的地点。大概在凌晨三点您要到达弗雷斯堡,悄悄地从行李箱中取出安排好的物品,神不知鬼不觉地溜走,您放心,那会儿车库的管理员准在香甜的睡梦中。"琼斯上校走回他的椅子旁,又从卷宗里抽出几张纸。第一张好像是地图,上面画满了铅笔画;第二张则是一张从空中的角度拍摄的照片。"你看,这两样是最危险的东西,使用过以后,如果遇到麻烦,请当即把它销毁掉。"琼斯异常严肃地看着邦德,紧接着他又递过第一张纸,说:"这是一张古代走私路线的粗略图,从禁酒时期就出现了。现在已经没有人使用这种图了,否则我也不会给您。"琼斯上校淡淡一笑,"沿着这条盘绕在山脚下的路,穿过福兰克林,进入山脉。格林山上长满了云杉和松树,还有一些红枫树。就算在那里转上几个月,没准儿连一个人都看不见。您可以从那里穿越国境线,经过两条公路,从埃诺斯堡瀑布往西走;再翻过一座很陡峭的山脉,那个山谷的上面就是您最后要到达的地方。这个十字点就是回声湖。从照片的角度来看,最好是从东边下去。明白吗?"

　　"如果步行的话,有多远距离?十英里?"

　　"十英里半。不迷路的情况下,从弗雷斯堡出发大约三个钟头就可以到达那儿。那么您到达目的地时大概是 7 点多钟。"

　　琼斯上校把那张照片递给邦德。在伦敦的时候,邦德曾见过这张照片的放大版。照片中的房子都是由石头砌成的,就连房顶也是一块大石板，低矮而整洁。从照片中还可以看到极富艺术感的弧形门窗和带凉棚的院落。大门前的一条土路蜿蜒，路两边是几间车库和类似下水道的东西，花园那一侧是花木围绕的石垒阳台，还有一片大概三英亩见方的草坪，和一个小的人工湖相连。高高的石坝正好把这个人工湖和各种形状的草坪分开来。石坝的中间放置的一个木梯正好能登上湖岸。在湖的另一面是一片高高的树林。这里就是琼斯上校认为比较合适下去的地方。照片上几乎没有什么人，庭院前面的石板上有一些看上去很贵重的铝制花园装饰品，还有一个玻璃桌放在庭院中央，上面摆着极为精美的酒具。邦德忽然回想起那幅放大的照片上，在花园中心还有一个网球场，外面是排列有序的白色的栅栏以及一片种马场。其实回声湖风光优美，是个很不错的休养胜地。这里远离城市的喧嚣和嘈杂，看来这里的主人一定是一位喜欢隐居的百万富翁，仅凭种马场和出租一部分高级客房就能满足其大量开销。对于汉迈尔斯顿来说，他既能在这里重整旗鼓，又能将自己沾满鲜血的双手在这个小小的湖水里洗掉，可谓是一个理想的避难场所。

琼斯上校把已经空了的卷宗合上，将撕碎的目录扔进废纸篓。两人都站了起来。

琼斯上校将邦德送到大门口握了握手说："先这样，今天咱们就先聊到这里吧。说实话，我真的很想和你同行，重新感受一下战时的紧张和激烈的气氛。不过您是很清楚警察这个行业的，除了很多书面工作需要处理，做任何事情都得小心翼翼，一不留神，饭碗就砸了。那就这样吧，再见，祝你好运。当然，无论结果如何，我都将会在报纸上看到很详细的报道。只要目的是崇高的，就可以不择手段，不计后果，对不对？"

邦德非常感谢地握了握琼斯上校的手。忽然他想到一个问题："萨瓦日手枪是单发的还是双发的？我现在还没有仔细地研究一下，恐怕目标出现时更没工夫去检验了。"

"单发的。你要使用它时，要让手指离远一些。争取与目标保持在 300 米以上。你知道的，这些可恶的家伙都非常狡猾，记住距离别太近。"他一只手拉开门把，另一只手放在邦德的肩膀上面，"我们专员以前这样说过：'只要是子弹能够到的地方，人千万别去。'希望您能记住这句话。再见，中校。"

在蒙特利尔城外的柯兹汽车旅馆，三天的房钱都已经付过了，而邦德在这里待了一个晚上，外加一个半天。之后他又用了将近一天的时间来修整汽车，以及试了一下在渥太华时买来的软橡胶的波浪登山鞋，另外还用买来的葡萄糖片、熏火腿和面包做成了三明治。

他还特意买了一个大铝瓶，是那种细口的，将里面灌了三大杯波旁酒和一大杯咖啡。晚些时候，他把买来的那种淡胡桃染色剂调好，把自己从头到脚上了个色。

没多久，他就成了个印第安人，灰眼睛，红皮肤。临近午夜，他从边门直奔停车场，蹑手蹑脚地钻进他停在那里的汽车，一直向南往弗雷斯堡的公路开去。出乎意料的是，当他抵达弗雷斯堡日夜汽车库时，守门人并没有像刚开始他和琼斯上校所商量的那样在酣然大睡。

"先生，您打算去打猎？"

"唔。"邦德将步枪扛在肩上。

要知道，在北美地区，即使是最简洁的声音也可以表示不同的意思。"唔""哼"，还有"嘿"，语调不同就会让人有不一样的理解，不过也说不清这到底是肯定还是否定，总之非常言简意赅，足够应付一切。

"据我所知，有人在'星期六温泉'那周围弄到了优等的河狸皮。"

"真的？"邦德仍用刚才的那种语调。他缴纳了两天的停车费。离开车库以后，他又在离镇子很远的一个地方停了下来,仔细地观察了周围。

公路上前面的 100 码，就是往右转拐进的那条伸进树林的土路。大约有 30 分钟，他就沿着这条小路来到了一座快要坍塌的农舍前。一只被铁链子拴住的狗狂吠着，农舍显得非常昏暗。绕过农舍，这里果然有一条河流，小路就此蜿蜒向前，邦德还要在这个羊肠小路上再走将近三英里的距离。狗的叫声渐渐留在了身后，直至消失，一切又恢复了寂静。夜色渐浓，厚厚的云杉林立。皎洁的月光透过浓浓的夜色一泻而下。邦德沿着小路轻松地快步前行着。脚上的登山鞋富有弹性，走起路来轻快方便。邦德拧了拧手表，上好弦，时间正好。四点钟，树木变得越来越清晰。

福兰克林镇的灯光投射在前面一片开阔地上。邦德疾步跑过去，又穿过一条二等柏油路，然后踏上了一条很宽的道路。在树林的右侧隐隐能看到波光粼粼的湖面。又过了一个小时，他已穿过了 108 公路和 120 柏油公路，这两条路都位于美国境内。没过多久，前方就出现了一个写着"埃诺斯堡瀑布，一英里"的路标。冲刺的时候到了。只要沿着一条有狩猎者留下的轻微的足迹爬向陡峭的顶峰就可以了。邦德停下脚步，抽起一支烟，把背包和步枪在肩上换了一下位置，并点火照了照地图。天亮前的微微白色已经出现，树林中传来很微弱的吵闹的声音，还伴随着一种他从来没听过的小动物发出的沙沙声和鸟鸣，听起来很忧郁。邦德好像看到，有四个男人正在山对面的狭谷中那幢大楼里酣然大睡。这一刻，正义的力量穿越树林而来。邦德扔掉烟，继续赶路。他不时地抬眼观察着周围的景象，但仍旧奋力地向山顶尽头爬去。这究竟是小山丘还是一座山峰？到底多高的山丘才可以称得上是山峰？这里除了漫入眼帘的白桦林，还有什么别的东西呢？这一切看上去是那么可爱、动人。邦德边想着边爬上了山顶。一排低矮的树木生长在山顶，邦德看不见下面山谷里到底有什么。他稍微喘了口气，爬上最高的一棵橡树，将厚厚的树枝拨在一边，终于他看到了环绕山谷的格林山脉，把那美丽的景色尽收眼底。

此时，金灿灿的太阳正从东面的山顶缓缓升起；正下方 2000 米的地方，一片树冠组成一个大斜坡，往下伸展开来，半路又被一片草场拦腰截断。清晨的薄雾时而渐浓，草场、湖水和那幢房屋忽隐忽现。

目标区如同被清水洗涤过，明快而清新，四周一片空寂。邦德倚靠在树枝上，沉浸在那一片微弱而苍白的晨曦中。一刻钟以后，晨曦轻掠过湖面，又钻进了晶莹的草场，映射到屋顶潮湿的石板上。

邦德将望远镜的焦距慢慢对准，侦察着下面的斜坡。与草坪旁边的阳台、庭院大约相距 500 米，与湖边的跳水板大概距离 300 米远。他现在所处的这个位置是他可以开火的唯一地带，视野开阔，除非他穿过最后的那一片树林，靠近湖水边。这些家伙是如何安排时间的？他们的活动规律是什么？会不会去游泳？天气还不错，应该会下水吧。还有一整天时间。假如这一天结束的时候他们还不打算下湖，他就只好等着他们在院子里活动时寻找下手的时机了。现在很重要的一个问题就是：在距离 500 米远的地方，使用三支性能他都不太熟悉的步枪，可能不会有太好的结果。要不他干脆移到草坪边上去？这要通过没有遮掩的 500 米路才能到达那里。或许在房子里面的人睡醒之前赶快绕到他们的后面。可是究竟这些家伙几点钟起床呢？

这时，主楼左侧的一扇窗户里的百叶窗卷了起来，好像是在回答他刚刚所有的疑问似的。卷动的声音清清楚楚地传到了邦德的耳朵里面。回声湖！这里是回声湖！多么清晰的回声！可是邦德自己发出的声响会不会也会产生回音呢？他刚刚应该没有折断树干和嫩枝吧？回声湖可以反射出山谷里的声音，还是小心为妙吧！

左面的烟囱里升起了一缕缕的炊烟，这让邦德感觉很像即将炸熟的熏肉和鸡蛋。他灵巧地翻了个身，从树枝上跳下来。他要先吃点儿东西，抽上一支烟，然后准备射击。

吃完自己带来的三明治，准备喝咖啡加威士忌时，邦德又一次考虑起这个问题：他来执行这次任务的目的是什么？萨瓦日的枪声仿佛已经在怒吼，子弹就像一只缓慢飞行的蜜蜂，悠闲地飞进山谷，向那粉红色的皮肤射去，只发出了很小的响声。皮肤凹下去，裂开，合上，留下一个小孔的痕迹。子弹仍在肉体中穿越，一点儿一点儿地向着跳动的心脏飞去。到底自己的目标是谁？他和邦德有什么仇恨？邦德使劲甩了甩头，不让自己胡思乱想。他拿出瓶子，咕咚地喝了一大口。咖啡加威士忌的力量果然能把喉咙烧得火辣辣的，一股暖流也流进了胃里。他慵懒地站起来伸了个懒腰，打了个哈欠，将步枪背到肩上。他向四周看了看，确定了返回山上的路线后，就慢慢地走下斜坡，钻进树丛里去了。

树丛里已经没有什么小道了，他只能踩着满地的枯树枝慢慢向前走着。树木越来越无序，像火焰般的红枫在云杉和白桦树丛中不停地闪耀。

树下是高低不一的矮灌木和吹得七零八落的枯木朽枝。邦德小心谨慎地走着，双脚被树叶和苔藓覆盖的岩页不停地摩擦，发出"嚓——嚓——"的声响。尽管他是如此小心翼翼，还是惊扰到了树林中的动物。一只大羚羊和它的两个孩子见到邦德以后，凄厉地叫着仓皇逃去；一只红色脑袋的啄木鸟刚飞到他前边，他还没靠近，漂亮的鸟儿便发出一声声刺耳的尖叫；就连小松鼠也竖起来，抻着脑袋，昂起脖子，露出尖尖的牙齿，好像不停地嗅着他的味道，然后吱吱地叫着逃回窝里。火药味似乎充满了整个森林。邦德很想告诉这些动物都别怕，他带的那支枪并不是用来对付它们的。当然，他更担心的是这一声声的兽叫鸟鸣会吵醒了下边房子里的人，他们会用望远镜朝这边看的。

幸运的是，当他躲在最后一棵大橡树后面向下面张望时，草场对面的那片树丛、湖水和房子都很平静。百叶窗依然紧闭，唯一活动的就是那袅袅炊烟。

　　已经八点钟了，邦德试图从草场对面的树丛中寻找一棵大树隐蔽起来。他刚刚看中了草场边的一株高大的红枫树，枫叶深红，间杂着橙色，与他所穿的服装正好一致。粗壮的树干耸立在云杉墙后面。从这里邦德可以看到他想看到的一切，包括湖和房子周围。邦德环视了一下周围，考虑着怎么通过草场，找到一条草丛厚实、树枝繁茂的路。他在心里思索着，微风拂过草丛。邦德忍不住想，要是风一直这样吹着该多好，这样就可以掩护他穿过草地！

　　就在这时，在离他不远的地方，一根树枝突然折断了，一声脆响之后，再没有其他动静了。邦德立刻跪下去，屏住呼吸，竖起耳朵倾听，就这样一动不动地持续了 10 分钟，高大的橡树干上映射出他那褐色身影。

　　动物辨认得出枯木，所以它们不可能折断树枝。尤其是鸟儿也肯定不会踩在容易被折断的细枝上。就算是像长着粗角和四蹄的野鹿这样的大动物，在林丛里活动也是很安静的。难道……那些人在这儿设置了岗哨？邦德镇定地从肩上取下步枪，扣住扳机。假如那树枝不是岗哨所折断的，那就很有可能是猎人或偷猎者开枪时飞过树枝折断的。过了一会儿，两只鹿从树枝折断的地方跑出来，穿过草丛向左边慢慢跑去。它们不时地停下来回头张望，再吃上几口草，继续跑，直到钻进灌木丛中。

　　邦德松了口气，显然是它们把树枝折断了。现在还要想办法穿过草场。

　　真是件不容易的事！邦德在草丛里爬行了五百多米，膝盖、手、胳膊肘一点儿一点儿向前蹭着，既要匀速，又要驱赶可能会钻进眼睛、鼻子、脖子里的粉尘和昆虫。他运气很好，微风一直吹拂着草地，像荡起的一层层海浪，掩盖住了他的移动，没有让房子那边的人们注意到他。当他爬到距离那棵红枫树大约二十英尺的地方，为了进行最后的冲刺，他特意停下来歇了一会儿，按摩按摩膝盖，放松一下腕关节。

整个过程，他并没有听到任何动静，但当从他左边仅一步之遥的草丛中传出一种微弱但足以使人毛骨悚然的沙沙声时，邦德的头"嗡"地一下晕眩起来，感觉脊梁一阵发凉。

"敢动的话我就立刻杀了你。"一个女人的声音在邦德头上响起，那语调与凶恶的男人一样可怕。

邦德的心一下子悬到了嗓子眼儿：钢料制成的箭杆穿过草丛，笔直地对着他的脑袋，那淬过火的三棱箭头闪着蓝色的光，而这些仅仅离他只有两英尺。

弓倾斜着几乎与草地平行；拿弓的人可能是用劲过大，棕色的指关节抻得变成了白色。女人将嘴唇紧紧抿着，藏在摇曳着的草丛后，若隐若现的，黑黑的脸上满是汗水，一双灰色的眼睛显露出凶狠。由于草场的原因，邦德能看到的就只有这些。她是谁？哨兵吗？"你是谁？"邦德一边用轻松的口气问道，一边将右手向腰间的手枪慢慢摸去。

"右手别动，否则我射穿你的肩膀。你是哨兵？"那个箭头抖了一下。

"不是，你呢？"

"不许耍滑头。你在这里做什么？"语调有些温柔下来，不像最初那样厉害，但仍然带着一丝凶狠和疑虑，女人的声音听起来有很重的地方音，或许是苏格兰人，没准儿是威尔士人。

该进行谈判了，但幽幽的蓝色的箭头周围仍有一种怪异的气氛。"收起弓箭，然后我告诉你这究竟是怎么回事，罗宾娜。"邦德脱口说道。

"你保证不动枪？"

"可以。看在上帝的份儿上，我们先离开这里。"邦德没有等女人做出回答，手脚并用，麻利地又往前爬。他现在必须抓住一切时机，掌握局势，在开火之前快速地安排好一切，这个女人是谁现在都不重要。

天哪，简直没有思考的余地！

邦德顺着那棵红枫树下来，谨慎地站起来，透过烈焰般的枫叶观察着下面。

百叶窗已经拉起来了。两个身着花衣的少女在院落里摆起一张大的餐桌，动作缓慢。这个位置确实很好，只要爬过树丛的顶部，就能看清楚那边的小湖。邦德放下步枪和背包，倚靠着树坐了下来。那女人从草丛中走过来，立在枫树下，刻意和邦德保持着一段距离，虽然弓已经放下了，但是箭还紧绷在弦上。两人都注视着对方。

女人头发有些蓬乱，衣衫褴褛，像一个林中仙女。她的橄榄绿色衣裤都沾满了泥浆，一动起来就吱吱作响，甚至有几处都已经破了。一只金发卡将她满头浅黄色的头发卡在脑后。发卡可能因为刚从草地里爬过，已磨去了光泽。俊俏的脸蛋上带着一丝野性，性感宽厚的嘴唇，高高的颧骨，银灰色的圆眼睛傲视着一切。小臂和脸蛋上都有被划出的一条条血痕。

箭袋搭在左肩上，里面装着满满的箭，金属制成的箭羽闪闪发光。腰际插着一把猎刀，一只深褐色帆布袋绑在大腿的一侧，里面大概装着她的食物。她在荒野中独自游荡，阴森的树林和僻远的山村就仿佛是一个巨大的花园，而她就是这个花园中一个美丽而危险的女侠。

邦德觉得眼前这个女人很迷人，他冲她笑了笑，友好地说道："如果我没猜错的话，你叫罗宾娜·霍德。我是詹姆斯·邦德。坐下来吧，喝点儿饮料，再吃点儿熏肉，这里还有些干果仁，喜欢吃吗？"说着便摸出酒瓶，拧开盖递给她。

她像红种印第安人一样在离他只有一步远的地方坐下来，双膝分得很大，把一只脚高高地跷起，压在另一条大腿上。她接过酒瓶，仰头灌了一大口，然后又默默地递了回来，轻声地说了句"谢谢"，但是脸上仍然没有任何表情。她将一支握在手中的箭插进背后面的箭袋里说："你是个偷猎者吧？你应该爬到更高的地方去，这地方没有鹿，它们只有在晚上才会悄悄地出山。白天的时候我知道哪儿有鹿，你要是想知道，我可以告诉你，有一大群呢！虽然现在有些晚了，但你还能赶上它们。你大概只知道偷猎，不像是个坏人，你应该不会找其他的麻烦吧？"

"那你在这里做什么？打猎吗？请让我看看你的许可证。"

她把紧紧扣着的衣袋打开，掏出一张小纸片。

这种许可证是在维尔蒙特的伯宁顿办理的，许可证上面是一连串的许可项目，"非居民狩猎""非居民持有弓箭"方框里面都打了钩。支付捕鱼和狩猎费用一共用了18美元50美分。使用范围：蒙特利尔和维尔蒙特；姓名：尤迪·哈夫洛克；年龄：25周岁；出生地：牙买加。

万能的上帝啊！邦德在心里呐喊一声。真是冤有头债有主。他带着一种同情和钦佩的口吻对尤迪·哈夫洛克说道："真厉害，尤迪，牙买加离这里那么遥远，你却赶来了！你想用你的弓箭和他们抵抗吗？有句古话叫作：'复仇之前先挖两座坟墓。'你有没有做好这个准备？或许，你一直抱着必胜的信念，相信自己会凯旋？""你是什么人？来这儿干什么？我的事儿你是怎么知道的？"尤迪直直地瞪着他问道。

邦德低头想了一下，觉得目前只有一个办法能摆脱现在的困境，那就是助她一臂之力。

真不走运！他友善地对姑娘说："我是伦敦方面特意派来的。我的名字你已经知道了，你的事情我也很清楚，我到这里来的目的就是替你报仇，让你不再受这些家伙的打扰。因为我们担心那些人可能会对你下毒手，强夺你的那些财产。"

姑娘的神情黯淡下来，说："他们已经行动了。三个星期前我可爱的小马驹帕洛雷诺就被他们毒死了，还把我从小养大的猎犬阿尔萨蒂安用枪打死了。之后又寄来了一封信，上面写道：'死神有很多只手，现在就有一只正在向你伸去。'我甚至打算过在报上的启事栏里面登一条启事：'我认输了，尤迪。'我也曾找过警察局，但他们说除了向我提供保护以外，也无能为力。所以我到了古巴，住在这里最豪华的旅馆，在赌场大赌特赌。那时候我穿的可是最好的衣服，戴的也是最好的首饰。"

她边苦笑边了摇了摇头，继续说道："我自称是因为一时冲动而离家出走，为的是见识一下真正的黑社会和强盗。为了打听情况，我只得对那些向我献媚的男人热情相待。终于，我掌握了一些情况。他那时已经离开古巴了，巴蒂斯塔已经发现了他的身份和罪行，而且他树敌太多。我了解到了他的很多事儿。后来我又遇到了一个高级警官，从那里我又了解到很多信息。"尤迪停顿了一下，避开了邦德的目光，"为了查到这家伙的地址，我来到美国，在报纸上读到了宾克尔登私人侦探事务所的新闻，于是我付钱请他们为我调查。这就是事情全部的经过。"

"你是怎么来到这里的？"

"坐飞机到伯宁顿，然后徒步。翻山越岭地走了四天。我们家的房产就在牙买加山区，那儿的路更加难走，所以我很习惯走这里的小路。"

"你下一步准备做什么？"

"杀了冯·汉迈尔斯顿，然后就回伯宁顿。"尤迪说得非常轻松，好像她只是折断一朵野花而已。

嘈杂的声音从山谷下面传来。透过树枝，邦德向下看了看。三个男人和刚刚整理餐桌的两个少女正在往外搬椅子。然后他们坐在桌旁聊着什么。在两个姑娘之间的桌首有一张空着的椅子。邦德取出望远镜向那边看去：三个男人都皮肤黝黑，个子不高，其中一直在笑的一个穿着时髦，他应该就是冈查尔斯了，另外没有参与谈话的两个人并排坐在长方桌的一端，看上去则有些土气和粗俗。而那两个少女都是白种人，穿着透明的泳装，浑身珠光宝气，不停地在咯咯地笑，但是她们的皮肤被晒得很黑，看上去像低俗的古巴妓女。她们说的是西班牙语，声音很清晰，以至于在林子里的人都能听见。

尤迪向邦德靠近，在他身后一步远站住。邦德将望远镜递给她，说道："瞧，那个穿着整洁的人就是冈查尔斯少校，另外两个矮个子是枪手。不过我不太清楚那两个女人究竟是干什么的。冯·汉迈尔斯顿应该还没出来。"她用望远镜望了一下，什么都没说，又还给邦德。

突然，那两个白种少女转过身，向通往室内的大门看去。其中一个好像是在问好。没过多久，从室内走出一个几乎赤裸的男人，身高有可能还不到五英尺半，好似拳击家的肩膀和臀部，腹部高高地隆起来。胸部和肩部都被覆盖厚厚的黑毛，就连双臂和双腿也不例外。可笑的是，他的脸和头倒是显得很干净，油光锃亮。脑袋后面有一块很深的伤疤，可能是被追捕时留下的。整个脸部棱角分明。两只眼睛之间的距离很短，眉毛也很秃。嘴巴很大，嘴唇厚得有些上翘。肚皮上还围着一条黑色布带，手腕上戴着一块金光闪闪的手表。除此之外，他全身裸露。整个形象非常丑陋。他绕过桌子，缓缓地走到石砌的阳台边上，开始进行锻炼。邦德倒吸一口冷气，又把望远镜递给了姑娘，在一旁静静地观察她的表情。姑娘紧闭双唇，目光犀利地注视着这个她用生命来仇恨的男人。

邦德心里有点儿担心尤迪会给他带来麻烦，甚至还会扰乱他已经安排好的计划。这个姑娘背着弓箭正在扮演着一个愚昧的角色。邦德当然不希望她这么做。

他沉思了一下，决定把她绑起来，待到行动结束之后再把她松开，她应该能明白他的用意。邦德伸手去摸枪。

姑娘显得若无其事，慢慢地后退了几步，将望远镜放到了地上，又拾起了弓，把从背后摸出的箭娴熟地搭在弦上，然后抬起头看着邦

德：“不要耍花招，站远一点儿。我知道什么叫远角度视野。相信我，
50米之内我闭着眼睛都不会失手的，百米以外的飞鸟我也是百发百中。
我千里迢迢来到这里，为的不是到你手上来送死的。我不希望把箭射
到你的腿上，但如果你要耍花招，那别怪我不客气。”

邦德有些后悔自己刚才的犹豫不决。“不要犯傻了，你以为仅凭
你的弓箭就能对付得了那四个凶恶的男人？”他狠狠地说。

尤迪收回右脚，做出发射姿势，她倔强地说道：“少管闲事。他
们杀了我的父母，你不了解这种感情。我千辛万苦来到这里，待了一天
一夜，就是为了亲手杀了他，替我父母报仇。我知道他们在做什么，知
道如何去制伏汉迈尔斯顿。其他人我都不管。我要先杀了那个领头的！”
她将张开一半的弓对准邦德的腿，“要么照我说的话去做，要么就对不
起你了。不要以为我不敢，我想做的事，任何人都阻止不了。明白了吗？”
她傲慢地仰了仰头。

这个倔强美丽的姑娘现在正处于极度歇斯底里的状态，邦德只能
让步，否则很难想象她会干出什么蠢事来。同时，邦德又觉得，如果与
她一起干也未尝不可。他没有消声的武器，而她有。两人若是联合起来
的话，正好取长补短。于是他平静地说：“你听着，尤迪，这次是你父
母的一个好朋友托我来的，我一定会鼎力相助。如果你坚持参与此事，
那最好我们合作。这样也许我们既能达成目标，又可以活下来。何况，
干这种事我比你内行，我的武器，至少比你的效力高五倍。我本想趁他
在院子里的时候把他干掉，但如果等他们到湖边游泳时也许成功的概率
会更大。瞧，他们都换上了泳装，过不了多久他们就会下湖。到那时我
们就行动，你还可以给我火力支援。”说完，他又强有力地补充了一句：
“这种帮助很重要！”

尤迪果断地摇了摇头，说道：“我不同意，我要亲手杀死那魔鬼。

如果你愿意的话，可以来提供你所谓的那些火力支援。我同意你说的在他们游泳时行动，昨天大概在十一点钟他们就全部下了湖。今天天气又暖和，他们一定还会去游泳。我已经在湖畔的树林边上找到了一个最佳的射击位置。那些警卫不下湖，在旁边坐着，他们都会随身带着一种托米牌手枪。我会神不知鬼不觉地干掉冯·汉迈尔斯顿，等到保镖们发觉出了事，我早就离开湖边了。放心，我的计划肯定能成功。不能再耽搁了，我要马上行动。你必须照我的话去做，否则……很抱歉。"她说着有意识地把箭抬起了几英寸。

"这该死的倔驴！"邦德感到十分恼火，却又无可奈何，只好说，"那好吧，但是我必须告诉你，假如我们错过了这次绝佳的机会，那你会后悔一辈子的。去吧。剩下的几个家伙由我来管。如果事情平安地办完了，就回到这儿来见我。要是不能，那还得我下去收拾残局。"姑娘稍稍松开了箭，说道："很高兴你想通了，要不这箭射出去了可就收不回来了。别担心我，再见。"她第一次笑了笑，露出了一点儿女孩子的本色，然后转身穿过树林，朝山下摸去。

待到尤迪在树丛中消失后，邦德立刻拿起望远镜，精神高度集中，准备行动。他现在该做些别的什么呢？还有其他的办法吗？没有。只有等她先发制人。如果他先开了火，很难预测那个现在正头脑发热的野姑娘会做出什么蠢事情来。突然，一阵嘈杂声让邦德赶紧举起望远镜。

两个白种女人正在收拾桌子。冯·汉迈尔斯顿躺在门外的躺椅上读着一份报纸，偶尔会与冈查尔斯低语几句。冈查尔斯坐在一张金属转椅上，腿劈得很开，嘴里吞云吐雾，神气活现。邦德听出他们讲的是英语，但听不清具体的谈话内容。邦德低头看了看表，十点半。邦德靠着树干坐下来，盯住那把萨瓦日手枪，想着现在的势态还不够明朗，应该怎样麻利地处理眼前的这件事。

邦德完全不喜欢这件差事。一路上，他都在想象着这些家伙是一群什么样的人。有一点可以肯定，冯·汉迈尔斯顿和他的那帮手下一定都是些极其残忍的暴徒，哈夫洛克夫妇的遇难就足以证明这一点。等到把他们消灭掉后，绝对会有很多人会为之感到高兴。从某种程度上来说，他们的女儿将要去做的事情已不仅仅是个人的复仇。

虽然邦德和他们无仇无怨，没有任何恩怨纠葛，但是他的职业道德要求他绝不能对这些暴徒存有善心。这些暴徒是国家的敌人，换一种说法，他们也是敌对国家的情报部门的代理人，他们在英国的土地上向英国人民宣战，向英国人民挑衅。他们像碾死一只苍蝇一般杀了尤迪心爱的马驹和猎犬。他们……这一刻，邦德想了成千上万的理由来说服自己，自己的行为是正义的化身。

蓦地，枪声从山谷里面传来，邦德忽地站起来，端起步枪，找寻着目标。又一声枪响，紧接着是一阵喧哗声，还混杂着大笑和鼓掌的声音。

一只翠鸟"砰"的一声摔落在草坪上，在地上不停地挥动着翅膀，掉下来的深色羽毛也慢慢飘落。一缕青烟从冯·汉迈尔斯顿的枪口里冒出来，他低头闻了闻，然后往前走了几步，一脚把翠鸟踢飞，翠鸟在空中转了一圈，又重重地掉落下来。站在一旁的人讨好地欢呼大笑。冯·汉迈尔斯顿显得意扬扬，夸夸其谈地说些什么，邦德只听清了"百发百中"这个词儿。汉迈尔斯顿顺手把枪扔给了一名枪手，又大声地跟两个少女说了几句，两个少女赶紧跑回房间。然后，汉迈尔斯顿在几个男人的簇拥下，往湖边走去。不一会儿，那两个女人跑回来，手里都提着一个空香槟酒瓶，追上这几个人，蹦蹦跳跳地在后面跟着说笑。

邦德准备战斗。他把枪的放大器对准湖边的那些家伙，将标尺定在300米。他靠着大树，左手搭在树上面的一个树疙瘩上等待，静观下面的那群人。

那两个枪手正往枪里装子弹，大概是要举行射击比赛。当冈查尔斯一声令下，他们就都端着枪站到了石坝上的跳水板前，面朝草坪，一动不动地站着。

冯·汉迈尔斯顿一只手拎着一只空香槟酒瓶，身后站着的那两个少女用双手紧紧地捂着耳朵。一阵含糊的说话声和大笑声又传到邦德的耳朵里面。从望远镜里望过去，两个枪手没有一丝笑容，反而是越来越紧张，面孔都快变了形。

冯·汉迈尔斯顿大吼一声，两个聒噪的女人安静下来。空酒瓶在他手里不停地前后摆动着，嘴里还大声数着："一……二……三。""三"字刚一出口，他就使足了力气把酒瓶向湖对岸扔去。

两个枪手迅速转身，对准目标，立刻，枪声划破了树林中久久的静谧，在湖面上引起深沉的回声。枪声惊动了鸟儿，它们挥着翅膀飞出了山林，被子弹射断的小树枝，噼里啪啦地掉入水中。左边的瓶子被打得粉碎，而右边的那个仅仅中了一颗子弹，碎成两片。显然左边的枪手赢了。碎酒瓶在湖的中央溅起一层浪花。等烟雾散尽时，这些人已经走回草坪上。山谷中仍在隆隆作响。一个枪手神情沮丧，另一个则得意扬扬。汉迈尔斯顿点头示意两个女人迎上去。但她们似乎有些不情愿，把嘴嘟得高高的。冯·汉迈尔斯顿和获胜的枪手说了两句，随即那人又向左边的姑娘点了点头。女人显得很不高兴，背过身去，不去看枪手。冈查尔斯和汉迈尔斯顿哈哈大笑起来。汉迈尔斯顿伸手在姑娘的屁股上轻轻拍了两下，在她耳边又说了句什么，邦德只听到"一晚上"这个词。姑娘把头抬起来看着汉迈尔斯顿，顺从地点点头。

比赛结束，这个顺从的姑娘飞快地向湖边跑去，跳到湖里面，大概是要躲开那个赢了她的男人，另外一个姑娘也紧跟着跳下去。她们就这样在湖中打闹玩耍，相互叫骂。冈查尔斯坐在草坪上，把外衣脱掉，一只手枪皮套挂在他的肩膀上，一支中口径自动手枪插在里面，枪柄露在外面。冯·汉迈尔斯顿摘下手表，向跳水板走过去。背对着湖水站着的两个枪手看着冯·汉迈尔斯顿。

两个姑娘从湖里面露出脑袋，慢慢地朝湖对岸游去。两个枪手举着枪，脑袋来回在花园和房子前面转动，扫视着周围的一切。邦德心想，正因为冯·汉迈尔斯顿采取了各种严密的保护措施，他才得以活到今天。

冯·汉迈尔斯顿走到跳水板尽头，看了看水面。邦德高度紧张，打开枪，把两只眼睛瞪得像铜铃一样，几乎就要裂开了。现在随时都会发生意外。箭在弦上，一触即发，邦德的手指在扳机上直发痒，那个野性的女人怎么还不射箭？

邦德透过望远镜，看到汉迈尔斯顿已经做好准备：微微地弯着膝盖，双臂向后侧摆着。微风徐徐吹来，湖面荡漾起一阵阵涟漪。他双臂前倾，双腿蹬离板面。就在一瞬间，汉迈尔斯顿纵身向上一跃的那一瞬间，一道银光从他后背闪过，他沉重地跌入湖里。

站在岸上的冈查尔斯还没反应过来主人入水时怎么会激起一股湍流。他瞠目结舌地瞪着水面，还不清楚是不是有异常发生了。而那两个枪手好像已经嗅到了敌军的味道，做好了射击的准备——身体蹲伏着，又看看石坝后面的山林，看看冈查尔斯，等待着命令。

邦德觉得嗓子已经干得快要冒烟。他屏住呼吸，用望远镜观察着湖面的情况。这时，湖水深处漾起一层一层红色波纹。汉迈尔斯顿的身体浮出了水面，跟随着波浪不停地摆动着。从他左肩下伸出一支钢箭杆，约有一英尺长，阳光下铝制的箭羽格外耀眼。

两支冲锋枪在冈查尔斯的命令还未落下之时就"突突"地开了火，子弹从邦德身下的树丛中呼啸着穿过。邦德立刻扣动扳机，一击即中，把右边的那个枪手解决掉了。另一个枪手奋力地向湖边跑去，一边跑一边端着冲锋枪不停地扫射。邦德打打停停，瞄准了目标再进行攻击。突然，那人的腿一软，跟跄地向前跨了两步，就一下子跌倒在水中，手里紧紧握着的冲锋枪向天空漫无目标地扫射了几发子弹。

而奸诈的冈查尔斯趁着邦德瞄准的间隙，飞快地躲到第一个枪手的尸体后面，拿起冲锋枪向邦德开火。冈查尔斯很幸运，或许他看见了邦德，也没准儿只是凭借着萨瓦日枪闪光的火舌确定了目标，但是他干得很利落。子弹呼啸着击中了红枫树，将碎树片溅到邦德的脸上。邦德毫无喘息地又开了两枪，但太低了，死尸被打得微微有些震颤。

邦德压上子弹，再一次寻找目标。他一把将落在他枪口前的一根树枝拨开。就是在这一刹那间，冈查尔斯迅速地站起来，跑到花园的摆设中间，力气十足地将铁桌一推，躲到后面。邦德的两颗子弹紧追不舍，击中了他脚后跟的两块草皮。而冈查尔斯有铁桌打掩护，可以瞄得更加精确。他一会儿在桌子左边，一会儿又从桌子右边开枪，毫无规律，一阵阵的子弹似雨点般打在枫树上。相比之下，邦德的难度就大了很多，他多半都打在了铁桌上，有少数擦过草坪，因为他很难用望远镜从桌子的一侧到另一侧进行准确而迅速的瞄准。当下，邦德决定换到右边，固定一个好的姿势，从开阔的草地上射击，趁冈查尔斯不注意的时候把他干掉。没想到他刚跑出来，冈查尔斯就冲了出来，大概他想尽快地结束眼前的僵局，越过水坝，一头钻进了树林，追击邦德。邦德停下站起身，举起步枪。见状，冈查尔斯赶忙弯下腰一边在石坝上移动，一边向邦德开火。邦德一动不动地站着，任凭子弹在面前呼啸而过。就在这时，准星中出现了冈查尔斯胸膛正中央的黑毛，邦德猛地扣动扳机。冈查尔斯努力地想站起来，可是力不从心，他摇晃着伸出双臂，手枪仍不停地往天空发射着，笨拙而沉重地栽进水中。

邦德稍等了片刻，想看看冈查尔斯的身体是否还会抬起来。没有。

他慢慢放下步枪，用手背往脸上抹了一下。

巨大的回声一直在山谷中盘旋激荡。邦德发现右边湖畔的树林中那两个女人正在朝房子不住地张望着。过不了多久，她们就会反应过来，去报警。现在他要做的唯一一件事就是立刻离开这里。

邦德听着隆隆的回声，穿过草地往山上走，来到那棵枫树下，枫叶已经被打得七零八落了。尤迪已经在那儿等待了，她背对着邦德，倚靠着树干，把头埋在臂膀中间抵在树上，右侧的袖子上面有个黑洞，手臂不停地滴着鲜血，滴到了地上。武器都扔在了脚边，她的肩膀有些颤抖。

邦德走到她的身后，环住她，温抱和地说："干得漂亮，尤迪。我们成功了。你胳膊伤得严重吗？"

"没关系。我不知道被什么东西打了一下。真恐怖，我没有料到他们会这么快就开枪。"她声音显得很压抑。

"这些暴徒都是杀人狂。我和你说过，这是男人的事情。来，让我瞧瞧你的胳膊，必须要包扎一下，然后我们得尽快离开这儿，越早越过边境越好。不能让警察抓到我们。"邦德安慰地说。

尤迪转过身，汗渍和泪痕在她那美丽动人的脸庞交错。她用充满了温柔和驯服的眼神看着邦德说道："你是个好人。很抱歉我一开始对你那样粗鲁。我总是伤别人的心，对不起。"

邦德听了以后笑了笑，从她腰带上抽出猎刀，从肩膀处把她的衣袖割下来，撕成带子，绑在一起。由于子弹伤到了肌肉，伤口血流不止。邦德从身上掏出手绢，撕成三条系在一起，然后用带来的咖啡和威士忌为她清洗伤口，然后又摸出一块大面包按到尤迪的伤口上，用手绢撕成的带子包扎好。最后将用衣袖结好的带子绕到尤迪脖颈后面，打了个结。靠近她时，邦德被她身体里散发的那种温馨可爱的原始香味深深吸引了。此时，邦德离她的嘴很近，使他忍不住在她嘴唇上轻轻吻了一下，不满足，又狠狠地吻了一下。他系好了结，看着那双注视着自己的大眼睛，惊恐而幸福。他低头再次吻了吻她的嘴唇，她笑了，不再有惊恐。邦德笑望着她，退后了一步。他轻轻握住她的右手，把手腕小心翼翼地伸到吊带里。

"你要带我到哪儿去？"尤迪一反先前的凶悍和野性，语调非常温柔。

"伦敦，那儿有位老人想要见你。但我们要从这里越过边境去加拿大。你的护照也需要改一下，我在渥太华的一个朋友可以帮忙料理这件事。另外，还得给你买一些衣服和日常用品，这就得花上好几天时间。我们会住在一个叫柯兹的汽车旅馆里面。"

"太棒了，我都没有住过汽车旅馆呢！"她望着他，温柔地说。邦德拾起地上的枪和背囊，挎在一边的肩膀上，又把眼前这个女人的弓和箭袋挂在另一边的肩上，转过身向草丛方向走去。

尤迪跟在他身后，边走着，边把已经被磨得褪了色的金色发带取了下来，浅黄色的秀发像瀑布一般倾泻下来，散落在身后。

# 借刀杀人

三天前，M局长通知詹姆斯·邦德到他办公室去。

"现在手头上有工作吗？"邦德进去后，局长并没有面对窗户，和往常一样向外面看上半天，再把转椅转过来对准邦德，这次是直截了当地问他。看来，局长的情绪很不好。

"只是一些案头的工作。"邦德回答。

M局长一下子把烟斗插进烟缸里，厉声说道："什么意思？谁不干点儿抄抄写写的工作？"

"呃，我的意思是我没做什么具体的事情。"

"嗯。这些绝大部分都是关于吸毒者的材料，英国刑警总署提供的，也有一部分是内政部和卫生部提供的，另外的一些是日内瓦国际麻醉剂控制组织提供的长篇报告。这些资料你全部拿回去看一下，应该会花费你不少时间，就算是从现在开始看也要看到深夜呢。明天你去趟罗马，和一个高大的男人会面。至于接头的时间、地点和方式，都在卷宗里面标着呢。"M局长将放在桌子上面的一捆深红色的卷宗推向坐在桌子另一端的邦德，邦德赶紧用手接住。邦德清楚，事出有因，否则M局长的态度不会这么不好。要知道，M局长一向不喜欢把他的手下调去做其他的工作。他们都是从事谍报工作的，必要时也会干一些破坏和颠覆的活动，可如果让他们去做其他的事情，无论是对他们的才干，还是那点儿少之又少的秘密经费来说都是一种资源浪费。

"还有什么问题吗？"M局长稍稍地将下巴抬了抬，像翘起来的船头一样，好像在暗示邦德：赶快抱上文件滚出去，他还有更重要的工作要处理。

"局长，两个问题，一个是为什么要我们去办这件事，还有一号站和参与这次行动的人是什么关系。"邦德知道M局长的性格，于是，他轻声问道。

天空中的云朵大片大片地飘过，M局长的眼中有一丝不快的神色，他把转椅转过去，透过宽大的窗户向外面看去。随手拿起烟斗轻轻吹了吹，之后又将它放回桌上，好像这么做能缓解一下他满腔的怒火。当他再次开口的时候，语气明显比刚才平和了许多。"你要知道，007，我非常不愿意情报局被牵涉到这件毒品案中。你一定没忘记，今年年初的时候，刑警总署把你借调两个星期，让你帮忙去墨西哥追踪种植鸦片的嫌疑犯，结果呢？你差点儿连命都没了！现在，他们又想让你去对付那帮可恨的意大利人。我是绝对不会同意的。所以尤尼·瓦兰斯马上到内政部和卫生部，说服两个部长向我施压。我一再地告诉他们，我这儿非常需要你，其他的人我也一个都不会抽调出去。结果这两位部长又去找了首相。"M局长顿了一下，接着说，"就是这么回事儿。我不得不承认，首相是个挺会做思想工作的人。他说海洛因是一种心理战的武器，倘若真的大批地走私进来，国家的力量就会慢慢被削弱。他还说，这件案子绝不仅仅只是涉及一帮贪财的意大利贩毒分子，甚至可能背后孕育着一起颠覆政权的阴谋，这可不是什么骇人听闻的论调。"M局长苦笑了一下，"我估计这些话都是瓦兰斯特意炮制出来为首相准备的。要知道，他的部署全都在全力以赴地阻止毒品走私进入我国，避免我们的孩子踏入美国同龄人的后尘，陷入毒品中不可自拔。从目前来看，他们的工作并不是很顺利，甚至可以说是障碍重重。兜售海洛因的小商贩，在舞厅和一些娱乐场所周围不同寻常地多。瓦兰斯号称'魔鬼行动小组'，顺藤摸瓜，终于查到了一个负责毒品中转的人，并且调查清楚了那些毒品是藏在旅游者汽车里从意大利偷运走私进来的。瓦兰斯已经得到了意大利警察当局和国际刑警组织的协助和支持，但是一直没有什么太大的进展。他们只是顺着发现的那条地下运输线抓到一些小角色，就在马上要捞到大鱼的时候却突然没了线索。估计是贩运毒品的重要人物感受到了一些风吹草动，被吓得不敢轻举妄动了，也没准儿是因为他们已经赚足了油水，想暂时休息一下。"

"或许他们有某种非常严密的自我保护措施，局长。他们干这类活儿，一定知道风险很大，必须要按照一定的安全规则行事。"邦德插嘴道。

"极有可能，这也是你必须弄清楚的事情。"M局长耸了耸肩，接着说，"不过我总觉得，只要你肯出马，必能将这一贩毒集团一网打尽。无论如何，首相命令我侦查此案，我只有服从命令。我已经和华盛顿方面通了气。中央情报局也很乐于合作。你也知道的，二战结束以后，禁毒署在意大利有一个侦破队成立。而这个侦破队和中央情报局没有非常直接的关系，他们都隶属美国财政部下设的一个秘密行动组织，主要任务就是搜寻和侦破贩运毒品和制造假币的活动，这么做可真是有点儿天马行空。我很好奇，不知道FBI对这个组织的成立有什么想法呢！"M局长将身子慢慢转过来，仰靠在椅子上，双手在脑后交叉，盯着邦德说："幸亏中央情报局驻罗马办事处和这个迷你型的毒品侦破队关系密切。中央情报局的艾伦·杜勒斯还亲自告诉我那支禁毒侦破队上司的名字，叫克里斯托夫。但实际上，这个人具有双重身份，他表面上是靠走私少量毒品以掩人耳目。杜勒斯对我说，可以让中央情报局的罗马办事处给克里斯托夫捎话，因为他不方便让他的手下介入这件事，就说我们这里有一名非常优秀的员工想和他们做笔生意。我立即同意了，而且很感谢他的这一提议。昨天我发出了消息，把见面的时间定在了后天。详细情况都在这个文件夹里面。"M局长在邦德面前指了指。

邦德稍事停顿了一下，脑子里在迅速地盘算着这项任务的把握性。这件事听起来让人感到不安，倒不是因为会有什么危险，主要是没有太大意思。邦德站起来，拿着卷宗，说道："那好吧，局长。这差事估计得花不少钱。你准备拨多少？"

M局长将身体向前倾了倾，两手合起来平放在桌面上，声音显得有些沙哑："首相的意思是10万英镑，可以使用任何货币支付。可我不希望你有生命危险，打算再给你拨10万英镑，以备万不得已的时候使用。毕竟吸毒集团在各种犯罪组织中规模最大，组织也最为严密，所以一定要小心。自己多保重。"

邦德到了罗马之后，按照约定来到埃克塞尔斯酒吧，准备和一个独自喝着"亚历山大"饮料的人碰面，这个人长着密密的小胡子。邦德对这种接头方法和神秘的暗号觉得很有趣。和人们习以为常的接头方法——手里拿着一张叠好的报纸，或是把一朵鲜花插在衣领孔上，抑或是戴上一双黄色手套——不一样，用一杯女人钟爱的奶色饮料作为暗号显得不那么庸俗。它另外的一个优点就是，只需要一个人就可以接上头。邦德走进酒吧看着四周，仔细地观察着，里面有谁留着小胡子。在大厅角落的一张桌子上，放着一碟橄榄和一碟坚果，旁边则放着一个高脚玻璃杯，里面装满了奶油和伏特加。邦德没有任何停顿，直直走到桌旁，拉开椅子坐了下来。

"晚上好，先生。克里斯托夫先生正在打电话，请您稍等片刻。"侍者走过来说道。

邦德点点头表示自己已经知道了，说道："来一杯内格罗利。"待到侍者刚走到柜台前报出名字，一个声音响起："非常抱歉，我刚才不得不去和艾尔弗雷德打了个电话。"一只毛茸茸的大手像拿起一个火柴盒一样轻松地把椅子提了起来，然后一屁股坐了下来。

两人没有握手，只是冲着对方点了点头。在周围人眼中他们应该是一对老朋友、老搭档，还有点儿进出口商人的味道和派头。年轻的那位长得有些像美国人，可打扮得和英国人一样。这个年轻人就是西德罗·克里斯托夫。此刻，他将自己的一双黑眼睛眯成一条缝望着邦德。和邦德预先估计的一样，他是个地道的职业老手。

"艾尔弗雷德的小男孩儿最近好些吗？"邦德像个老朋友似的问道。"还是老样子。能指望他做什么呢？"克里斯托夫把双手摊开，一副无奈的表情。

"小儿麻痹症确实是疑难杂症。"邦德回答。

两人舒舒服服地靠在椅背上享受着端上来的酒。邦德觉得气氛还算融洽，对这次接头比较满意。但他也知道，克里斯托夫还在不断打量、观察着他。取得对方的信任并不是件容易的事。

两小时后，在斯帕格纳广场附近的一家名为"金鸽"的小餐馆，他们再一次碰头。邦德发现克里斯托夫对他依然不敢信任，一直在观察和掂量着自己。他们双方都清楚，这是一桩非常危险的交易。M局长的判断是正确的，克里斯托夫处事如此小心翼翼，说明他肯定掌握着一些很重要的资料。邦德当然也不可能完全信任克里斯托夫，倘若可能，他俩可以合作，进行各种各样的交易，想到这儿，邦德大受鼓舞，信心陡增。他把最后的火柴盒碎片扔到烟灰缸里，轻声说道："作为经验之谈，我想告诉你，只要报酬超过百分之十，或者是需要在晚上进行的交易，那么必定是桩非常危险的买卖。咱俩做的这笔生意报酬能有百分之一千，而且几乎都要在晚上来做。"他又压低了嗓门儿,"酬金要什么有什么,美元、瑞士法郎或者委内瑞拉博利瓦。"

"那太棒了,我手上弥里拉太多了,正想兑换点儿美元什么的。不过,我们先要吃点儿东西,空着肚子可做不出重大决定来。还有,邦德先生,凡事我不喜欢拐弯抹角。那我就直接说了吧,你打算出多少钱?"西德罗·克里斯托夫边拿起菜单边问。

"事成之后,五万英镑。"

"漂亮,是笔可观的经费。"克里斯托夫看似毫不在意地答道。

这时,侍者走过来,用意大利语问他们要点些什么。克里斯托夫点了一份五香火腿口味的香瓜和一份巧克力冰激凌。然后,他又对邦德说:"我晚上吃得很少。本地人喜欢喝这里的红葡萄酒,味道不错,你可以来一点儿尝尝。"

邦德点了一份面条,上面淋了一些热那亚调味汁。克里斯托夫说这味道可不怎么好。

邦德看着克里斯托夫,他脸色阴沉,咬着根牙签,沉默不语。突然,他脑袋像变了气候似的,黑眼睛不停地转着向周围扫视,只是都不看邦德。邦德觉得他一定在筹划什么大计划。"有必要的话,酬金还可以增加。"为了让他尽快地做出决定,邦德说道。

"真的吗?"克里斯托夫仿佛已经下定了决心,边说着,边推开椅子站起来,"对不起,我先去趟洗手间。"然后转身向餐厅后面走去。

邦德觉得有些饿了。他把满满一大杯基安蒂红葡萄酒,一口气就喝掉了半杯,然后把黄油抹在面包圈上面,大口大口地吃了起来。他一直认为只有法国和意大利的面包圈和黄油才那么诱人。现在的情况是,他们已经彼此信任,邦德只要等着克里斯托夫开口。没准儿他正在和什么人打着电话,以便做出最后决定。

邦德把目光投向窗外来往的行人，根本没注意到餐厅里也会有人注视着他。这个正方形餐厅的一角里，靠近收款处的桌边，一个打扮时髦、稍有些丰满的金发女人正在对她身边的男友说："就算是他笑起来的时候，也会让人觉得有些冷酷，不过他长得确实很英俊，这么一表人才的间谍可真是不多见啊！你肯定他是个间谍吗？"

她的男友正一边低头专心地吃着面条，一边不停地用餐巾擦沾满番茄汁的嘴，打了个饱嗝儿之后，他答道："桑托斯对间谍非常敏感，完全可以放心他的眼力，绝对不会看走眼的。否则我又何必选他去长期跟踪克里斯托夫呢？我想，能和克里斯托夫那样的密探一起消磨整个晚上的也就只有间谍了。我们会搞明白的。"说罢，他从口袋里掏出了一颗锡制的有些类似于按扣的东西，将它放在嘴里轻轻一吹，领班和侍者立即闻声赶来："您有什么吩咐，先生？"男人伸了伸指头，领班忙弯腰凑上前，听男人耳语了几句，随后又点了点头，起身向着厨房隔壁的一间挂着"办公室"字样的屋子走去，进门后顺手把门关上。

很快，领班又走出办公室，穿过餐厅，大声向副领班吩咐道："再摆一张四个位置的桌子，赶快！"副领班点了点头，跟在领班身后，走到邦德身边的一块空出来的地方，"叭"地打了下响指，把其他侍者都招呼过来，接着搬来两把椅子，向邦德道了声对不起，便取走了他桌旁的空椅子。领班把从办公室拿来的第四把椅子和其他三把对称摆好，两名侍者将一张桌子抬放在椅子中间。副领班娴熟地摆上酒杯和餐具。"我跟你说了，是三个人用餐，三个，你为什么摆了四个？"领班皱了皱眉，有些不悦，他只好把第四把椅子又推到邦德桌边，向那些侍者挥了挥手，让他们赶紧离开，各忙各的去。从头到尾，整个过程只持续了一分钟。

没多久，三个意大利人结伴走了进来。领班亲自上前迎接，并深深鞠了一躬，将他们安排在刚摆好的餐桌前。这套程序虽然显得很不起眼儿，可是完成得有条不紊、迅速利落，可见是长期以来不断重复的结果。坐在收款旁的男人虽然在起劲地吃着一盘面条，但是从始至终目光都不曾离开刚刚发生的一举一动，就仿佛是在观看一局快棋赛。

克里斯托夫悄悄地坐了回来，以至于邦德一点儿也没有察觉。侍者上了饭菜，他们便吃了起来。

他们边吃边聊着什么意大利的选举、英国鞋哪种好等，都是一些无关紧要的事情。克里斯托夫好像无所不知似的，非常健谈。再耸人听闻的消息，经他嘴说出来之后，立刻会变得无足轻重、漫不经心。他说话时用的是英语，但总要夹杂一些别的语言，显现出一种生动的混合体，让邦德觉得挺有趣儿。克里斯托夫虽然显得有些粗野，但却是个知道内情的人，所以还是很有用的。要不怎么连美国特工人员都会觉得他有价值？

侍者又端上了咖啡，克里斯托夫把一支刚刚点燃的细长的雪茄叼在嘴里，雪茄在他紧绷的嘴唇里不停地上下摇摆，他又将双手平放在餐桌上，低下头看着桌布说："我走下来和你谈这桩买卖。要知道，我只和美国人做买卖。他们不清楚我会跟你说些什么，我也不愿意对他们讲，当然更没这个必要，毕竟这件事和美国人没多大关系，只是有一些涉及美国，你说对不对？界限要分清楚比较好，是不是，老板？""对，我明白这个规则。每个人都有自己活动的地盘，这类事情更是如此，我懂。"

"你说的完全正确。好吧，那在我给你们提供情报之前，咱们不如像诚实的商人那样，把一些条件先讲一讲，行不行？"

"没问题。"

"明天午饭时给我一万美元，我要小面额的票子，事成之后，再给两万美元。这是第一个条件。我并不贪财，不是吗？我并没有把你们的经费要光，是不是？"西德罗·克里斯托夫一口气说完。

"很公道的价格。"

"第二个条件是，你们必须死守情报的来源，在任何情况下，哪怕是严刑拷问。"

"那是当然。"

"第三，你要知道这个组织的头目罪大恶极。"说到这里，克里斯托夫有意顿了一下，抬起头看着邦德，一丝杀气从眼睛里流露出来。他取下叼在嘴上的雪茄，铿锵有力地说，"把他干掉，杀死他！"

邦德将身体靠在椅背上，非常好奇地盯着对方。克里斯托夫等着邦德的反应，他身子微微向前倾，倚在餐桌上。事情没有想象当中那么简单了，这里面加入了家族间的仇恨。克里斯托夫的算盘打得真是足够精明，这样他既找到个杀手，又省下了一笔钱，而他提供的信息又能让这个杀手付钱给他。这个奸诈的家伙！居然计划着利用秘密资料为他了结一个私仇，同时还能得到一笔酬劳。只是邦德不明白这里面的蹊跷，于是轻声问道："为什么？"

"这一点恕我无可奉告。"西德罗·克里斯托夫冷冷地回答。

邦德咕咚咕咚一口气喝完了咖啡。犯罪活动通常都是这样，一般人顶多看到表面的一些现象，不过，他并不在乎这个。他只是奉命执行任务，只要这项任务圆满完成就可以了，至于其他别的什么人从中捞一点儿好处也无所谓，M局长对此也并不关心。邦德的任务很明确，就是搞垮这个贩毒集团。只要能达到这个目的，至于手段完全可以不考虑。"我做不了任何的承诺，这点你应该清楚。我只能说，假如这个人要杀我，我一定会杀了他。"邦德说道。

克里斯托夫剥开牙签外包装，细致地用牙签掏着指甲缝，一一掏完之后才抬起头说："我这个人有个习惯，没有把握的事情，不会轻易下赌注。这次我愿意干，完全是因为你下了赌注，而不是我。我会立即把情报给你，然后一走了之。明天晚上我要飞卡拉奇，有笔大生意要谈。

我只能提供情报给你，其余的都要靠你自己。"说完，他把牙签往桌上一扔。

"好吧。"邦德答应道。

克里斯托夫把椅子向邦德挪了挪，把要交代的事情低声地说了起来。他说话很干脆，不含糊其辞，既不长篇阔论，也不漏掉重要细节，甚至连具体的日期和人名都提供了。故事短小精彩，大致如下：在这个国家，约有 2000 个美国血统的歹徒，无恶不作，所以他们被逐出了美国。警方也把他们列为最危险的人物。这些意大利籍美国人都有前科，很难找到一份像样的工作。这里面大概有 100 个家伙属于最无赖的那一种。他们把自己的本钱凑在一起，结伙搭帮到贝鲁特、伊斯坦布尔、丹吉尔和澳门等世界大的贩毒中心去买货，剩下的一些人则负责运输和贩卖，内行人叫他们"信使"。在米兰，他们有一个规模不大的药品交易中心，在那里，他们把搞来的鸦片及鸦片制品加工成海洛因，然后这些"信使"想尽各种办法，把毒品藏在汽车里，运到英国的中间商手中。

"但是我们的海关人员都知道这其中的把戏，这些人没有办法蒙混过关的。"邦德将他的话打断。

"他们通常会把毒品藏在备用轮胎里，这样大概可以藏价值两万英镑的海洛因。""难道他们在米兰时没有被逮住过吗？""怎么没有？这是常事。但他们都受过严格的训练，顽固得很，绝对不会吐出一个字的。就算是被判了刑，在监狱里每蹲一年大牢，集团就会给他们一万美元的酬劳，他们的家人还可以得到额外的照顾。坐上几年牢，无非是花上些时间，他们却因祸得福，赚了钱。因此，这个集团里的所有人都能严守秘密，并且每人都能分到一份红利，而这个组织的头目得到的则是一份特殊的红利。""原来如此。这个集团的头目是谁？""代号是鸽子，真名是埃恩里科·科鲁姆博，正是这家饭馆的老板。我特意带你到这儿来，为的就是让你看看他。你往收款台旁边的那张餐桌那儿看，那个和金发碧眼的女人坐在一起的肥胖男人，他就是。那女的叫热丝尔·鲍姆，维也纳人，是个妓女，放荡不羁。"克里斯托夫的手夹住雪茄，很自然地挡住了嘴，低声说道。"是她？"邦德有些吃惊。

他知道克里斯托夫指的是谁。因为他刚迈进这间餐厅，就一眼注意到这个女人了。事实上，大概没有人会没注意到她的。一般人会觉得放荡、泼辣、热烈奔放是维也纳女人的特点，这个女人看上去便是如此，但是实际上并非如此。这个女人长得很漂亮、很迷人，嘴很大，尤其是笑的时候，活泼之余带着一股不容易被驯服的感觉。邦德觉察到她不时地在打量着自己。她旁边的那个肥胖的男人看上去就很富有，应该是一个乐观、会享受生活的人。这种人做情人很合适，慷慨大方，就算是分手时两个人谁也不会感到难过。第一感觉，邦德认为这男人还不坏，是个开朗、富有生活情趣的人，邦德愿意和这样的人打交道。他向那边望去，他们俩正开怀大笑。肥胖的男人轻拍一下女人的脸蛋，起身走进办公室，把门关上了。这么一来，就是这个人一直控制着英国的毒品运输线。M局长居然为了这个人不惜出价 10 万英镑；克里斯托夫又要借刀杀人，稳赚不赔，又可以了结私人恩怨。邦德紧盯住女人不放，直到她抬头时目光交错，邦德礼貌地向她笑了一下。女人似笑非笑，目光不停地向四周飘移，她慢慢地点燃一支烟，吸了一口，仰起头把烟冲着天花板吐出来。细细的脖颈露在外面，从侧面看很美。邦德推测，这个女人是故意做给他看的。

餐厅旁边的电影院马上要散场了，餐厅里开始骚动起来，准备迎接即将到来的客人。侍者在领班的催促下麻利地收拾和布置着餐桌，一阵玻璃杯"乒乒乓乓"碰撞和挪椅子的声音。赌桌旁的空椅子也被挪到了餐桌前。邦德问了克里斯托夫一些具体的问题，比如埃恩里科·科鲁姆博的住所、生活习惯及他在米兰的那家交易中心的地址，他是否还做其他生意，餐厅里不停地布置着，那把空椅子从一张桌子旁被移到另一张桌子旁，最后移到了印着"办公室"字样的门口。邦德对此并没有注意，他在意的只是克里斯托夫提供的情报。

椅子被抬进了办公室里面。等到领班一出办公室，埃恩里科·科鲁姆博就把门关死。他走到椅子面前，拿起厚厚的垫子，放到书桌上面，从一边拉开拉链，里面有一部袖珍收录机。他放进录音机，倒回磁带，按下播放键，调好音量和速度之后，坐到书桌边，侧耳倾听。不时地，他调整一下机器或者倒回带子重听某段对话。最后，邦德微弱的声音从录音机里传来："是她？"紧接着餐厅的嘈杂声将说话声中断了。埃恩里科·科鲁姆博关掉收录机，怔怔地愣了一分钟，一动不动。他好像在思索着什么，但是脸上一片茫然，过了一小会儿，他低声咒骂："该死的狗杂种。"然后他站起身来，走到门前，刚要打开门，又忍不住回头望了一眼那台袖珍录音机，更加凶狠地骂了句："该死的狗杂种。"这才走出办公室，回到柜台边自己的桌旁。

埃恩里科·科鲁姆博焦急地和他的女伴谈论着什么。女人边听边点头，抬头望了一眼邦德。这时，邦德和克里斯托夫正打算离开餐桌，耳边就传来那女人的声音，她压低了嗓子在骂科鲁姆博："你这个虚伪阴险的家伙，大家都让我对你防着点儿，看来一点儿没错……"她越骂声音越大，抓起提包，起身走了，没想到正好挡在了邦德和克里斯托夫前面。他们只好站住，彬彬有礼地给她让路。

"你这该死的奥地利母狗……"埃恩里科·科鲁姆博也勃然大怒，站起身来破口大骂。

女人伸手抄起酒杯，扔过去说："你竟然侮辱我？你这只意大利癞蛤蟆。"不偏不倚，酒杯正好打在科鲁姆博的脸上。科鲁姆博大吼了一声向她扑过去，她身子一歪向后退了几步，倒进了邦德怀里。埃恩里科·科鲁姆博气呼呼地站住脚，拿起一张餐巾纸抹掉泼在脸上的酒，气急败坏地嚷道："立刻给我滚，你别想再到我的餐厅里来！"说完狠狠地啐了一口，转身回到办公室。

餐厅里的客人都停止了就餐，看着眼前这场闹剧。侍者也马上赶了过来。"我替你叫辆出租车，好吗？"邦德握着那女人的胳膊问道。

"男人都是色狼。"她用力地挣脱身子，怒气冲冲地嚷道。她突然意识到自己有些失态，又生硬地补充了一句："也许你除外。"说完便昂首走向门口。

客人们津津有味地小声议论着刚刚发生的闹剧，议论着这个有些泼辣但是非常美丽的奥地利女人，餐厅里又恢复了餐具的碰撞和嗡嗡的声音。领班紧绷着脸，帮那女人和邦德打开餐厅的大门，对邦德说："真抱歉，先生，谢谢您的光顾。"一辆出租车缓缓开来，邦德向车招了招手，出租车停在路旁。他打开汽车门，让那女人先上，自己紧跟着也钻进了汽车。坐在车上，他从窗口对克里斯托夫说："我明天早上会给你打电话。再见！"没等克里斯托夫回答，他已经扭过头问那个女人："你要去哪里？""阿姆巴萨多里饭店。""想找个地方再喝点儿什么吗？"车开了一会儿后，邦德问道。

"不用了，谢谢！"稍稍有些迟疑，又说，"您真是个好人，可我今晚太累了。"

"那换个时间可以吗？"

"应该可以，可是我明天要去威尼斯。"

"我也正要去那儿，要不明晚我们一起吃顿饭，好不好？"

"我一直觉得英国人都很腼腆。你是英国人吧？你贵姓？干什么的？"她微笑着问道。

"没错，我是英国人，全名詹姆斯·邦德。我是作者，专写惊险小说。现在正在写关于贩运毒品的小说，以罗马和威尼斯为背景。可重要的是，我对这方面几乎不太了解，所以四处搜集素材。请问，你知道什么有趣的事吗？"

"这么说，你和那个克里斯托夫一起吃饭就是为了了解一些有趣的故事。我知道这个人，名声不好。至于我，我知道的事情别人也都清楚。很遗憾，无法向你提供有趣的故事。"

"街头巷尾的那些精彩议论实在是再好不过的素材了，对于作家而言，它们就像钻石一样珍贵。我就是对这些故事感兴趣。"

"你把那些称作——钻石？"她不禁开怀大笑。

邦德说："你要知道，我不仅仅是写些小说，有的时候我也会写写电影剧本之类的。想要卖出去赚大钱，剧本就得写得好，叫人不得不相信确有其事，你能懂我的意思吗？"他将自己的手轻轻地搭在她的手上，她没有缩回来。邦德继续说："你说这像不像钻石一样珍贵？"到阿姆巴萨多里饭店了，她把手从邦德的手中抽出来，拿起提包，把脸转向他。饭店的门卫打开车门。路旁的灯光照进车内，衬得她双眼迷离，不停闪烁。她面色庄重，如同两团星光的眼睛盯着邦德："男人都不是什么好东西，但也许会有例外。好吧，我同意和你见面，但不想一起吃饭，也不想在公开场合见面。我每天下午都会在巴尼·阿尔伯罗尼晒日光浴，那儿和那些大家都爱去的海滨可不一样。很早的时候，你们英国诗人拜伦就常常在那里骑马。赶在冬天来临之前，我要好好地享受最后一次日光浴。后天下午三点，你可以搭乘公共汽艇去那里找我。到了那儿以后，在沙丘的中间有一把淡黄色的太阳伞，你在那儿就可以找到我。"她微笑着接着说道，"你最好先敲敲伞，然后问，是弗劳莱·莉丝尔吗？"

他们下了汽车，她向邦德伸出手："谢谢你帮我解围。晚安！"

“那好吧，一言为定，我们后天下午三点见。晚安！”

等到她转身登上台阶，邦德才返身坐进汽车，打算去民族饭店。霓虹灯不时在车窗外闪过，彩光连成了一片。一切都发展得太快，甚至连这辆出租车也在飞速地奔驰着。邦德心里有些忐忑，除了现在乘坐的这辆出租车以外，好像一切都不在他的掌控之中。他让司机把车开慢一些。

隔天中午，邦德乘坐拉古纳直达快车去威尼斯，拉古纳列车外形精致华丽，呈流线型，但内部设施却不怎么样。列车的座位好像是为个子较小的意大利人设计的，邦德坐在上面感觉有些拥挤。而且他的座位邻近过道，正好在车轴的上方，把他摇晃得有些不自在。就算此时的窗外展现出童话的仙境，邦德也不会抬头撇一眼。在晃动的车厢里，他在专注地看着一本书，偶尔会活动活动，缓解一下坐得僵硬的长腿，心里面则暗自咒骂着意大利这个破地方。

火车经过梅斯特雷，进入了威尼斯城境内。威尼斯的迷人景色在窗外快速地展示着。运河将落日映在水里，泛着片片红光，令人赞叹不已的丽蒂宫饭店赫然出现在眼前。邦德早就订下了丽蒂宫饭店二层最好的双人房。

晚上邦德挥霍了一大把面额都是1000里拉的钞票。他进出一个又一个的豪华酒吧，目的是为了告诉人们，他是个有着远大前程、地位显赫和收入丰厚的作家，就和他向那个女人所叙述的一样。在威尼斯的第一个夜晚让邦德觉得非常兴奋。他带着愉快的心情回到了饭店，没多久就进入了梦乡。

第二天上午，邦德在大街小巷漫步，希望可以找到一些眉目。他参观了两座教堂，但不大喜欢它们的内部结构和装饰，他进去只是想在侧门出去之前，仔细观察周围有没有人尾随自己。当确定没有人后，他便来到弗洛里思酒吧，点了一瓶阿麦里坎开胃酒，自斟自饮起来。一对法国男女的窃窃私语传到他耳朵里，他一时心血来潮，买了一张明信片寄给他的秘书。秘书很早之前随乔治亚小姐到过意大利。邦德在明信片上写道："威尼斯极其迷人，让我沉浸在其中。之前去了火车站和证券所。一切还算满意。下午参观了市喷水装置，又在影院看了《布丽奇特·巴多特》。你曾听过'啪！我的太阳'这首曲子吗？太动听了！这里的一切都显得那么浪漫和有趣儿。"邦德写得有些夸张，但确实真实地反映了他对威尼斯的感受。威尼斯最美丽的季节就是五月份和十月份，白天阳光温暖，夜晚凉爽宜人。阳光普照，但却不会有灼热的感觉，清新的气息在空气中弥漫，游人缓慢地散步在由石头铺成的路面上，丝毫不会感觉疲惫。这段时间游客比较少。尽管威尼斯城可以轻而易举地容纳十万余名游人，将他们分散在不同的街道、小巷、广场或是塞进公共汽艇中，但是在人少时，这座城市会格外地令人感到逍遥自在，心情舒畅。

兴趣盎然地游览之后，邦德吃过午饭，回到了旅馆。他把房门关上，匆匆脱下外衣，检查了手枪，关上保险，并练习了两次快速的拔枪动作，然后将枪插进枪套里。是该动身了。他登上了开往阿尔帕罗尼的12—40路公共汽艇。汽艇快速地向前开去，把威尼斯远远地抛在了后面，平静的湖面荡起了层层波浪。邦德坐在船首，心里依旧忐忑不安：究竟是不是在等待自己呢？

在阿尔伯罗尼码头和阿尔伯罗尼海滨浴场中间有一条长约半英里的土路，路面上尘土飞扬。一些别墅、还没有竣工就被遗弃的建筑物和一片片废旧的场地在阿尔伯罗尼岛上散乱分布着；一些长满了野草的炮台，都是战时遗留下来的；在不远处的地方，一片铁丝网将一片空地围了起来，铁丝网上面挂着很多画着骷髅的木牌，铁丝网上面还标注着"危险"的字样，提示着人们不要靠近，而里面的那块空地，以前应该是个高尔夫球场。这里给人一种荒凉、神秘的感觉，甚至有些阴森恐怖。没准铁丝网周围的那些沙丘和灌木丛里还残留着不少战时遗漏的地雷。这里和他刚刚离开的繁华而又热闹的威尼斯城相比，完全是两个不同的世界。

邦德走过半英里长的土路，穿过半岛来到海滨时，已经满身是汗了。他在一棵银叶的相思树下休息了片刻。他向前望了望，发现前面已经再没有什么高大的树木可以稍微遮挡一下烈日了。目的地近在眼前了。在他前面有一个用蓝色油漆写的"巴尼，阿尔伯罗尼"的木牌路标，上面的字都已经有些褪色，而且摇摇欲坠。路标的前面是几排很破旧的小木屋，再往前便是一片有百平方米的沙滩和一片湛蓝的大海。海滩上很寂静，一个人都没有，他穿过路标后，听到从前方的茅屋里传来阵阵的那不勒斯音乐，这是一个看起来快要倒塌的小茅屋。可口可乐和各种意大利饮料的广告将小茅屋贴得很满。一些破旧的躺椅、两辆自行车以及一只瘪的儿童气垫把茅屋的靠墙处堆得满满的。所有的设施都是那么破烂不堪，任谁也猜不出这里会是个营业场所。松软的沙地被晒得滚烫，他踏在上面绕过茅屋，来到了海边。宽阔起伏的沙滩在他的左面展现开来，一直通向岛的中心。在他右面是大约绵延一里长的海滨，与半岛顶部的防波堤相连。海滨后面的沙丘，与那块用铁丝网围起来的破旧高尔夫球场连成一片。在离邦德约 500 米的沙丘边缘，有一点儿醒目的黄色。

邦德朝着那团黄点走去。

靠近黄色遮阳伞后，邦德没有按照事先说好的那样，先敲上两下，而是直接俯下身子，一面望着遮阳伞下那暴露在阳光下黑里透红的身体，一面打着招呼："你好。"

她身着黑色比基尼，躺在一块黑白条的浴巾上面。当邦德的声音在她上方响起，她迅速把比基尼向上拉了拉，半睁着眼睛说："你早到了五分钟。我告诉过你，事先要先敲一下。"

遮阳伞下，邦德紧挨着她坐下来，从口袋里拿出手帕擦了擦脸说："沙地里唯一的一棵棕榈树被你占了，我只能赶紧先躲到树下再说。亏你想得出要在这种地方见面。"

"我更喜欢一个人待着，不愿意被别人打扰，就和葛丽泰·嘉定一样。"她笑了起来。

"这里就我们两个人吗？"

"怎么啦？难不成你还以为我要带保镖？"她瞪大眼睛问道。

"你不是觉得男人都是猪，没有一个是好的吗？所以我想，为了以防不测，你会……"

"哈，你可真是个猪绅士、猪先生。这儿这么热，不是个开玩笑的地方，更何况我们是在做生意，一手交钱一手交货，你说对不对？我给你讲有关毒品的故事，你给我一枚钻石别针，是这样吧？"

"没错，那我们从哪儿说起？"

她把身子支起来，双手抱膝而坐，眼睛里没有之前的挑逗，取而代之的是提防："你想知道些什么，问吧。"

这微小的改变并没有逃过邦德的眼睛。"我听人说你的朋友科鲁姆博是贩毒的大人物，那就从他说起吧！我想他会成为我小说中的主要角色，放心，我不会使用真名的。可我关心的是细节问题。你能不能说说他究竟是怎么干的？这种事作家胡编乱造可不行。"他尽量表现得漫不经心。

"埃恩里科倘若知道是我把他的事说出去的，肯定会大发雷霆的。我猜不到他会做出什么事来。"她垂下眼睑。

"放心，我不会让他知道的。"

她认真地看着他说："先生，如果他愿意的话，没有什么事情是他不知道的。而且他做事向来不择手段，让人摸不着头脑。这一点我太清楚了。"她扫了一眼他的手表，接着说道，"他这个人疑神疑鬼，说不定现在就已经派人跟踪我了呢！"她又拉了拉他的衣袖，突然神色慌张起来，她急切地说，"你还是赶快离开这儿吧，你不应该到这儿来的。"

邦德低头看了看表，三点半整。他转过头，向后面的海滨审视了一番：三个黑衣人在茅屋附近，他们正朝着海滨走来，步伐一致，好像是在列队操练。

邦德站起来，冲着眼前这个低垂着头的女人冷冷地说道："我知道了。也请你转告科鲁姆博，我是个执着而且轻易不会放弃的作家。从现在起，我将开始写他的生活经历。再见。"沿着沙滩，邦德向半岛尽头跑去。他想从那儿顺着另一个海岸跑回村子，也许只有回到有人的地方，他才安全些。

突然，三个黑衣人加快步伐朝海滨这边跑来，胳膊和双腿的每一次摆动都非常有规律，好像是正在训练的长跑运动员。当他们从遮阳伞旁经过时，其中一个黑衣人向女人举起一只手，她也同样地挥了挥手招呼了一下，然后脸又朝下趴在沙滩上。没准她只是想晒晒脊背，当然不排除她是不愿看到这场追逐。

天气实在是太热了，邦德跑得满头大汗，他边跑边扯下领带放进口袋里。三个黑衣人同样是汗流浃背。现在就要看哪一方更有耐力了。半岛的尽头离邦德越来越近，当他到达那里以后迅速爬上防波堤，转身看了一眼。他们离他还有很远的距离，但是他们已经呈扇面形状散开，其中的两人向高尔夫球场奔跑过去，绕着周围的铁丝网不停地奔跑，完全没去注意上面标着骷髅的警告牌；而邦德还在沿着堤坝飞奔，可是暗地里一直估算着双方的角度和距离。按照现在双方的速度，他还可以勉强脱险。

汗水浸透了邦德的衬衫，他的脚也疼了起来。跑了将近一英里的路了，到底还有多远才能到达安全的地方呢？奔跑的这一路上，邦德有那么一会儿就会经过一个炮台，他估计至少还要经过三十个炮台才会到达防波堤尽头的渔村。这段距离也得有一英里远。他能不能跑下来呢？他必须抢在两个黑衣人前面率先到达安全地带。邦德的心狂跳不已，汗水浸透了外套，双腿一直被裤子摩擦着。他身后大约 300 米的一个家伙紧追不舍，而另外两个家伙在右面的沙丘中若隐若现，和邦德的距离越来越近。他的左面则是一个石砌的斜坡，大约 20 英尺长，一直延伸到广阔无边的亚德里亚海。

邦德累得气喘吁吁，脚步正想放得慢一些，歇一口气，抬起头看见前方有六七个打扮得很像渔民的人，有的在水里待着，有的在堤坝上晒着太阳。顿时，一声沉闷的爆炸声从沙丘中传来，一时乱泥腾空，碎石四溅，一阵微弱的冲击波向邦德袭来。他不由得把脚步放慢。一直在沙丘中不停地追击着邦德的那个人嘴巴张得大大的，一动不动地站在那里，发出可怕的咕咕声。突然，他用双手抱住脑袋，整个人向前扑倒。邦德意识到，这个人再也不能动弹了，除非别人将他抬走，否则他是离不开这里的。邦德松了一口气。这时，他距刚才的那些渔民大约有二百米远。那些渔民正聚在一起望着他。"我是英国人，打扰一下，这里哪儿有警察？"邦德大声地用几个简单的意大利单词来试图表达自己的意思，而且他边说着边朝后面看去，那个奇怪的黑衣人，竟然毫不在意那些渔民，仍然奋力地向他逼近，同时还挥舞着手中的枪，他和邦德之间的距离只有一百米左右了。而前面的渔民全部散开，呈扇状堵住了邦德的去路。他们将鱼叉炮对准邦德。一个穿着红色泳裤的、戴着绿色面罩、脚上绑着一副橡皮脚掌的大个子男人站在最中间。他把面罩掀到脑袋上面，双手叉着腰站在中间。邦德刚刚放松的神经又不得不紧绷起来。他喘着粗气，放慢些脚步，已经满是汗的手试图从衣服下面拔出手枪。没错，这个大个子男人就是埃恩里科·科鲁姆博。

科鲁姆博紧盯着邦德，一步一步逼近。在他们之间的距离只有二十米时，科鲁姆博冷静地说："把你手上那个小玩意儿扔掉，情报局的邦德先生！我手里握的可是 COZ 型鱼叉炮。如果你还想活命的话，就站在那里不要动。"然后，他用英语向站在他右侧的人问道："上个星期，那个阿尔巴尼亚人站在多远来着？"

"二十米，头儿。那家伙可比眼前的这个肥上好多，抵得上他两个，但鱼叉照样能从他身上对穿过去。"

邦德冷冷地答道："就算是我身上中了五支鱼叉，你也一定不会少吃我一颗子弹的，科鲁姆博先生。"他顺势往旁边一坐，手枪靠在膝盖上面，对准了科鲁姆博的肚皮。

科鲁姆博点了点头，笑得有些阴森。原来，那个黑衣人早已站在了邦德的身后，突然，他用手上的卢植手枪猛地向邦德脑袋上面砸去。邦德一下子昏了过去，倒在地上。

不知道过了多久，邦德稍微恢复了些意识，恍惚中感觉自己在海上，躺在一艘船里。"没事了，我先走一步。放心吧，他没事的。"一个男人正用一块浸湿的凉毛巾擦拭他的前额，用不是很流利的英语喃喃地说道。

邦德无力地躺在一张床上。这间小屋布置得很典雅，窗帘的色调也让人觉得很舒服，屋里有一种女人的气息。一名衣着有些破旧的人正俯身看着他，邦德觉得他是那几个渔民之一。他看到邦德醒了，便微笑着说道："感觉好点儿了吗？很快就会恢复的。"他有些抱歉地挠着后脑勺儿说："你受伤了，不过已经快好了，结了疤之后，用头发一遮，姑娘们就什么都看不出来了。"

邦德虚弱地向他笑着点点头，突然袭来的一阵疼痛使他不得不又把眼睛闭上，再次睁开眼睛时，看见水手一脸愧疚的神色，轻轻地摇了摇头。水手让邦德看着时间，已经快到七点。他又用小拇指指着手表上的9，用意大利语说："吃饭，好吗？"

"好的。"邦德回答道。

水手又把一只手贴在脸上，然后把头枕在手的上面说："睡觉。"

邦德又说："好。"

水手说完走了出去，把关上门，但并没有锁。

邦德慢慢地从床上起来，站到脸盆前打算洗洗脸。旁边的橱柜上整齐地摆着他身上的东西，只是没有他的手枪。见状，他把上面摆着的这些东西整理好，放进口袋，然后又坐到床边，点了根香烟，若有所思起来。他始终想不明白。从刚刚那个水手的态度来看，他们并没有把他当作敌人，但是他们为什么又要抓他呢？虽然是一时的疏忽，但是科鲁姆博的一个手下还是送了命。也许他们并不是想杀他，只是要和他做一笔交易呢！这究竟是怎么回事呢？

九点钟，那个水手准时来了。他做向导，带着邦德穿过一条很短的通道，走进了一间很破旧的小餐厅，然后便离开了。屋子里有一辆小推车，上面放着食物和饮料，旁边摆放着一张桌子和两把椅子。邦德走向餐厅尾部，拉了一下舱盖，没有拉动。他又转身打开舷窗，头向外望去。外面的光线很暗，但仍可以看出这是一艘上百吨级的大船，船上有帆，过去大概是条渔船。马达发出的声音听起来像是一艘靠单缸柴油机发动的大船。航速大约为六七海里。邦德看见远处漆黑的海面上，偶尔掠过点点微弱的黄光，这表明船正在沿着亚德里亚海岸行驶。

邦德听见舱盖外传来"嘎嘎"的声音，是有人在取下铁柱，于是将头缩回来。这时，一个身穿汗衫、脚踏粗蓝布拖鞋的男人从舷梯上走下来。他就是科鲁姆博，眼中带着狡猾和嘲笑的意味。他在一张椅子上坐下来，向邦德挥挥手，招呼他在另一张椅子坐下："来，我亲爱的朋友。你看这里准备了这么丰富的美餐，咱们边吃边聊，甚至无话不谈。咱们都不要像孩子那么任性了，应该理智做事，你觉得呢？来，喝点儿什么？松子酒、威士忌，还是香槟？这是波洛尼亚最美味的香肠，这是我们自己庄园里种的橄榄，还有上等的面包、奶油和新鲜无花果。来尝一尝，味道好极了，你一定会胃口大开的。"他的笑声富有感染力。

"你们有必要费这么大的劲儿吗？我们早晚会见面的，这是一件很容易的事情，为什么偏偏要变得这么富有戏剧性？实际上，这么做你是在自掘坟墓。要知道，我早就向我的上司汇报了情况，包括在你的餐馆时，那个女人为了结识我所设计的一套幼稚可笑的鬼把戏。而且他们知道我要亲自闯这个陷阱。国际警察组织和意大利警察局如果在明天中午之前没有看到我平安返回，一定会采取行动的，那这可就不好玩儿了。"邦德坐下来，给自己倒了满满一杯加苏打的威士忌。

科鲁姆博很吃惊，他说："假如你真是有意地钻进圈套，那么为什么见了我的手下还要跑？我只是让他们来请你上船的。我们本来可以更友好一些的。可现在呢？我损失了一员大将，你的脑袋也险些开了花儿，真不明白事情怎么会这么糟糕。"

"那你为什么不让那个姑娘给我传话，非要叫个男人，我还以为你要干蠢事。我看那三个男人都来者不善，何况，谁是打手我一眼就能分辨得出来。"

"莉丝尔只是想多了解一下你，恐怕这会儿她比你还生气呢！生活可真难啊！本想和大家交朋友，没想到一个下午却树了两个仇人。真是糟糕透了。"科鲁姆博摇了摇头说。

科鲁姆博确实表现出一些遗憾和后悔。他切下一片厚厚的香肠，用牙将裹在肠外面的一层薄薄的皮用力地撕开，不耐烦地嚼了起来，又用一杯香槟把塞得满嘴的香肠连酒带肉吞下去。他摇着头，抱歉地说道："我就是这样，心里烦躁的时候就喜欢不停地吃，虽然吃下去不一定能消化得了。你说的这些话把我弄得心烦意乱。你说我们本来能把事情当面说清楚，言下之意是我在自找麻烦了？"他无奈地摊开双手说："我也不知道事情会这样啊！按照你的说法，马里奥是我给害死的？可我又没让他抄那条该死的近道啊！"

科鲁姆博对邦德大吼道："这一切不全是我的责任。正相反，是你们一手造成的！是你说过要杀了我。你觉得有人会和一个要杀他的人，像朋友一样地见面呢？"科鲁姆博抓起一个面包圈往嘴里面塞，双眼好像要喷出火来似的，疑惑地看着他说："你究竟在说些什么？"

科鲁姆博站起来，把刚刚吃了一半的面包圈一扔，走到柜子前，用愤怒的目光一直盯着邦德。他拉开最上层的抽屉，把袖珍型收录机拿出来放在桌子上面，按下按钮。录音机里传来酒吧餐厅里嘈杂的声音。

邦德目不转睛地凝视着杯里的威士忌。录音机里的声音微弱地说道："你说得完全正确。好吧，那在我给你们提供情报之前，咱们不如像诚实的商人那样，把一些条件先讲一讲，行不行？"那声音又继续道："给我一万美元。第二个条件是，你们必须死守情报的来源，在任何情况下，哪怕是严刑拷问。第三，你要知道这个组织的头目罪大恶极。把他干掉，杀死他！"邦德竖起耳朵，耐心地等着自己的声音。当他们谈到第三个条件的时候，他记得自己有好一阵子没说话。他记不起来自己当时是怎么说的了。这时录音机里传来邦德的声音："我做不了任何承诺，这点你应该清楚。我只能说，假如这个人要杀我，我一定会杀了他。"

科鲁姆博将收录机关掉。

"这并不能证明我要杀你。"邦德喝掉威士忌，抬头看着科鲁姆博，反驳道。

科鲁姆博没精打采地瞧了一眼邦德："可我只有这么理解。战争时期，我给英国干过事，参加了抵抗组织，英王还授予我勋章。"他从衣兜里拿出一条红、白、蓝三色条纹的绶带，上面别着一枚银质的勋章，他将勋章扔到桌上，说："瞧！"邦德仍然目不斜视地注视着他说："你认为录音后来的对话说明了什么？你已经不再为英国效力了。滑稽的是，你为了钱与它为敌。"科鲁姆博有些不满地嘟囔了一声，用食指轻叩着录音机。"我已经听过了。全都是瞎说八道。"忽然他握紧拳头，用力地捶打着桌子，震得酒杯在桌上乱跳，而且不小心把身后的椅子也翻倒在地，"这里没有一个字是真的。"科鲁姆博站起来，扶起椅子，拿起一瓶威士忌给邦德倒上，然后回到自己的座位上。这时他平静下来很多，和气地说道："这里也并不全是谎话。那个家伙至少还有些真话。我也不想辩解什么。你并不信任我，打算搬动警察来处理这件事，把事情搞得一团糟，把我们也弄得非常麻烦。就算你不杀我，他们也会制造事端把我毁掉。与其这样，我还不如和你说实话。你来意大利的目的不是也因为这些吗？用不了几个小时，天亮之前，你的任务就可以完成了。"科鲁姆博把手指头掰得啪啪直响，接着说："这样够快的了吧？"

"究竟克里斯托夫说的假话是哪些呢？"邦德问。

科鲁姆博看着邦德，心里盘算要怎么回答："我走私贩运商品，这话不假。甚至说在地中海一带，我能称得上是老大，意大利销售的美国香烟，有将近一半都是我从丹吉尔运进来的；还有宝石，我在贝鲁特派有专人供货，离塞拉利昂和南非都非常近；至于黄金，走私市场上的货源绝大部分也都是我提供的；我也用过像金霉素、盘尼西林这类的药品赚钱，有一段时间这类药物匮乏，我通过贿赂美国后方的医院拿到货。其他生意不计其数了，你明白吗？我还从叙利亚偷渡过女人，是为那不勒斯的大人物；偷渡犯人出境的事我也做过。"科鲁姆博用拳头捶着桌子，"可是，海洛因、鸦片、大麻和麻醉剂这些东西我是绝对不会干的！否则太卑鄙、太龌龊了！我厌恶沾上毒品。和走私毒品相比，其他事情都只是鸡毛蒜皮。"科鲁姆博把右手举在头上说："朋友，我发誓，我拿我的母亲做保证，我的这些话都是真的。"

邦德有些头绪了。科鲁姆博虽然贪婪，还很暴躁，像个强盗一般，但是这个人是值得信任的。邦德对他也有一种莫名其妙的好感。

"克里斯托夫为什么要暗算你呢？他这么做有什么好处？"邦德问道。

科鲁姆博在镜子前伸出一根手指来回摆了摆，说道："亲爱的朋友，克里斯托夫是典型的两面派。他不想暴露自己，一直扮演着双重角色，为了能够得到中央情报局和禁毒署的保护，他还丢出一些无足轻重的小人物作为牺牲品。他事关一张巨大的地下运输网，想要保住这张网，不得不牺牲一个更重要的人物。所以克里斯托夫，或者可能是比他职位还要高的神秘人物，他选中了我。当然，如果你花时间、出大钱去调查和买情报，你或许会调查出来我暗中究竟经营的是什么买卖。你们别忘了，越是把我逼得紧，就离你们真正的目标越远。那个情报局的确很厉害，到最后或许我去蹲监狱，可是真正狡猾的狐狸却在一旁自鸣得意，嘲笑你们的无能，轻易地就被引入歧途，到那时，真正的猎物早就消失得无影无踪了。"

"克里斯托夫为什么要借刀杀人，把你干掉呢？"

一丝狡猾的笑容从科鲁姆博的脸上闪过，他回答说："亲爱的朋友，因为我所知道的事情太多了。我们都是干走私贩运的，难免有意或无意之间就会了解到别人的一些隐私。前不久，就是在这条船上，我们和一条来自阿尔巴尼亚的小船交上了火，击中了对方炮艇的燃料箱，结果引起了大火，对方只有一人幸免于难。他成了我们的俘虏，说出了不少的秘密，但最后还是让他给溜走了。一系列的麻烦就从这儿开始。我也就被克里斯托夫这个无赖给盯上了。不过……"一丝残忍的微笑取代了他之前的狡猾，"现在我得到一个重要情报，可是他还蒙在鼓里。明早天快亮的时候有人要去和他碰个面，地点就在安科耶北面铺一个小渔港，叫圣大玛利亚。明天我们将要看到许多精彩的事情。"

"那我需要付你多少钱？你说我的任务明天就可以结束。你打算要多少呢？"邦德不动声色地问道。

"一个子儿也不要。我们坐在同一条船上，利害一致。不过你要保证，今晚的事绝对不可以告诉任何人。实在有必要的话，也只有你伦敦的顶头上司能知道，仅此一人，无论如何都不能让意大利人听到一丁点儿风声。明白了吗？""我同意。"科鲁姆博站起身走到柜子前，打开抽屉，从里面取出邦德的枪，还给他。"明天最好把这个也带上。那种场合，它会有用的。现在你最好去休息一会儿。明早五点，我会给大家准备好甘蔗酒和咖啡的。"说完，他伸出手和邦德的手紧紧握在了一起。这一刻，邦德对科鲁姆博已经没了丝毫的敌意。两人尽释前嫌，成了朋友。他稍稍有些尴尬地与科鲁姆博道了再见，走出餐厅，回到自己的舱室。

第二天凌晨五点的时候，科鲁姆博准备好了甘蔗酒和热咖啡，船上的十二名年轻、健壮的小伙子一边喝，一边轻声交谈着。"科伦比纳号"上除了一盏防风灯以外，周围漆黑一片。这样的景色，颇有些前往"金银岛"的感觉，让人感觉既兴奋又紧张。邦德心里暗自微笑。科鲁姆博将船员们的武器逐一进行了检查。皮带下面的衬衣里是清一色的卢枪手枪。每个人的口袋里还都有一把弹簧刀。科鲁姆博对这些人的武器或褒或贬，不时地做着评论。邦德强烈地感到，科鲁姆博沉醉于现在这种充满着冒险、刺激和危险的生活方式。然而这却是一种罪犯式的生活方式：

无视国家的法律，不断地碰触着国家的道德底线，为了贩运走私，与海关和警察较量、周旋。可是，在这样的生活中，虽然是在犯罪，但似乎有种顽童一直在恶作剧的气氛，它将种种犯罪行为淡化，不能完全说使之从黑色变成了白色，但至少也变成了灰色的。

科鲁姆博看了一眼手表，吩咐手下立刻做好准备。他把灯笼熄灭，借着微弱的灰白色的曙光，和邦德先后来到甲板上。他们的船现在正沿着一条布满岩石的海岸行驶，船速已经减慢了许多。科鲁姆博指着前方对邦德说道："港口就在前边的海岬绕过去的那边，我们神不知鬼不觉地就可以到达那里。如果我没有估计错的话，现在有一条大小和我们差不多的船，正靠在码头上卸货。那些货从表面上来看并非黑货，全部是一些所谓的印刷品。绕过海岬之后，我们就要全速前进了，靠近那条船，然后占领它。那是阿尔巴尼亚的船，船员都很彪悍。现场肯定很混乱，除非他们先开枪，否则我是不希望用子弹来解决问题的。这些人是你我共同的敌人。所以，一旦真的开起火来，你也要加入进来。假如你被打死了，那也只好听天由命，知道吗？"

"知道。"邦德的话音未落，轮机室的传令钟就发出了"丁零"的声音，然后脚下的甲板也锁了起来。小船以每小时十海里的速度绕过前方的海岬，直奔港口。

正如科鲁姆博所料，石砌的码头旁正停着一条船，随风慢悠悠地晃动着。船和岸上之间用一块木板连起来，木板一直伸向一座仓库的入口，仓库有些破旧，从远处望去是黑乎乎的一大团，只有一点儿极其微弱的灯光从里面透出来。船上约莫有二十人，一堆堆印刷品一样的货物在甲板上堆着，然后一筒筒地沿着木板搭成的斜面滚进仓库里面。科鲁姆博必须出其不意，攻其不备，迅速地把船俘虏。这时候两船之间的距离不过 50 米，对面船上有一个人停了下来，朝他们的船望了过来，然后跑进了仓库。就在这时候，科鲁姆博发出号令，轮机立即停止，往回开倒车，向阿尔巴尼亚拖网渔船行驶过去，并慢慢和它平行着靠过去。甲板上面的探照灯突然将一切照得雪亮，"呼"的一声和那艘船靠近。科鲁姆博的手下将铁丝甩到对方的船舷上，科鲁姆博一行人呼啦一下子全都跳到了对方的船上。

邦德早就想好自己应该如何行动。他踏上敌船，从甲板上迅速穿过去，到了船航的铁栏杆上，又跳到码头上去。船身和码头之间的距离大约有 12 英尺高，邦德弯下腰，用脚趾和手指轻轻着地，然后顺势伏在地上一动不动，心里计划着下一步的行动。甲板上的探照灯不知道什么时候灭了，双方在一片昏黑之中打斗开来。突然，一具尸体从船上面摔到邦德面前的石头上，四肢摊开，脑袋向旁边一歪，然后就一动不动了。与此同时，破旧的仓库门前一阵轻机枪声响起。从它发出的阵阵轻点射声中，不难判断枪手是个内行。船身的阴影范围很大，邦德借此向机枪方向跑去。枪手立刻发现了他，随即便向他开枪，子弹呼啸着从他耳旁飞过，打在船身坚硬的铁壳上，发出"咚咚"的声响。邦德跳到由木板搭成的斜坡下面，以木板为掩护，匍匐前进。子弹不时击中他头顶的木板，他现在已经爬到头了，无法向前移动了。他有些犹豫，不知道是从左边还是从右边跳出来，向机枪扑去。就在这时，科鲁姆博手下的人将捆着印刷品的绳子割断了，整筒的印刷品顺着斜坡滚下来，发出咕噜声和轰隆声，而邦德趁机从左面跳起来。机枪手正背对着仓库墙壁趴在地上，向右侧瞄准。邦德的两颗子弹趁机枪手要掉转枪口时就已一发接一发地射出，机枪手立刻倒地，但手指仍然按下扳机，火舌从枪口喷出，然后枪从他手中掉落，机枪手一动不动地趴在了地上。

邦德趁机向仓库跑去。突然他脚下一滑，向前扑去，脸上粘到地上的一摊黑乎乎的黏液。他在地上喘了一口气，然后手脚并用，纵身一跃，向仓库墙角的一堆印刷品卷筒后面跳去。一个像是装印刷品的纸筒被机枪子弹打开了一个洞，黑色的浆液从里面慢慢流出来。邦德使劲儿地想把脸上和手上的黏液弄掉。这种黏液的气味就像是一种发了霉的芳香，这和邦德在墨西哥时闻到过的一种气味相似——未经过加工的鸦片。

又一颗子弹从邦德头顶擦过，击中了墙壁。邦德将出了汗的手在裤子上抹了抹，身子一闪，向仓库入口靠去，侧身倚在门上。他有些奇怪：刚刚为什么仓库里没有人向他开枪？仓库里安静得出奇，散发出一阵阵凉意。灯已经被关掉，外面反而显得比仓库里亮。仓库里隐隐可见的印刷品整齐地一筒筒摆着，中间留出一条道儿，伸向仓库尽头的一扇小门。这地方四处都存在着危险，感觉时时刻刻都要把人引入陷阱似的。邦德立即转身退到门外，船上的枪声，比先前舒缓了很多，只是断断续续地响着。科鲁姆博向邦德飞快地跑过来，和所有的体形肥胖的人奔跑时一样，给人一种脚不离地，但却可以带动巨大气流的感觉。邦德命令似的向科鲁姆博喊道："你守着这个门，千万别进去，也不能让你的手下进去。我现在就绕到后面去。"还没等对方回答，邦德已大步流星，在拐角处消失了。

仓库大约五十英尺长。邦德蹑手蹑脚地走到顶端，放慢步子，贴墙而立。他向前探头，又赶紧缩了回来：门的后面正站着一个人，从门上的窥视孔对外面进行监视。他手中握着引爆器，引爆器的一根导线从引爆杆上一直连向门的底部，然后消失在仓库中。这个人的旁边停着一辆没有熄火的黑色汽车，不断嗡嗡地发出声响。车头朝着一条满是灰尘的道路，路面上是一条一条深深的车胎印迹。

这个人就是克里斯托夫。

邦德单腿跪地，双手握着枪，使身体尽可能地保持稳定。他将身子微微前倾，探出来，对着克里斯托夫脚上开了一枪，但是却没有击中，只是将地上的灰尘扬了起来。与此同时，一声巨响，紧接着煤炉的冲击力把邦德甩出去很远，倒在地上。

仓库开始倒塌。克里斯托夫早已钻进车，将车启动向前开去，尾部腾起一片灰尘。邦德从地上爬起来，站稳身子，做好射击的姿势，再一次瞄准。汽车疯狂地连续加速三次，一眨眼，已经开到了五十米以外。"砰"的一声枪响，开车的人双手放开了方向盘，头往前伸了一下，撞在方向盘上耷拉下来。他的右手伸出了窗外，像是在打手势向右转。邦德追上前去，本以为车会停，没料到车轮深深陷到车辙里卡住了，可是死者的右脚仍然踩在离合器上，汽车一阵咆哮之后，又全速奋力向前驰骋。邦德停下脚步，想看看汽车会怎么冲出路面，撞在哪里。可是已经失控的汽车却扬起一团一团黄白色的尘埃，消失在清晨的薄雾中了。

邦德把手枪保险拉上，插回皮带里。他转过身，却看见科鲁姆博正在向他走来。这个胖子咧开嘴开心地大笑着，他走到邦德的面前，出乎意料地张开双臂将邦德紧紧抱住，并在他的脸上一边亲了一下。邦德觉得非常尴尬，急忙叫道："我的上帝，科鲁姆博……"

科鲁姆博放声大笑："哈哈，害羞的英国人，无所畏惧，可是羞于表露感情。可我……"他边猛地拍打着胸脯，边说："我，埃恩里科·科鲁姆博，既然喜欢你，当然应该大声地说出来，不会感到难为情。假如你没干掉机枪手，那么我们就没有人可以活着见你了。即便是这样，我还是损失了两员大将，还有一些人受了点儿伤。可是你看看那些阿尔巴尼亚人，能站起来的也就只有六七个了，现在也在都逃回村子里去了。就让警察去对付他们吧，一个也跑不了。你还把克里斯托夫这让人憎恨的家伙连车带人一块儿送进了地狱，漂亮的活。也不知道那辆车开上大路以后会怎么样，他右手不是伸出来了吗，不是示意向右去吗？哈哈，只是希望他可别忘了开车要右行啊！"科鲁姆博用力地拍着邦德的肩膀，然后又换了个话题："朋友，是时候撤了，过不了多久，那条阿尔巴尼亚船就要沉底了。警察从那些渔民嘴里肯定搞不清楚情况，还不如让警察来这儿开开眼，可这地方连个电话也没有。所以我事先和这儿的渔民头目谈过了。看来在这地方没人喜欢那些阿尔巴尼亚人。不过，我们得马上返航了，回去的时候是逆风。何况受伤的弟兄们也需要立刻包扎医治，这鬼地方的医生可让人不敢轻易相信。"

　　整个仓库早已沦陷于一片火海之中，浓烟滚滚，在空中大朵大朵地散开来，火光闪闪，将天空照亮了很多。大火将鸦片燃烧起来，有一股蔬菜的味道。海水漫过了阿尔巴尼亚人的船甲板，船在慢慢沉。他们蹚过甲板上的水，登上了"科伦比纳号"。这时，有几个人迎上来，和邦德握手，又非常亲密地在他背上拍拍打打。船沿着来时的航线返航。小石屋前，一大群渔民正站在那里朝"科伦比纳号"观望，他们身旁有几条渔船，科鲁姆博向他们挥着手，用意大利语大声地向他们说告别之类的话，渔民们也挥着手在告别，其中的一个人不停地喊着，逗得"科伦比纳号"的船员们哈哈大笑。科鲁姆博向邦德解释道："他们说我们的表演很精彩，比在安科纳看电影还有意思，并让我们一定要再来。"邦德点点头，待到兴奋的劲头过去以后，他忽然想好好清洁一下个人卫生，他已经很久没有洗澡了，胡子也一直没有刮，身上泛着一股汗酸臭。他来到船舱，问一个船员借来干净的剃刀和整洁的衬衫，回到自己的屋里换衣和清洗。他把手枪扔到床上，枪膛里还残留着一股火药味。刚刚发生的一切——那些恐怖和死亡的情景——重新浮现在了眼前。邦德把舷窗打开，海面上波涛汹涌，来时还是漆黑的变幻莫测的海岸，而现在却变成了一片令人赏心悦目的美景。这时一股香酥火腿的味道从走廊里飘过来，诱人的香味让邦德赶忙放下舷窗，穿戴整齐后，向船上的餐厅走去。

餐桌上摆了一大盘煎鸡蛋和一大盘火腿。科鲁姆博一边吧唧吧唧地吃着，一边说着："这一次，我们把克里斯托夫在那不勒斯工厂将近一年的生产原材料都给干掉了。不错，在米兰我们也有类似的企业，为了省事，我也会在那里贮藏一些货物。不过，在那里只是顶多生产一些阿司匹林之类的药物。而克里斯托夫告诉你的，其实很多就是他自己的所作所为，可却像屎盆子一样通通扣在我科鲁姆博的脑袋上。他用鸦片提炼海洛因，然后让'信使'把海洛因走私到伦敦。可这一回，克里斯托夫损失惨重，要知道，那些货也值个上百万英镑呢！但是，亲爱的詹姆斯，这些东西他没有花一分钱就弄到了手。知道原因吗？因为那是俄国人送给他的礼物，这是俄国人放到英国人饭碗里的毒药！俄国人无限制地给克里斯托夫提供货物，想要多少就有多少。俄国人在高加索地区种植罂粟，然后经过阿尔巴尼亚运到这里。他们所欠缺的只是投放毒药的设备和人力，所以，他们选中了克里斯托夫，让他来干这一切。谁都不会想到，我们用了 30 分钟就把他们的阴谋粉碎了。现在，你可以回到英国告诉那些人，贩运的网络就要瘫痪了。要让他们清楚，这些秘密战争的武器源头是俄国，而不是意大利。必须承认，这个所谓的秘密武器也是俄国情报部打心理战的重要武器。亲爱的邦德……"科鲁姆博面带微笑，有些赞许地说："也许，他们还会派你去莫斯科搜寻有关的情报。假如是这样的话，我希望你可以幸运地碰上像朴劳莱·莉丝尔那样吸引人的姑娘，她会向你揭示真理的另一面。"

"你这是什么意思？科鲁姆博，她是你的朋友啊！"

科鲁姆博摆摆头："亲爱的詹姆斯，我有许多朋友。我猜测，你应该会在意大利待上些日子了，写报告，而且要把我告诉你的事情重新核实一下，对不对？"他笑了笑，"也许你还会兴冲冲地花上 30 分钟，跟你在美国情报部门的同人聊聊克里斯托夫吧。所以我觉得在这段日子里，你也许需要个伙伴，充分享受我们家乡的美丽。在某些原始部落，按照当地风俗，当一个人喜欢上或是想向某个人表示敬意时，他通常会把他的两个妻子暂时借给他。你知道，我可不是妻妾成群。但是朴劳莱·莉丝尔这样的朋友我也有很多。就这件事，她完全不需要按照我的意思行事。等着吧，今晚她会一直期待你回到她身边呢！"科鲁姆博从上到下，将衣兜摸了个遍，摸出一把钥匙，拿在手里在邦德眼前晃了晃，然后放在桌子上，"你看，这是我的心意。"科鲁姆博把一只手放在胸口处，非常认真地看着邦德，说道："我是真心真意地这样做，她也如此。"

邦德从桌子上拿起钥匙，上面挂着的金属牌标注着：丹尼饭店65号房间。

# 雷霆杀机

这是五月的一天，清晨七点钟，世界仿佛死一般地宁静，雾气将整个树林笼罩住，树林中到处长满了苔藓，星星点点散布着鲜花，很有凡尔赛和圣格尔曼森林的味道。笔直而又平坦的大路从中穿过，一棵棵高大的橡树在道路两旁林立。这条大路是 D98 号公路，是专门供当地车辆行驶的二级公路。一辆 BSA-M 助型摩托正在以每小时七十公里的速度由北向圣格尔曼方向驶去。由于车速太快，狂风吹打着车手的脸，把两颊吹得鼓鼓隆起。车手的双眼镇定自若地注视着前方。他的嘴微张，露出两颗很大的门牙。手上戴着一副黑色的手套，稳稳地掌控着车速。从他的行头——制服和摩托——来看，他应该是英国皇家通信急件的信使。但是在摩托油箱顶部却挂着一支鲁格手枪，似乎和他的身份不相吻合。

在他前方，和他相距半英里处，有个衣着和摩托与他完全一样的人。不过，那人看上去更年轻，更英俊潇洒。他似乎并不着急赶路，行驶的速度也不是很快，稳定在四十英里左右，边前行边悠闲地欣赏着沿路的美景。清晨的空气清新宜人，风景也如画般动人。小伙子心情舒畅，想着还有一个小时就能到达总部，到时候就能吃到香喷喷的煎蛋了。

两辆摩托之间的距离越来越短。大概在最后的一百码时，后面的车手把车速降到大约每小时五十英里。他把右手抬起，用牙齿拖下手套，然后从油箱顶部拿起放在上面的鲁格手枪。

　　这时，行驶在前面的信使从反光镜中瞥到了后面的人，迅速地转过头看了一眼。出人意料的是，后面这位车手党和自己竟然是同行，衣着打扮，甚至连骑的摩托都和自己的是一样。年轻人兴奋地冲着后面挑起大拇指，向对方打了个招呼，同时把车速降到每小时三十英里，等着对方赶上自己。他注视着前方，脑海中不停地搜索着总部特种运输部英军摩托手的名字。阿尔伯特·锡德·威利——对，很有可能就是威利。威利就是这么壮，一表人才，深受姑娘们的青睐。

　　与他预期的相反，后面的车速更慢了。两车相距五十码。枪手被疾风吹得脸更加麻木了，但是凝视着前方的眼睛里闪出一丝凶光。四十码，三十码……

　　从这里到圣格尔曼只有一公里路程了。树林里突然钻出来的一只喜鹊从年轻的信使面前惊惶而笨拙地飞过，扎进一块交通标志后的灌木丛中。小伙子咧开嘴，用手打了个响儿，有些自我嘲讽地说："单只的喜鹊不吉利！"

　　此时，持枪男子已经离他很近，只有五码左右的距离，他的双手已经离开了摩托把，把左手臂做支架，稳稳地托住拿着鲁格手枪的右手，然后扣动了扳机。

　　被击中的年轻信使双手猛捂住背后，失去控制的车子一下子倾斜了，并翻转着滚进路旁的一条窄沟，然后又翻入一条长满蒿草和野花的干河沟里。摩托后轮还在不停地旋转，与地面摩擦发出刺耳的声音，前轮腾空扬起，然后向后方倒去，整个车便翻了过来，骑手被死死地压在下面，一动不动。最后，摩托发出几声轰鸣，晃荡了几下，也躺在地上不动了。

　　凶手一个急转弯刹住车，把车头对着来时的方向，支下车架，停好车子，向刚刚咽气的年轻信使走去。他跪在死者身边，粗鲁地用手把死者的眼睛盖上，然后狠狠地把挂在信使身上的黑色皮包扯了下来，从死者的制服里面掏出一个旧皮夹，又从手腕上扒下一块看起来很廉价的手表。由于太过用力，镀铝表带被弄成了两段。他站起来，把皮包挎到肩上，旧皮夹和弄断了的手表塞进上衣口袋，然后，站在原地不动，仔细听了一下四周的动静。只有树叶随着微风沙沙作响和撞毁的摩托金属熔化的声音。凶手沿着原路返回到公路上，走得很慢、很轻，尽量不让自己在地上留下任何痕迹。他站在摩托旁，向着溪谷里的野百合望去。这里的景色很美，地方也足够隐蔽，恐怕只有警犬才能找得到。不过，整整十公里的距离，就算是警犬找到这儿估计也要花上几小时，兴许几天都说不准呢！利用这段时间处理战利品足够了。解决掉一个人最为重要的是保险可靠。他刚刚本来可以在相距四十码时开枪，为了保险起见，他直到靠近二十码时才行动。这一趟是没白跑，任务完成了，还发了一笔横财——那个手表和钱应该是一笔不错的收入。

他得意地推动摩托，一跃而上。为了避免留下车印，他慢慢加大油门。不到一分钟，车就已经到达了时速七十公里。风又把他两颊吹得鼓起来，他笑得有些狰狞，满嘴的牙齿露了出来。

在凶案发生的现场，几乎快要窒息的树林这时才恢复了呼吸。

第二天晚上，在巴黎福尔凯酒吧，詹姆斯·邦德将今天晚上的第一杯酒灌下肚子，酒劲儿并不是很大。一个人在酒吧里喝酒并不是件痛快的事情。没有店主敢在公开场合出售伏特加、威士忌或者松子酒。芳纳露酒还行，但容易醉，往往会觉得不尽兴。如果在午餐之前来点香槟、果味酒之类的感觉会很惬意的，但若晚上的时候灌下整整一瓶香槟，那这一夜肯定不会舒服。还有聚会时会常常喝波诺特酒，但邦德压根儿就不喜欢那玩意儿，因为它的味道唤起了邦德儿时的记忆。说到底，凡是在酒吧里喝到的都是一些劣等饮料。实际上，邦德总是钟情于一种名为辛扎诺或比特坎派里的美洲饮料。这种饮料的做法很简单，就是用大片的佩利尔出产的柠檬兑上苏打水。他觉得优质苏打水可以有效地弥补劣质饮料的不足，这是最经济实惠的方法。

每次到巴黎，邦德肯定要去几个老地方。他喜欢住北极旅馆那种车站式的旅店，没有太大的名气，但最实惠，也易于隐蔽。他喜欢在罗迈德、德拉佩或杜马酒馆吃午饭，不仅有美味可口的食物，也便于他观察形形色色的人，消遣娱乐。如果他想喝个痛快，就会到哈里酒吧，理由之一是那里的酒醇正，理由之二就是那里让他难以忘怀。那时他十六岁，第一次来到巴黎，糊里糊涂的什么都不懂，就是在哈里酒吧度过了一个难忘的夜晚，在那一夜，他差点儿失掉童贞和所有的钱。如果想吃正餐的话，邦德通常会去一些有排场的餐馆，比如说柯松多尔、卢卡——嘉尔腾、卡内通或威福等。虽然在路旁经常会看到广告牌上大肆宣传着杜尔达根或马克西姆一类的餐厅等，但他就是喜欢自己挑中的那几家，没有现金和账目的混乱，饭菜的味道也符合他的口味。正餐过后，他通常会到毕加尔广场，巡视一下情况。一般来说，只要平安无事，他就会散散步，穿过巴黎区，然后回到旅馆，上床睡觉。

邦德决定拿出已经被翻烂的地址簿，仔细查找一个老式的夜总会来消遣娱乐一下。他这次只是途经巴黎回国，是因为上一次奥地利和匈牙利边境的任务栽了跟头。事情是这样的：邦德奉命专程从伦敦到维也纳去，为了指导维也纳情报站的站长行动，没想到在那里受到了冷遇，产生了一些误会。结果匈牙利人穿过边境时，踩到了地雷，命归西天了。原本，他把那匈牙利人带出国境是有可能的，可是都怪那些维也纳人刚愎自用。所以事情只好交由调查厅裁断。邦德明天也要回到伦敦总部汇报这件事情。一想到这儿，邦德心里就有些不快。

今天天气很好，让人们觉得这个时候的巴黎才是最美丽动人的。

邦德决定再给这个城市一次机会，他要找一个可以称得上是真正的姑娘的女孩子，然后把她带到闹市区中一个像艾尔美维尔一样可靠的地方去吃饭。当然，为了使她不要想着钱，虽然在所难免，他会先送给她五万法郎，然后说："我可以叫你唐娜迪安娜或者索蒂吗？因为这些名字听起来很美，也很符合我现在的心情和周围的气氛。我们以前就认识对方，这五万法郎是你借给我的，当时我穷困潦倒。这样吧，让我们谈一谈一年前我们在圣特罗雷兹分开之后彼此的生活吧！给你，这是菜谱和酒单，你尽可以点一些可以让你高兴和发胖的美食。"也许邦德这么说，她就不会因为窘迫而感到尴尬，而是轻轻松松地和他约会。她会笑起来说："噢，詹姆斯，我可不愿意长胖。"就这样，他们会谱写一段浪漫的"巴黎春天"的故事。邦德会兴致勃勃地听她谈论每一件有趣的事情。只是希望上帝保佑，在一切结束之前，他的把戏不会被戳穿，让漂亮的姑娘觉得在这老一套的"巴黎童话"中什么都没有捞到。

此时的邦德坐在福尔凯酒吧里一边等着服务生送来他刚刚点的美洲饮料，一边陶醉在自己的遐想中。他清楚自己不过是在天马行空，发挥着无限的想象力，也是对这个令他无比厌恶的城市最后一次发泄。一九四五年他第一次来巴黎，从那以后的每一次他都没有舒畅过。邦德望了望巴黎的街道，车水马龙，拥挤无比，阳光也被挡在远处，无力地散发着微弱的光芒。巴黎的每个角落都和香榭丽舍大街没有什么差别。每天早晨的五点至七点，是可以好好逛逛这座城市的仅有的两个小时。七点一过，黑色金属和无休止的巨大噪声就会把整个城市吞没，烟雾和灰尘笼罩着所有辉煌壮丽的建筑、清新的空气和干净的街道。

服务生把托盘放在大理石的桌子上，发出清脆的声响，然后又以无比娴熟的单手功夫将佩利尔苏打水的瓶盖用启子给打开，速度之快、业务之熟练是邦德甭想学会的。那人又拿起账单看了一眼，冷冷地说道：

"您的餐齐了，先生。"邦德拿起冰块放在饮料里，然后倒满了苏打水，深深呷了一口，又点了一根劳伦斯·让牌香烟，向椅背上一靠，吞云吐雾起来。邦德估计今天不会有什么好戏了，即使能在一个小时内找到一个让他满意的姑娘，也一定无法畅快淋漓了。没准这个女人靠近一看，是个皮肤粗糙、体壮多汗的法国中产阶级女人，趁他一不留神儿，她或者她的情人还会偷走他的钱包。上帝，他可不能重蹈覆辙了！

一辆旧波基奥特 403 型黑色轿车突然冲出马路的正常行车道，把接连不断的车潮截断，在人行道的一旁停了下来。一连串的急刹车声、人的惊叫声和喇叭声过后，一位年轻女郎从黑色汽车上缓缓地走下来。下意识地，邦德挺起了腰板。邦德理想中的人选就是她这个样子，简直就是十全十美。尽管年轻女郎披着一件轻便的外套，但仍可以感觉到高挑的身材。从行走的姿态和端庄的举止来看，外套下一定是线条优美的身躯。刚刚开车时，她面部的表情让她十分动人和高贵，但此刻却朱唇紧闭，有稍许的不安。

她焦急地斜插穿过人行道，挤在人流当中，朝着邦德的方向走过来。邦德盯着女郎，更加细致地打量了她一下。她显然不是邦德刚才天马行空时幻想的人，因为看样子她是来赴约的，没准是和她的情人约会。这种女人是注定要属于一个什么人的那种类型。她也许是迟到了，难怪心急如焚。唉，真是遗憾，这么动人的金发女郎和他无缘，邦德暗自叹息。出乎他意料的是，年轻女郎竟直勾勾地盯着他，而且居然对着他嫣然一笑。还没等邦德反应过来，姑娘就已经走到他面前，拉过一把椅子，在他的对面坐下了。

邦德有些吃惊，她有些尴尬地笑了笑："不好意思，我迟到了。恐怕我们必须立刻离开这儿。上司让你马上到他办公室去。"她顿了一下，接着说："紧急下潜。"

　　邦德立刻明白了。虽然他不知道这个女人是何方神圣，但可以肯定的是，她从"铺子"里来的。这个女人刚刚说的"紧急下潜"是情报机关从潜艇部门学来的一句专业术语。它意味着状况不好，发生了极其糟糕的事情。"好吧，我们这就走。"邦德从口袋里掏出几枚硬币放在桌上，站起身来，走出酒吧，向那辆黑色轿车走去。车水马龙的巴黎街道，依旧交通阻塞，警察随时可能前来管制，阻止他们挤入车道。看到黑色轿车要从人行道挤进车队中，司机一脸的不情愿。女郎瞅准时机，一脚加大油门，换成二挡，"嗖"的一声钻进了拥挤的车流中。

　　副驾驶上的邦德一直欣赏地看着她，洁白无瑕的肌肤，柔顺的金发。"你从哪里来，究竟出了什么事？"他问道。

　　女郎一边驾驶着汽车，注意着外边的车辆，一边回答："我是站里的二级助手，本名马里安·露西，工作代号765。具体是什么事情，我也不清楚。只知道是M局长给站长的私人密电，十万火急。M局长要马上找到你。站长说，只要你在巴黎，会去的不外乎就那几个地方。所以我和另一个姑娘按照站长给我们的地点一处处找你。刚刚去了哈里酒吧，然后来到福尔凯酒吧，没想到你真的在那儿。"她瞟了他一眼："我想我的眼力还不错。"

　　"确实不错，甚至可以说是棒极了。如果当时我正和一个姑娘混在一起，你怎么办？"邦德打趣道。

　　她笑一笑，说："我可能还是要和你打招呼，只不过就要多喊声'长官'而已。主要还是得看你怎么打发她。如果她当众撒泼，我看只能用我的车送她回家，而你就得自己打车回站里。"

　　"真聪明。你干这一行有多久了？"

　　"五年。不过到站里来工作是第一次。"

　　"感觉怎么样？"

"平时还行，不过一有急事就没日没夜的，这一点有些烦人。而且觉得法国人太过循规蹈矩，让人生厌。你瞧，我买了这辆便宜的汽车，就是为了方便外出。大街上，别的车总给我让路，你知道原因吗？就是他们觉得我会撞坏了他们的车子。虽然他们脸上都是一副老大不高兴的样子，但我不在乎。因为他们还是给我让出好大一块地方。"

他们聊着，就开到朗特广场。她绕着广场开了一周，然后径直朝着康柯尔特方向来的车流冲过去。果然，她的话说得没错，车流不可思议地给她让开了道，她从中急驰而过，向着马蒂戈依大街驶去。

"妙极了。但是你可别养成习惯啊！"邦德大笑。

她笑着把车拐进加布利尔大街，在英国秘密情报局巴黎站门前停了下来，然后说："我只是在许可范围内找点小刺激而已。"

邦德从汽车上下来，绕到她的车门口说："谢谢你送我。不知道事儿办完以后，我能不能也送送你？虽然我不会冒险，但我确实和你一样，觉得在巴黎烦透了。"

"当然，我很高兴能和你做伴。你只要通过这里的电话总机，就能找到我。"姑娘睁大眼睛，认真回答。

"再见。"邦德将身子探进车窗，摸了摸姑娘搭在方向盘上的手，然后转身大步走进门厅。

英国秘密情报局巴黎站站长雷特瑞空军中校体形富态，金色的头发梳理得毫不凌乱。他穿着西装，里面是漂亮的马夹，别着精致的蝴蝶领结，一看就是经常出入宴会的人，给人一种养尊处优的感觉。但是他那双眼睛散发出的光芒，却明显地告诉人们他是一个做情报工作的老手。他一根接一根地抽着高卢牌香烟，整个办公室烟雾缭绕。雷特瑞空军中校看见邦德进来，客气地和他寒暄了几句，然后问道："是谁找到你的？""露西。在福尔凯酒吧。她是新来的？""是个不错的姑娘，在这儿有半年了。你先请坐。找你来的主要目的是因为出了一件麻烦事，我不得不向你交代，而且还要你去处理。”他低下头，按了一下对讲机的开关，冲着对讲机说：“给M局长发报，站长私人邮电，电文是这样的：‘007在这里，正在介绍情况。’好，就这样。”说完，他关上了对讲机。

邦德拉过一把椅子，在靠近窗户的地方坐下，和站长手中燃烧的香烟保持一定距离。顺着窗户望下去，香榭丽舍大街上的车辆就像是虫子在缓缓地爬动。刚刚还对巴黎厌恶不已，巴不得赶紧离开的他在见到露西以后，反而希望能在这里多留几天。

“事情是这样的：昨天早晨的时候，盟军最高司令部派往圣格尔曼情报站的信使被杀害。他背后中了一颗子弹，身上的东西都被抢走了，包括公文包、钱包和手表。重要的是公文包里有最高司令部情报局发出的一周情况摘编，涉及联合情报文件、铁幕国家战斗序列等，这些全部是绝密材料。”站长对邦德说道。

“这太糟糕了。那有没有可能只是一桩单纯的抢劫案？或者，盟军总部认为用钱包和手表只是障眼法？”邦德说。

“盟军总部的安全部门到现在还不能判断凶手的真正目的。不过总的来说，他们觉得手表和钱包是个幌子。假如只是单纯的抢劫案件，为什么会发生在清晨七点钟呢？现在就要派你去那儿，搞清楚这些问题。M局长想让你做他的私人代理。他很担心。你应该了解，一开始盟军司令部谍报部门就不欢迎我们在他们的势力范围以外单独行动。这么多年来，他们一直都试图把圣格尔曼的情报站归到欧洲盟军最高司令部的情报系统。不过，有M局长在，他们是不可能轻易就把它给合并了。你也清楚M局长的个性，可不会轻易让步。这个老家伙，独往独来，别说欧洲盟军最高司令部情报局，就连北大西洋公约组织安全部门的账他都不吃。不过，他这么做是有一定道理的。你知道吗？他们的谍报安全处的上司还是个德国人！"

邦德吹了声口哨。

"可是，现在的情况是盟军司令部执意要 M 局长参与到这件事情当中。没办法，局长只得要你立即赶到那儿。我已经把通行证之类的东西替你安排妥当了。盟军总部安全局局长施雷贝上校是个美国人，很能干，你需要到他那里报告一下。这件案子从一开始就由他负责。据我所知，他做了很多工作。"

"他做了哪些工作？这案子究竟是怎么一回事？"

站长拿起一支铅笔，指着办公桌上一张巴黎市郊区全景图说："这儿是凡尔赛。巴黎通向芒特和凡尔赛的两条公路在这里相交，这里是公园的北面。欧洲盟军最高司令部是从这里出发的，往北几百米处的 N184 区域。每周一清晨七点，他们都固定派一名机要部门的信使，把司令部一周的情报汇编送到圣格尔曼情报站。这个情报站离圣格尔曼城很近，是一个叫作福尔克的小村庄。具体的路线是这样的：七点整，信使会从司令部出发，上 N307 公路，到圣诺姆，然后向东拐上 D93 公路，穿过圣格尔曼森林。这段路程大约十二公里，单程 15 分钟没问题，也就是说信使七点半钟就可以回司令部报告。被杀害的信使是通信兵部队的一名下士，名叫巴特斯，品行不错，也很稳重。直到七点四十五分，他都没有返回司令部述职。所以司令部派了另一名摩托手去找他，可是一无所获。而且当时我们的情报部门也没有关于他的任何消息。差不多到了八点一刻，安全局出动，九点左右便设起了路障。没多久警察局也出动了搜索队。大概到了晚上六点钟，警犬发现了他的尸体。由于发生的事情时间间隔比较久，就算路上有线索，也都早已经被来往的车辆擦掉了。"站长将地图递给邦德，又回到办公桌边，接着说："所有的例行措施，包括港口、机场、边境设防严查，都没有一点线索。现在能做的就只有期望在那个地段上还可以发现蛛丝马迹。这件案子的凶手看起来是个内行。清晨犯案,一个小时之内就可以钻进他们驻巴黎大使馆,或者在中午之前把拿到手的东西运到国外,可是警犬发现尸体至少需要等到下午。"

"说得没错呀!既然是这样,M局长为什么还派我去?让盟军最高司令部的安全部门把那一段路仔仔细细地再搜一遍,不是更好?这类事情根本不应该归我们管。这不是瞎浪费工夫吗?"邦德有些按捺不住地问道。

站长颇有同感地笑笑:"实际上,你说的这些我也很清楚,也通过保密部门向M局长提过。可这个老滑头心里很清楚,但还是向最高司令部表明,这件案子他并没有当成儿戏,是很认真对待的。你去现场没准还会发现其他一些什么的。局长说你非常善于捕捉一些无形的因素,虽然司令部防卫异常严格,但一定会有个'隐形人',由于大家相互都太熟了,不把他当回事,这样让他躲开了人们的视线。这个人可能是园林工人、清洁工,或者是邮差。我和局长说,盟军司令部对此已经做好了防范,全部由士兵负责。但局长表示,这人心难测啊!"

邦德大笑起来,眼前浮现出局长愁眉苦脸、唉声叹气的样子。于是,他点点头,说:"好吧,那我就试试,看看能做些什么。那我向谁报告?"

"向我报告就可以了。M局长不希望把圣格尔曼情报站卷进来。可我总不能老待在这里等你电话,我会派人和你联系,全天候等待你的消息。你调查的资料我会一字不落地直接向伦敦方面报告。至于这个联系人,我觉得露西就可以。我认为她会和你配合得很好,你认为怎么样?"

"那再好不过。"邦德说道。

一小时之后,邦德驾驶着露西那辆黑色轿车向欧洲盟军最高司令部驶去。半斤牛奶巧克力、小发卡、有着影星约翰·奥哈拉签字的笔记本，还有一副黑色的羊皮手套。总之，轿车里四处都散发着她的气息，邦德觉得所有的这些都很亲切。他飞快地驶过闹市区。直到过了圣克劳德城门，车辆才少了一些。于是邦德提高车速，达到了七十五英里。在右前方出现了一个路口，红色的指示箭头上指示着欧洲盟军最高司令部。邦德一打方向盘，汽车顺着箭头指示的方向开去。大约在开了一百多码之后，在路的中央，邦德看见一个交通警察站在那里，正冲着他招手，示意他把车开进左侧的一个大门里。大门的旁边是一个检查点，一个美国警察穿着灰色的制服，从检查点的小屋里探出半截身子，拿着他的通行证看了看，然后让他把车开到旁边。这时，一个法国警察从美国警察手中拿过通行证，详细地在一张铅印表格上做记录，之后递给他一块塑料的汽车玻璃窗号码，向他挥了挥手，示意继续往前开。再往前面，是一大片临时营房，低矮的营房房顶上面飘扬着北大西洋公约组织成员国的国旗。这里就是欧洲盟军最高司令部。邦德将车停在停车场，然后大步流星地冲进一扇玻璃门。进了门，正对着他的是安全检查处。美国警察和法国警察又一次检查了他的证件，做了详细记录，然后由一个戴着红色帽子的英国警察领着他穿过一条宽敞的走廊，走廊的两侧都是办公室，门上统一都没有名称，而是采用各个总部的惯例，都标着字母组成的隐语。其中一间办公室的门上写着"COMSTRIKFLTLANTANDSACLANT LIAISONTOSACERR"。邦德问带领他的警官这些字母代表什么意思，对方只是摇了摇头，生硬地回答说："不太清楚，长官。"

　　盟军最高司令部安全局局长施雷贝尔上校是个中年美国人，头发灰白，举止彬彬有礼，看上去像是个银行经理。在他的办公桌上，一束白玫瑰插在花瓶里，旁边是镶着银边的几张家庭合影。室内的空气令人舒服，没有香烟的味道。施雷贝尔现在就在办公室里面。双方见面之后寒暄了一番，邦德赞扬施雷贝尔上校工作做得非常保密，于是说道："这里的层层检查简直让人有些招架不住。这里是不是发生过失窃或者是有人要偷袭这儿？"

"我们不必先说这两个问题，中校。总部现在的状况令人非常满意，但是除此之外的部门令我不安。要知道，除了你们英国秘密情报局以外，我们还有很多的合作伙伴。其中包括十四个国家的内政部门。我们谁也保证不了这些部门的保密工作同样是滴水不漏。"

"保密工作的确不是件容易的事儿。"邦德点了点头，"言归正传吧。雷特瑞空军中校那次和您谈过之后，又找到了什么新线索吗？"

"找到了一支鲁格手枪。经过验尸，死者的脊梁被子弹打断了，这说明凶手开枪时和死者之间距离并不远，超不过三十码，而且是平行从死者身后开枪的。如果死者当时是骑着摩托向前行驶，那么凶手也肯定是在什么车上。"

"按这样的推测，死者从后视镜中是可以看得到凶手的？"

"很有可能。"

"你们有没有这样的规矩，比如允许信使在被人跟踪的情况下，迅速逃离？"

"当然。我们要求过他们尽力逃脱。"上校微笑着回答。

"通常情况下，信使的车速大概是多少？"

"应该不会太快，会在二十到四十英里之间。您为什么问这个？""我现在要确定这究竟是一桩普通的凶杀案件，还是职业杀人案。如果如您所说，信使的速度并不快，受到威胁时可以全力逃跑，而当时信使已经从后视镜中看到了凶手，可是并没有逃走，说明他以为后面的人是自己人，而不是敌人。也许这个凶手进行过适时适地的伪装，蒙骗了死者。"

施雷贝尔上校皱了皱额头，用稍稍有些嘶哑的声音说道："你说得不错，我们也已经考虑过。昨天，最高司令已经专门成立了安全保卫委员会，准备采取紧急措施处理此案；各地的情报部门也接到命令开始行动了。只要发现线索，任何情报人员，哪怕是远在天边，都可以和最高司令取得直接联系。可是到现在为止，一点回应都没有，也没有任何结果。"

邦德笑着站起身来说："那既然是这样，上校，我就先离开了，不再浪费您今晚的时间。不知可否从贵处借一辆车让我在这儿周围转转？这里的小商店和我的住处，能否让您的部下给我指点一下……"

"好的，没问题，放心吧！"上校点点头说道。他按了一下电铃，一位副官立刻走了进来。上校说："值班员，带中校到贵宾楼侧厅为他安排好的房间里去，再领他到这里的酒吧和小商店去转转。"然后转向邦德接着说："我会把材料都准备好，放在办公室里面。明早您用过早餐后，就可以看一下。当然，这些材料希望您在我的办公室里阅读，不能带走。还有需要的东西，尽管吩咐这里的值班员。那么，明早见。"邦德和他握了握手，道过晚安，便随着平头的副官走了出去。他们去了酒吧和小卖部，然后回到专供来宾夜宿的高级客房，客房极具斯巴达风格。邦德躺在床上，但心里一直在琢磨：就连上校都说这个任务连十四国安全部门的首脑都没有办法，看来希望不是太大，而他单枪匹马又能怎样？还不如借这个案子在巴黎休息几天，和露西多接触接触。主意已定，他酣然进入梦乡。

在欧洲盟军最高司令部邦德白白浪费了两天时间。每次进出大门都要受到那些固执的卫兵的检查，这让他很烦恼，好在这种紧张的关系稍稍有所缓和了，除此之外他是一无所获。

直到第三天的早上他决定去和上校道别，却先接到了上校的来电，"你好，是中校吗？我想您应该知道昨天夜里最后一队警犬搜寻的结果……我们接受您的建议把整个林子又搜索了一遍，"上校的声音并没有一丝的歉意，"依旧没有任何的消息。"

邦德知道现在无论怎么说都会得罪上校，所以干脆说道："噢，真对不起，让你们白白浪费了时间。我想和搜查队的人聊聊，您看可以吗？"

"当然。悉听尊便。不过，中校，我顺便打听一下，您打算在这儿待多久？我本人非常欢迎您久住，也喜欢与您共事。可管理员跟我说，现在的住房有些紧张。你知道的，过几天从荷兰来的检察团会到这里，人数很多，而且都是一些高级官员，所以……"

邦德听明白了上校的意思，他本来也没抱希望可以和施雷贝尔上校和睦相处，因此也不想为这事浪费脑筋便随和地说："我明白，但我还要看看上司的意思，上校，再打给您吧！""好，那就这样。"上校一直说得彬彬有礼，但他们这种客套都显得很见外，两人同时将电话挂掉。

邦德在警犬室里找到了搜索队长。搜索队长是个法国人，家在朗德，他的眼神灵活又有些狡诈。为了避免打扰，他把邦德带到办公室里。办公室并不大，墙上挂着防水布、长筒胶靴、望远镜、驯狗用具，墙角堆放着一些乱七八糟的工具。屋子的中央有一张桌子和几把大椅子，一张画有圣格尔曼森林的地图放在桌子上，地图还用铅笔勾出了一个个区域。搜索队长指着地图说："我们的狗把这里全都搜遍了，可是什么都没发现。""以前搜查过这里吗？"搜索队长挠挠头说："之前一次打猎时，意外地搜索过，长官。当时我们费了好大的力气才把警犬弄出卡罗费·洛拉家族栖居地附近的森林空地，它们应该是嗅到了吉普赛人的气味。"

"吉普赛人？"邦德眼中散发出光芒，"请告诉我，这些吉普赛人是做什么的？"

搜索队长装腔作势地用他那脏兮兮的小拇指比画着说道："这些吉普赛人都来自古老的家族，拥有不同的姓氏。死者被枪杀的地点是个三角形底部，卡雷齐·德库利斯家族和卡罗费·洛拉家族住在那里。"他掏出一支铅笔，在地图的某个位置上点了个点儿，说道："就是这里，长官。吉普赛人的大篷车整个冬天都停在那里，直到上个月他们离开，才清理干净。不过狗的嗅觉很灵敏，估计他们的气味还会留在那儿几个月。"

在搜索队长的带领下，邦德看了警犬，并大大将其赞扬了一番，之后又驾驶着波基奥特汽车，打算到凶杀现场实地调查一下。他边开车边想：那些吉普赛人从不说法语，而且有自己的风俗习惯，形迹难测。部落内之间也很和睦相处，应该是六个男人和两个女人。可是，他们离开得却悄无声息，没有人看见，只是在某一天的早上，人们就发现他们消失了，恐怕只有上帝知道他们是何时离开的。没准已经走了将近一周，到另外的地方流浪去了。

邦德驾驶着汽车穿过森林，上了 D98 号公路，前方大约四分之一英里就是那座长长的公路桥。邦德猛地踩下油门加速，然后熄灭，悄悄地滑行到卡罗费·洛拉家族之前居住的地方。他停下车，走出来，忽然觉得自己有点儿滑稽。他朝着森林中那片空地走去。邦德站在树丛和灌木丛边上，仔细地观察着，来回地踱步，思量着什么。

空场的面积大概有两个网球场大，上面铺满了厚厚的苔藓和野草，野百合在几处小洼地开放着。树底下星星点点生长着兰铃花。荆棘和蔷薇将空地一面的一座像古坟似的小土包盖满了，此时花开得正茂。邦德围着土包转转，仔细地看着，但那下面除了泥土以外，什么也看不出来。

邦德向周围看了看，走到这块空地离公路最近的一个角上。从这里穿过树丛到公路很容易。没有任何车子经过的痕迹，更别说被树叶盖住了。这里留下的恐怕只有吉普赛人和一些来这里野营的旅游者的痕迹。在道路的旁边有两棵树，树之间有条狭窄的通道。邦德弯下腰看了看树干，仔细地瞧了一会儿，蹲下去伏倒在地，将一块很窄的挂在树皮上的干泥巴用食指轻轻刮掉，结果发现树干上嵌了一个印记，而且很深。他仔细摸了摸树皮，然后用口水把泥巴弄湿，小心翼翼地将树皮上的印记重新堵上。像这样的伪装在一棵树下发现了三点，另一棵树上面发现了四点。邦德大步走出树林，回到车的旁边，他刚刚把车停在通向公路桥的一个斜坡上，这里来往的车辆极少。邦德将车发动，人却站在一边，注视着汽车向下面冲去，空挡滑到沟里。

邦德又回到了空地上，他有些预感，但又没什么把握。但他对气味格外注意起来，如果那也可以算作线索的话。他一直在琢磨搜索队长那些关于吉普赛人的话："狗可以闻出吉普赛人的气味儿……几乎整个冬天……他们上个月才走……他们相处得很和睦……一个早上他们全都消失了……"忽然，他又想起了 M 局长的话，M 局长说过要捕捉无形的因素，要注意隐形的人。可以推测，这件案子的背景和这些吉普赛人是不可分的，但现在却很混乱，搞不清楚他们到底存在不存在。六个男人和两个女人，没有一个人会讲法国话，这些吉普赛人，很会伪装啊！他们既可以说是外国人，但又不能完全算，吉普赛人是最为妥当的。他们当中的一些人开着大篷车走了。但是有没有这种可能：有些人留了下来，还为自己修筑了地方过冬，然后作为抢劫绝密文件的阵营？邦德在发现那两棵树干被碰破之前，一直还觉得自己是在幻想，编造故事。然而当他亲眼看到两棵树干上被精心伪装过的痕迹后，再想想它们的高度和摩托的脚踏板能碰到树干的位置相吻合时，他觉得有些不同了。也许这一切没有什么必然的联系，但对于邦德来说，这意味着很多。他心中已明白了大半，也认真地订了个计划。他保证只要凶手还会再次冒险出击或者是在固定时间行动，他的计划就会成功。

邦德回到情报站，将自己设计好的计划全盘托出。马里安·露西嘱咐他要小心。而站长则表现得更为积极，命令他的下属要全力配合。

此外，站长特意为他提供了全套的伪装用品，更安排了四名情报人员，组成了一个战斗小分队，无条件听从邦德的指挥。他们清楚，假如邦德可以把欧洲盟军最高司令部安全机关的眼睛擦亮，那么秘密情报局会赢得至高无上的荣誉。M局长届时也会信心百倍，他的下属机构能够继续保持独立性，也就不会再去烦扰他了。

第二天凌晨四点三十分，邦德到达圣格尔曼森林。他迅速地爬上一棵橡树，将自己用粗枝掩藏起来，聚精会神地盯着树丛深处发生凶案的现场。他身穿伞兵迷彩服，深绿色、黄棕色和黑色混杂在一起，就连两只手也涂上了同样的保护色。脑袋上只露出眼睛和嘴。这样的保护效果很好，就算一会儿树影渐渐退去，太阳升起来，阳光从任何地方照射到高高的树枝，也足以使他不被发觉。

六点半，正是早饭的时间，邦德用右手在迷彩服的口袋里小心地摸索着，拿出一片葡萄糖放到嘴巴里。他一直在含着这东西，并尽可能地延长每一片融化的时间，直到嘴里没有东西之后才会再含上一片，但是两只眼睛却一动不动盯着前面的空场。一只红色的小松鼠在天刚刚破晓的时候就跑出来，旁若无人地啃着手里的果肉，不一会儿小松鼠又蹦蹦跳跳地钻到那个坟包的草丛中，用小爪抓挠几下什么东西，折断后轻轻啃咬着；在草丛里，两只像是在吵吵闹闹般谈恋爱的笨鸽子，不停地扇动翅膀为它们的窝巢添砖加瓦；一只肥鹤踩了踩它的猎物——一条小虫子，并来回地用两只脚拨弄着；在土坡上的蔷薇花中一群蜜蜂嗡嗡地发出声音，快乐地飞来飞去，和邦德约有二十米的距离，邦德第一次觉得蜜蜂歌声真动听。看着眼前的一切，松鼠、蔷薇花、蜜蜂、小溪、野百合，真是童话般的景致。阳光越来越强烈，透过高高的树林洒落下来，照耀在碧波荡漾的水塘上面。邦德躲在这里已经两个小时了。他从没有这么长时间、这么仔细地观察过从寒冷的黑夜逐渐过渡到白昼的壮丽景象，也从未这么近距离地看过万物生机！他觉得自己傻乎乎的，因为鸟儿竟然随心所欲地蹲在他的头上！

突然，一阵长长的悦耳的笛声响起，在树林中回荡，好像是清晨的第一曲。所有的鸟儿闻声而逃，就连调皮的小松鼠也藏了起来，只有蜜蜂嗡嗡地歌唱。发生什么事了？邦德感觉自己的心剧烈地跳动起来。他睁大了眼睛，观察四周的动静。

草丛里有些奇怪，虽然很细微，但却非同寻常。一根孤零零的蔷薇刺茎轻轻地、慢慢地摆动着，从枝叶上伸出来。花茎缓缓向上伸去，大约在高出灌木丛一英尺的地方停了下来。一朵红色的蔷薇盛开在顶端，有些不自然，但也仅限于可以看到它刚刚移动的全过程时才会感到。在平常看来，这是一朵普通到不能再普通的花，没什么很特别的地方。这时，红蔷薇的花瓣儿像是在张开和转动，黄色雌蕊向两侧伸出，上面有一个铜币大小的玻璃镜头在反射着阳光！镜头朝着邦德的方向转去，又极度缓慢地旋转开去，转了一周，镜头再次对着邦德所在的方位。空地周围的情况很快就被视察了一遍。似乎是结果令人满意，于是这个孤独的花蕊慢慢降下，又回到花丛中了。

邦德的呼吸有些急促，他眨眨眼睛。没错，就是吉普赛人！如果能够证实那就是活动机械装置的话，土坡下埋藏的一定是过去的间谍组织遗留下来的设施。可是经过不断的更新改进，它远比英国在德国成功地入侵法国后研制的东西要高级，当然比德国在阿登尼斯抛弃的设备先进得多。邦德顿时有一种近乎恐惧的激动和预感使身体微颤起来：刚刚发生的一切和他料想的完全一样！现在，他必须得考虑下一步的行动了。

这时，从土坡方向传来一种电动机在超高速运转的声音，非常刺耳。花丛中的花丝微微振动，蜜蜂飞开了，在空中徘徊了一阵，又落了下来。也就是一会儿的时间，在花草丛下，一道犬牙交错的裂口无声无息地张开了。把土坡瞬间分成两部分，仿佛是两扇开启的大门，黑黝黝的洞口一点一点变宽。机器运转的声音越来越响，一道金色的光从正在开启的大门里射出，犹如一枚被铰链连接的复活节彩蛋。虽然蔷薇花丛分成了两部分，但依旧吸引着蜜蜂。洞里亮起苍白的灯光，机器的轰鸣声也消失了。这时，一个人头和肩膀慢慢地从洞口里探出来，接着，整个人出来了。他身体匍匐在地上，左手握着一把鲁格手枪，朝周围机警地观望着，然后满意地扭过身子，向刚刚那个洞口打了个手势。于是，又一个男人出现了。他的眼睛刻意躲避着太阳，手里拎着三双像是雪靴一样的东西。先出来的那个人挑了一双，跪下把它绑在长筒靴上。这样他的行动就比较大胆而无所顾忌了，地上的花草在雪靴的踩压下伏倒，但马上就恢复原状，身后没有留下任何痕迹。邦德恍然大悟，笑了一下，狡猾的家伙！

在第二个男人身后，第三个男人也紧跟着爬了出来。然后两人又从洞穴里抬出一辆摩托，用马具带吊起来扛在肩上。显然，第一个爬出来的人是他们的头儿，他弯下腰把另外两双雪靴绑在他们的长筒靴下。他们排成纵队，穿过树林朝着不远的公路走去。他们走得很轻，也很沉默，这样的谨慎显然是别有用心的。

邦德长长地出了一口气，把头歪在树枝上，一直紧绷着的神经也稍稍地放松了一下。运气还不赖！刚刚的这些细节都能补进材料里了。当两个男人穿上灰外套时，他们的头儿则穿上了一件英国皇家通信信使的制服，停在他眼前的是 BSA-M20 型橄榄绿的摩托，车的油箱上印着英国军车注册号码。怪不得那个被杀害的信使会以为赶上来的是自己人。还有一个问题，就是他们抢劫来的这些绝密战利品是如何处理的呢？也许是夜里向它的总部传送，草丛中那个当潜望镜用的蔷薇花茎可以升起来当天线，地下最深处则是踏板发动机，以此来发射高速密码组。密码会是什么？如果刚刚邦德在这些家伙走出来之前就将他们一网打尽，没准在洞里可以得到更多的秘密呢！而且还可以把假的情报传送给苏联军方的情报机构，有可能它就是这个机构的后台！邦德的脑子在飞速运转着。

那两个手下重新回到洞里面，蔷薇花丛又一次把洞口遮盖住。他们的头儿和橄榄绿摩托现在一定躲在公路旁边的灌木丛里。邦德低头看了看手表，离七点还有五分钟，非常准时！那家伙现在正等着信使的摩托行驶过来，他们也许并不知道信使每个星期只送一次信，也没准是想确认一下最高盟军司令部是否已经更改了传递信件的时间。嘿，这些家伙还真狡猾！他们大概是要在夏天时大量的旅游者涌入这里之前，尽量多地获取情报，然后撤兵，等到冬天的时候再全盘杀回来。虽然邦德对于他们的长期计划也许还不太清楚，但目前发生的一切足以证明他们的头儿正筹划着另一个刺杀行动。

过了一会儿，大约七点十分，那个人再一次出现了。他站在空地边上的一棵大树下，吹了一声口哨，声音很大，甚至有些刺耳。两个手下从蔷薇花丛中爬了出来，跟在头儿身后又回到树丛里。两分钟后，他们抬着摩托回到蔷薇花丛旁边。当头儿的男人东张西望，确认没有留下什么痕迹，才放心地和两个手下回到洞里。土坡分开的两部分在他身后立即关闭。

30分钟后，树林里又恢复了刚才的勃勃生机。大约又过了一小时，洒落下来的阳光加重了树林的阴影。詹姆斯·邦德悄悄地从树上滑下来，踩在几丛荆棘后面的一片苔藓上，从树林中消失了。

当天晚上，邦德给露西打了个电话，并告诉了她自己的计划，但显然露西并不同意，她叫道："难道你疯了，我绝不会让你这么做的。我要给站长打电话，让他通知施雷贝尔上校，把整个事情告诉他。你最好别去插手，让他们处理。"

邦德一点儿不客气地说："你这么做没有用的。我之前和施雷贝尔上校谈过，他已经同意，甚至还很乐意让我明早去充当信使。他知道的应该也就是这点儿。实际上，他觉得这件案子已经可以了结了。听我的，好姑娘，照我说的去做。立刻把我的报告打出来，然后给 M 局长送过去，让他知道我现在的想法，我相信他是不会反对的。"

"M 局长真该死！你也是！整个情报局都愚蠢得该死！"露西被气得简直要哭了，"你清楚你一个人要对付几个人吗？你这是……你这是在炫耀，没错，你是想炫耀自己有多么英勇！"

"够了！露西，现在立刻把报告打出来吧，非常抱歉，这是命令。"听到邦德有些恼火，她的声音软了下来："哦，好吧，你别用官衔来压我。不过我认为你至少要在本地情报部门挑几个人选，要能干些的。千万不可以受伤，祝你好运。"

邦德回应道："谢谢你，露西。另外还有件事，希望明天晚上你跟我一起吃饭，找个不错的地方，像阿尔美侬维尔那样的。边听吉普赛人拉小提琴边喝着香槟，感受一下巴黎美好的春天。"

"嗯，我当然愿意。但明天你一定要小心，好吗？一定。"她略带忧伤地点了点头。

"放心，我会安全回来的。晚安。"

"晚安。"

在晚上余下的时间中，邦德把设计好的行动又加以完善了一下，然后向情报站派来的四个人仔仔细细地布置了一遍。

第二天早上春光明媚。邦德骑在摩托上准备出发。一个通信兵下士将自己手中空的公文包递给邦德，然后准备发射启程信号。通信兵看了看邦德说："这身制服穿在您的身上真帅！看上去，就像是在皇家部队干了一辈子，长官。不过我觉得您该理理发了。这车子您试着如何？"

"不错。整个感觉就仿佛在梦里似的。我差点儿忘了自己要去干什么啦！"

"长官，如果哪天我有一把精制的奥斯汀 A40 手枪，我就天不怕地不怕了。"通信兵说完低头看了看表，竖起拇指说，"七点整，出发！"邦德将头顶上戴着的风镜向下一拉，把眼睛遮住，向通信兵挥了挥手，挂上挡，扳动油门，穿过砂砾铺成的路，冲出大门。

邦德驾驶着摩托穿过 184 区域，开上 307 公路，在圣诺姆右拐，直奔 D98 号公路。邦德把摩托停到路边的草地上，将腰间长枪管的科尔特 45 手枪拿出来再次仔细地检查了一遍，又放了回去。他重新发动摩托，把时速提高到五十英里。巴黎——芒特公路旱桥赫然展现在他的眼前。旱桥下的隧洞很深而且黑乎乎的，邦德开了进去，隧洞仿佛是个血盆大口，一口要把他吞下去似的。洞里阴冷又潮湿的气味扑鼻而来，从排气管里发出的噪声在隧洞里回响着。不一会儿，摩托开出了隧洞，又在阳光下飞驰，迅速地穿过了卡罗费·洛拉家族的栖居地。阳光渐强，反射在笔直的柏油路上，让人觉得有些眼花。一片迷人的树林出现在前方两英里处，空气中飘浮着的树叶和露水的芬芳向着邦德迎面扑来。这时候，他把时速减至四十英里，左侧的反光镜随着摩托的颠簸微微颤抖着。反光镜中，树木一排排地向后飞去，开阔的远景中没有看到凶手的影子。难道是那家伙害怕了？或者出了什么意外？就在邦德思考的时候，一个黑点突然出现在反光镜中，起初是一只小瓢虫，然后变成了苍蝇，又变成了蜜蜂、甲虫般大小。小黑点越来越大，最后清楚地看到一个头盔，正在两只黑爪中间向前猛地俯冲过来。上帝，他的速度还真快！邦德把目光从反光镜上移开，迅速地看了一眼前方的公路，然后又注视着反光镜：糟糕，凶手的右手好像是在摸鞋……

邦德慢慢减速，三十五码，三十码，二十码。邦德扫了一眼后视镜，右手松开车把，向怀里伸去。太阳把邦德头上戴的男式风镜上的两块玻璃照得像两团燃烧的烈火。时机来了！邦德一个急速刹车，摩托熄了火，戛然而止。但凶手在他掏枪开火之前，就已经射出了子弹，"嗖"的一下子，子弹就射进了邦德大腿旁边的弹簧坐垫里。邦德毫不示弱地举起手里的科尔特手枪，向对方开火。一眨眼，凶手和他骑的那辆摩托就像是被一匹套住的野马，在森林里面疯狂地转了一大圈，然后被甩出公路，栽进沟里，凶手的脑袋"砰"的一声撞在一棵山毛榉树上。凶手一下子缩成一团，摩托的金属"咋咋"作响，和宽大的树根缠在一起，然后摇摇晃晃地倒在了草丛里。

邦德从车上下来，走到那个凶手面前，凶手穿着一身卡其布军装夹克，横在冒着烟的摩托边上。头盔已经像被击中的鸡蛋壳一样乱七八糟地碎了一地，看来是没有必要再找脉搏了，是啊，除了在脑袋里面，子弹还能在哪儿？邦德把手枪插回军装夹克里，转过身跳上车，回到公路上。

他把摩托停靠在一棵大树上，这棵大树伤痕累累。然后他大步地穿过树丛，来到那片空地，他躲在树荫下，用舌头舔湿嘴唇，模仿起凶手学鸟叫的呶哨声，足以以假乱真。他忐忑不安，心一直加速地跳动着。他刚刚吹得像吗？没过多久，灌木丛就窸窸窣窣地响动起来，一条狭长的裂口打开来。邦德用右手大拇指紧紧钩住手枪旁边的腰带。他并不想再杀人。那两个手下不像是有武器的样子，他只希望他们可以老老实实地出来。

这时，土坡的门打开了，凶手的两个副手紧跟着走了出来，他们的脚上都穿着雪靴！上帝，邦德的心抽了一下，他竟然忘了穿那家伙的雪靴！一定是被藏在刚才路边的灌木丛里了。他真是太愚蠢了！一定要保佑他们不会注意到。

那两个人一步一步向前走去，步伐稳健，和邦德的距离越来越近。当他们相距大约二十米远时，前边的那个人轻声说了句什么，听起来像是俄语。邦德没有回答。两人停下脚步，惊愕地盯住他，也许是在纳闷儿他为什么没有回答。邦德再也按捺不住，拿出手枪对准这两个家伙，弓着腰冲上前去大喊："把手举起来！"前面的那个家伙低声说了句什么，猛扑过来，跟在后面的人立即转身冲回隐蔽处。突然，一支来福枪开火的声音在林间响了起来。后面那人立刻右腿弯曲倒在地上。情报站派来的四个人一下子冲上前来。邦德走到前面那人的身旁，然后单腿跪下，谁知刚用枪口抵住那人的身体，就被他翻身压倒在地。那人张开大手，用指甲向邦德的眼睛抓来，邦德迅速闪开，挥起拳头猛地给了对方一下。那只大手一下子没了力气。邦德用手枪再次对准对方，其实他并不想杀人，只想留个活口而已。正当邦德要扭过那人的指头看看时，突然一只长筒靴从他的头侧面猛踢过来，将他手中的枪踢飞了，人也随之向后仰了过去。邦德两眼冒金星，但能模糊地感觉到枪口正对准他的脑袋。一个念头闪过：死定了。没想到自己手下留情，却因为仁慈而送了命！

蓦地，对准自己脑袋的枪管飞掉了。那人也一下子从他身上移开，邦德打了个滚儿站起来。那人倒在他旁边的草地上蠕动着身体，最后又扭动了一下，他背后浸满了血，是从粗斜纹蓝布的伤口上冒出的。邦德一回头，原来是情报站派来的四个人，他用手将头盔扣带解开，摘下头盔，边揉搓着半边脑袋边说："真是多谢了，是谁干的？"

四个人都没有回答，大家都显得有些困惑不解。

"这是怎么回事？"邦德朝他们走过去，心中很纳闷儿。

这时，邦德突然听见四个男人背后有窸窸窣窣的声音，有人躲在草丛里面。不一会儿，一张姑娘的面孔露出来。邦德不由得哈哈大笑，就连几个小伙子也腼腆地跟着笑了起来，转过身回头看着那个姑娘。马里安·露西举着双手从大家背后走出来，其中一只手还握着一支好像是22型射击手枪，露西穿着米色的衬衫和一条黑色牛仔裤。她走到邦德面前，把手枪插到裤子口袋里，有些急切地说道："不要责怪任何人，好吗？是我一再要求他们今天早上出发时带上我的。"她的目光动人，"说真的，幸亏我来了。哦，我是说，我还挺会看准时机的，要知道很多人都怕误伤而不敢开枪。"

邦德冲着她说道："是啊，幸亏有你，要不然，咱们今晚的约会恐怕就要取消了。"说完，他转过身对着四个助手有条不紊地说道："这样，你们其中一个人立刻开着摩托回到总部，向施雷贝尔上校报告一下这件事的经过。然后告诉他，我们这里等他派人来彻底搜查那个隐蔽部门。再问一下他可否派几个反爆破专家，也许洞里还会有陷阱或地雷之类的。"邦德和姑娘拥抱了一下，说："来，跟我到这边，蔷薇花丛下有个秘密，我带你去看。"

"命令吗？必须执行？"

"对，必须执行。"

# 游艇上的谋杀案

这是四月的一个上午，十点钟。从西北方吹来的季风在几个月之前就离开了塞舌尔群岛，要到五月份，清新的东南风才会光顾这里。大概估计一下，气温高达 80 华氏度，湿度也在 90% 左右。这个被封闭的贝莱海湾的水温几乎和人的体温差不多了。

茂密的棕榈树环绕着的贝莱湾的海面平滑如镜，詹姆斯·邦德上下轻轻地摆动着橡皮脚掌，两只手在身体两侧平放着，缓缓地在水面上游动着。他聚精会神地盯着水中漂动的黑影——一条刺鱼，他尾随在后面，一直在跟踪着它，准备随时射击。这条刺鱼全身黑灰色，稍微透着些紫色，长约十英尺，宽六英尺左右。这种刺鱼绝大部分时间会伏在淡黄色的沙滩上。可一旦它离开沙滩，游向大海，就仿佛是一条在水中漂浮着的黑毛巾，此时的它就是水下世界最危险的标志。刺鱼的尾巴上有许多毒性很大的锯齿状毒刺，一旦毒刺把人们的皮肤划破，就算是很小的一块，那也会必死无疑。很久以前，刺鱼的尾巴被监工用来当作抽打奴隶的鞭子；如今在塞舌尔，拥有一条用刺鱼尾巴做成的皮鞭也是属于非法的。可人们会在私底下保存着这种鞭子，代代相传下去，以用来鞭打不忠的妻子。假如某个女人勾引其他男人，不自重，那么她一定会被这种鞭子抽打到不能活动，至少会一周出不了门。对于邦德来说，他通常是不会杀鱼的，可现在他非常想杀掉这条刺鱼，它看起来是那么邪恶和异常。

邦德和刺鱼保持着一段距离，缓缓地跟在它的后面。邦德在等待时机。也许过不了多久，刺鱼感到疲倦的时候，或者认为自己的处境很安全，而邦德也觉得这条"大鱼"不会攻击它的时候，它没准就会停在平坦的沙滩上。然后把自己全身变成通透的浅灰色，尽显自己的伪装本领，然后借助腹鳍的力量，使劲扭动身子，钻到沙地下面。

果然，邦德的计划成功了。可没过多久，"黑毛巾"又回到了平滑如镜的海面。刺鱼在离水面十二英尺左右的地方停止游弋，纹丝不动了。跟随在后面的邦德也停在原地，轻摆着橡皮脚掌，然后小心地抬起头，把脑袋露在海面之上，使护目镜中的水流空。当他低下头时，发现刺鱼消失了。邦德将鱼叉炮的保险盖打开，握紧手中的武器，缓缓地向前游去。为了避免发出声响，他尽可能地小幅度摆动橡皮脚掌。同时他仔细观察着四周，希望可以尽快地发现刺鱼躲藏的身影。

周围死一样地沉寂，一切都像是停止了。水底一直伸延到远处的沙地，仿佛是一个滑溜溜的平台。忽然，他发现沙地上有一个鼓包，稍稍地隆起了些。他立刻朝那个方向游了过去，专心地注视着鼓起来的地方。很快，沙土微微跳动了一下，仿佛鼻孔似的两个通气孔也有一些微弱的颤动。通气孔后面连接着的是一个隆起的小沙包，没错，这就是刺鱼的整个躯体。而射击的目标就在小孔后一英寸处。邦德和目标保持着一定的距离，避免刺鱼尾巴向上掀起时会刺伤自己，他瞄准目标，扣动了扳机。

"砰——"一团沙雾腾起，将海水顿时搅得非常混，邦德什么也看不见了，他心里有些焦急。不一会儿，鱼叉炮上面的绳子又绷紧了，刺鱼又回到了邦德的视野。它的尾巴拼命地翘动着，然后拍打身躯向远处渐渐移去。锯齿状的毒刺倒立在身上，非常醒目。邦德轻轻踩着水，跟在拼命摆动和挣扎的刺鱼后面。为了不让刺鱼尾挣断鱼线，邦德游到了刺鱼的侧面。可能由于太过用力，没多会儿，刺鱼的力量就渐渐减弱了。

然后邦德游到它的正面，拼命地把它往岸边拉。来到浅滩之后，刺鱼已经没有一点儿力气了。邦德将它拉上岸的过程当中，一直都和它保持适当的距离。突然间，巨大的刺鱼腾空而起，好像是要想趁对方不备大举进攻，幸亏邦德事先有所防备，身子一侧，躲开了。刺鱼"啪"的一声摔落在地上，阳光照耀着刺鱼白色的肚皮，丑陋的镰刀般的大嘴一张一合。

邦德盯着仰面朝天的刺鱼，一时间不知该做什么了。

一个又矮又胖、身着卡其布料衣服的男人从棕榈树底下走了出来。他穿过一片被潮水反复冲刷过的马尾藻和一些不知名的杂草丛，向邦德缓步走来。当他看见邦德站在那里发愣，一动不动，便笑着大声叫道："究竟是你抓到了鱼，还是鱼把你的魂给摄走了？"

邦德转过身，看着眼前的这个男人回答说："费德勒，快点儿叫一个你手下的人搭把手。这可恶的东西怎么也不愿意咽下最后一口气。你瞧，我的鱼叉还一直扎在它身上呢！"

巴比家族是塞舌尔的首富，这里的一切几乎都归他们所有。而费德勒•巴比正是这个富有家族里最年轻的一员。他靠近刺鱼，看了看说："你抓到的这条刺鱼看起来很不错。不过你的运气更好一些，鱼叉正好射中了它的重要部位，否则要是被它咬住，就得拽着你往礁石上撞。万一真是那样的话，你只有丢下鱼叉保命去咯！这玩意儿命硬得很，半天也死不了。不过你要马上离开，我会把你送到维多利亚去，那儿有好事儿在等着你呢！我会吩咐手下人把你的鱼叉取出来的。呃，那个鱼尾巴你想要吗？"

　　"我还没娶老婆呢，要它做什么用？对了，晚上我们去喝一杯？"
邦德笑着回答。

　　"今晚我看就算了吧，朋友。你跟我走，快一点儿。对了，你的
衣服呢？"

　　没过多久，他们就已经坐在了轿车里面，沿着海岸公路往城里进发。
"你听说过米尔顿·格里斯特吗？他是个美国人，开了一家名为格里斯
特的饭店，还筹建了一个叫什么格里斯特的基金会。昨天他驾着他那可
能是全印度洋最奢侈的游艇来到这里。这艘游艇叫'格里斯特海浪号'，
全长约有一百英尺，重达二百吨。船上是个百宝箱，要什么有什么。
上至娇妻，下至晶体管收音机。船上的每个房间里都铺了地毯，装了空
调，美国香烟和高级法国香槟酒也是必备的物品之一，可谓是海上乐园
呢！"费德勒乐呵呵地说："朋友，这船如此豪华，就算这个格里斯特
是个大坏蛋，罪不可赦，可又有谁会在乎呢？"

　　"你到底要说什么？他的豪华游艇和你我有什么关系？"

　　"哦，朋友，事情是这样的。我们将与格里斯特先生和他那相貌
非凡的夫人一起出海几天。我已经答应帮助他把游艇带到夏格林岛，我
曾经跟你谈过这个岛，它只比海面高出三英尺左右。它离这儿有些远，
我们在那儿除了捡点儿鲣鸟蛋之外，什么也得不到。我上一次去那里离
现在也有五年了。格里斯特到那儿去的目的是要收集一种海产标本，可
能是他的基金会要用到吧！因为有传说夏格林岛一带水域生存着一种
世界上已经濒临灭绝的小鱼。世界上唯一现存的一个标本就是在那里采
集的。实际是不是这个样子我也不太清楚，反正格里斯特是这么说的。"

　　"听起来很有趣。那你去是帮助他领航，那让我去干什么？"

　　"你不是一直说在这里待得很无聊吗？何况一周以后你才会离开。
再说，你要是不去的话，我也不想去了。我还告诉格里斯特，你是潜水

高手，只要哪里确实有鱼，你很快就可以发现它们。所以格里斯特先生也很希望你一同前去。事情就是这个样子的。我猜到你一定在海滨周围转悠，所以就开车来找你。渔民告诉我说，贝莱湾有个疯癫的白种男人企图自杀，我一猜他们指的就是你。

"真是不可思议，这些长期生活在岸边的岛民居然怕海，没有几个人会游泳。"邦德笑着答道。

"因为受罗马天主教影响，他们还是不太愿意脱掉衣服，赤裸着身体，所以绝大部分的人不会游泳。这听起来的确很荒唐，可事实就是这样。至于你觉得他们会怕海，我不得不提醒你一句，你才来这儿一个月，要知道海里面的鲨鱼和鲸鱼比你想象的要多得多，只不过你运气好，没碰上它们饥饿的时候，而且海里面还有石鱼。如果踩到石鱼结果会怎么样？我告诉你，身子会疼得缩成一把反弓，甚至眼珠子都会挤出来，很恐怖。碰上石鱼还能活下来的那是奇迹。"

邦德听了这番话，丝毫没有动摇，说道："在礁脉上落脚之前，这些人应该把鞋穿上或者把脚给包裹上。你应该还记得，这种鱼，包括巨蛤，可是他们自己从太平洋打捞运过来的。而且听说这一带的海底都是用鱼铺成的，少说也有五十余种海贝生长在那些岩石下面。住在这里的人完全可以把这些藏在海底的宝贵财富运到别处去卖钱，这是条生财的好法子啊！可实际情况呢，他们守着这么丰富的海底宝藏，却成天在那里因贫穷而叹息，你说这不是愚昧还能是什么？"

费德勒哈哈大笑，然后说："没想到邦德还是个当总督的料！你已经拉了我这张选票了。下次上院开会，我一定要选你当总督，这最合适不过了。你很有主见，有眼光，又有魄力。那些海底宝藏？哈！真是绝妙的提议。你可能不知道，战争结束之后，这里曾经大面积种植藿香，经济也因此繁荣过。慢慢地预算就总是出现赤字，后来就不行了。如果你来当总督，我想肯定能改变这种贫穷的状态。我们确实应该朝着目标迈进：'塞舌尔的海贝万里飘香，邦德先生的声名远扬。'说不定过不了多久，你就会成为詹姆斯爵士呢！"

"是啊，如果那样，赚的钱可比种香子兰强百倍。"两人一路上热烈地讨论着，驾驶着汽车穿过了棕榈树林，来到市郊的公路上。

差不多在一个月之前，M局长派邦德来塞舌尔执行一项任务。M局长对邦德说："海军部在马尔代夫群岛新修建了一个海军基地，最近遇到了些麻烦。共产党派人从锡兰潜入马尔代夫，起哄闹停工，虽然这是必然的。但是为了尽可能地减少损失，原本泊在新基地的海军舰队只得将部队转移到南边的塞舌尔群岛，那里距离马尔代夫群岛有上千海里，安全系数要高得多。海军部非常不希望这种事在塞舌尔群岛重演。殖民部的官员也一致认为那里绝对安全可靠。所以我打算依照老办法，先派几个人到那里实地考察一下。几年前，那里发生过一些不愉快的事件，比方说马卡罗斯事件和几件破坏安全的事情。日本的渔船也经常会在附近水域巡逻；还有很多从英格兰去的难民组织经常在那里策划一些阴谋活动；当地人和法国之间的关系也是千丝万缕……这些都是那里的不安定因素。让你去那里，另外一个主要原因就是四处观察一下，看看刚才我说的那些迹象是否都很明显。"记得当时，伦敦正是春寒料峭、雪花飘落的季节。M局长凝视着窗外纷飞的雪花和冰冻的雨水，叮嘱邦德："注意身体，可别在那儿中了暑。"

在一星期之前，邦德就完成了任务，写完了报告，再也没事可做，一心等着"坎帕拉号"客轮把他带回蒙巴萨。炙热的太阳、低垂的棕榈树、不停哀鸣的燕鸥、人们对椰仁干无止境的唠叨……一切的一切都让邦德心情烦躁，无精打采，只有想到自己马上要告别这里的时候，他的心情才好一些。

　　他们先回到了费德勒家，把行礼收拾完毕之后，又驱车赶往码头。从海面上望去，大概在不到一海里的地方停泊着一艘白色游艇，那就是"格里斯特海浪号"。他们坐在一艘独木舟状的小艇上面，划过明镜般的海面，从礁脉中的开阔地带穿过，向着游艇的方向驶去。格里斯特海浪号外表并不是很漂亮，横梁过宽，整个构架结构也有些大，外观松散，线条模糊。可是邦德一眼就能看出来，这条游艇非同一般，它不仅能穿梭于南美洲、北美洲之间，甚至可以环游整个地球。从远处望去，船上好像没有人。直到小艇开到豪华的游艇旁边时，才能注意到有两名水手正站在舷梯上，他们穿着背心和白色短裤，手十分娴熟地拿着船钩，随时准备挡开他们乘坐的这艘小船，以免它会碰掉游艇外壳上闪光的油漆。水手接过两人的行李，一把将他们拽上了船。一个水手紧接着把舱盖打开，示意他们下去。他们走进船舱，又向前走了几步，进到一间空的休息室。他们刚一跨进屋子，就迎面扑来一股凉爽的冷气。

　　休息室内部的摆设富丽堂皇，让人感觉很舒适，普通船上的舱房和它简直不能相提并论。屋子的墙壁是用银白色的木板镶嵌而成的，天花板是米黄色的，淡蓝色地毯显得厚实软和，落地式的大玻璃窗前挂着拉开一半的威尼斯式百叶窗，屋子中央摆着一张低矮的桌子，四个看起来很松软的扶手椅围在桌子四周，房间整体色调十分典雅协调。办公桌上摆着电话和笔墨。一头黑发、穿着黑白条纹衣服的少女半身像被悬挂在装满了各种各样饮料的餐柜上方，显得端庄典雅，这幅画像也许就是法国画家雷诺阿的真迹。餐柜旁边竖着一个巨大的留声机。蓝白色的风信子插在桌子上面的超大号花盆里，旁边是一摆整整齐齐的杂志……房间的布置让邦德感到就自己像是在一间豪华的客厅里，而不是一间船舱。

　　"怎么样，我没说错吧，詹姆斯？"

"真出乎我的意料，原来海上也有这样如此奢华的生活！"邦德点点头，然后深深地吸了口气，发自内心地赞赏说："还可以呼吸到这么新鲜的空气，真舒服。你知道吗，我差一点儿就要把新鲜空气的味道给忘了。"

"我还是认为外边的空气更加新鲜一些，小伙子，要知道，这里不过是罐装食品而已。"邦德都没有注意到，米尔顿·格里斯特先生是什么时候来到屋里的，悄无声息地站在一旁观察着他们。格里斯特看上去差不多 50 岁，脸晒得很黑，浅棕色的眼睛微微低垂，虽然看起来有些倦怠，但是掩饰不住他的傲慢。嘴巴有一点儿向下扭曲，仿佛要表现出幽默感或是居高临下的姿态。他的身体结实强壮，穿了一件军装样式的衬衫和一条已经有些褪色的蓝色裤子，一条宽皮带系在腰上，看得出他是刻意制造这种坚韧不拔的形象。

他刚刚说话井井有条，口气也不亲不疏，"小伙子"三个字隐隐地露出些傲慢之气。邦德觉得他的音色很奇怪，含糊不清，就好像是从牙缝里挤出的一串音符，但是听起来却很迷人，和已故的著名男星汉弗莱·博加特的声音相似到足以以假乱真的地步。

邦德又自上到下地打量了一遍眼前的这个人：稀疏的灰黑头发被剪得很短，不仔细瞧，还会以为是圆圆的脑袋上撒了一层铁锉屑；右胳膊上面有一个文身，是一只站在锚上的鹰；他脚上穿着一双光亮的皮靴，成 90 度角站立，仿佛是在模仿海员的姿势。邦德心里暗暗地想：他一定是想在别人面前炫耀一下自己，让大家都觉得他是海明威笔下某个了不起的大人物。要知道，这种人是很难相处的。

"你就应该是邦德吧？欢迎，非常欢迎。"格里斯特走向邦德，并伸出一只手来。

邦德猜想握手的时候，一定会被对方用力地捏上一把，所以在伸出手之前，他先把手上的肌肉紧绷成了一团。

"你潜水时会戴水下呼吸器吗？"格里斯特问道。

"不，我一般不到深水区。潜水只是我的一个业余爱好。"

"哦，那你是做什么的？"

"我是公务员。"

格里斯特先生听到"公务员"三个字，不禁放声大笑起来，说道："公务员，文明加奴役。看来你们英国人天生就是当管家和仆人的料。我想你一定是个称职的公务员，对吧？我就喜欢我周围多几个这样的人呢！"

这番话一下子惹毛了邦德，待他正要发作的时候，甲板上的舱门突然打开了。一个被晒得非常黑的姑娘从上面走进休息室，姑娘黑到邦德一开始以为她是裸体的，直到她走近一些时，他才发现并非一丝不挂，而是因为身上的比基尼只是用几块又小又浅的棕色缎料制成，猛一看和皮肤的颜色一模一样。邦德的目光一下子被这个大胆的姑娘吸引了过去。

"嘿，我的宝贝儿，你跑到哪里去了？我怎么都找不到你？过来，我为你介绍一下巴比先生和邦德先生。他们要和咱们一道出海。"格里斯特先生边说着边用手指着姑娘说："小伙子们，这位就是格里斯特太太，我的第五任夫人。哦，对了，为了避免有人对我们之间的关系——婚姻——产生误解，我觉得有必要解释一下。格里斯特太太是非常爱格里斯特先生的，对不对，宝贝儿？"

这位格里斯特太太笑靥如花，娇嗔地说："噢，你别说了，米尔顿。你在明知故问呀。您好，巴比先生、邦德先生。很高兴能和你们结伴而行。嗯，想来点儿什么喝吗？"

"别着急，我的宝贝儿。让我来安排船上的这些事，好吗？"格里斯特先生对太太说话的声音是那么温柔动听。

"当然，米尔顿。"女人一脸的羞红。

"很好，这个样子大家就都比较清楚，谁是'格里斯特海浪号'的船长了。"格里斯特笑了笑，接着说，"顺便问问您叫什么，巴比先生？什么？费德勒，这个名字可不同寻常，以前虔诚的教徒可都是叫这个名字的。那么，费多（对费德勒的昵称），我们去驾驶室，怎么样？你最好把它开到公海上，定好航向，交给船上的伙计弗雷兹就可以了。另外有两个人是负责机房和餐厅的，他们都是德国人，是一流的水手。要知道，蹩脚的水手才会待在欧洲呢！对了，邦德先生，你叫什么？詹姆斯，嗯？噢，吉姆（对詹姆斯的昵称），那你就帮帮格里斯特夫人吧，你可以叫她莉兹。开饭之前，你去帮她准备一些烤面包、饮料之类的。她以前也是英国人，你们应该可以有很多共同话题，比如说谈谈皮卡迪利广场的趣事。就这样安排吧，各就各位。"

说完，他像个孩子一样，跳上通向仓口的阶梯，对费多说："咱们从这里出去。"

邦德看着舱门关上，长长出了一口气："请你见谅，这是他说话的方式，也是他特有的幽默感。要知道他这个人有些固执，总想看看自己可不可以把别人惹恼了。他虽然也有些任性，爱做恶作剧，但不过都是开玩笑的，您千万别当真。"格里斯特夫人饱含歉意地说道。

邦德为表示理解，只是勉强笑着点了点头。他有些同情格里斯特夫人，因为不知道她为了丈夫的幽默，要重复多少遍这类表示歉意的话，来平息对方的怒火，于是说道："我觉得你丈夫应该意识到这一点，难道他在美国也是这种态度吗？"

"不，他只对我这样。他喜欢美国人，对美国人要好得多。您可能有所不知，他父亲是德国人，是个地地道道的普鲁士。"格里斯特夫人的回答里没有一丝抱怨的口气，"所以他继承了德国人的愚蠢想法，顽固地认为欧洲人已经变得一无是处，堕落了。没有必要和他争论什么，他就是这样死脑筋。"

原来如此！这个老德国鬼子，自以为是的幽默！格里斯特夫人要忍受这一切，日子一定会不好过，做他老婆真不容易。可她是那么漂亮迷人，却沦为供他使唤的奴仆，真可怜。想到这儿，邦德不禁问道："你们结婚多久了？"

"两年了。结婚之前，我在他的饭店里当女招待，他是格里斯特集团的老板。婚后的生活就真的和童话故事里写的一样，甚至比那还要好，美妙至极。有时候，我都怀疑自己是在做梦，会忍不住使劲儿捏自己一下。你看看这个休息室就明白了。"她用手指了指这间富丽堂皇的房间，继续说，"最重要的是他对我非常好，还总给我买礼物。他在美国也算得上数一数二的人物。无论我们到哪个地方去，受到的待遇都和皇族的接待差不多。"

"很容易想象得到。他一定很享受这样的生活吧？"

"嗯，没错。"她笑了起来，但从笑声中邦德仍听得出来里面有一丝的勉强，"他认为他应该受到和国王一样的礼遇。他坚信经过自己的奋斗，爬到树顶上面的人有权享受在树尖上生长的果实，因为那是最好的。倘若别人稍有不周，他便会雷霆大发。"格里斯特夫人忽然刹住了话头，她觉得自己说得有点儿多了，忙说："不好意思，我说了这么多。别人会误以为我们有多熟呢。也没准是因为你也是从英国来的吧。"她有些不好意思："现在我得去再穿件衣服了，我刚才一直在甲板上晒日光浴来着。"这时，一阵轰鸣声从游艇中部的甲板下传过来。"听到了吗？开船了。我建议你到后甲板上观赏一下这里迷人的景色，我换过衣服就来找你。要知道，我很想了解一下伦敦的事情。这边走。"她从邦德面前走过，拉开一扇门说："实际上，在甲板上过夜是个很好的选择，上面有的是柔软的垫子。船舱里虽然有空调，但还是有些闷。"邦德说了声谢谢，然后走出休息室，把门关上。棕榈木嵌成的甲板显得非常坚实和华丽。游艇的尾部放了一张用海绵橡皮做成的长靠椅，周围全是藤条椅。

邦德看见一个角落里放了一个巨大的饮料柜，猜想格里斯特先生一定酒量惊人。不知道格里斯特太太是真的很害怕她丈夫，还仅仅是他的感觉而已。从他们夫妻二人的相处来看，倒很像是主仆的关系。不过有一点很肯定，就是她为了那个美妙的"童话故事"，不得不付出惨重的代价。邦德看着郁郁葱葱的马埃海岸在向后移动，估计游艇正在以十海里的速度向前航行。以这样的速度，过不了多久，他们就能到达岛的北端，进入大洋。浪涛轻轻拍击着船身，邦德又将目光集中在了漂亮的格里斯特夫人身上。

她的身材很棒，美丽诱人，以前应该当过模特儿，但是神态举止却没有一点儿模特所特有的冷漠。只是后来她才又干上了酒店女招待。她不超过三十岁，显得美丽、可爱，而且淳朴。一头淡黄色的头发，很有弹性地垂在肩上，非常迷人。不知道她自己是否意识到了这一点，反正邦德到现在为止还没有见过她刻意地抖动、抚弄或炫耀，不像有些女人一样，卖弄着风情，她这样的姿态反而增添了她的魅力。

可是现在，她却和一个自命清高的家伙浪迹天涯。从表面上看，这家伙像模像样地东奔西跑着，而事实上也许是毫无作为。当她和丈夫站在一起时，一双清澈明亮的蓝色眼睛自始至终都盯着丈夫看，她并没有浓妆艳抹，似清水芙蓉一般，显得文雅和温顺。不知道这是不是她丈夫的旨意：让她像日耳曼民族的姑娘一样保持一种来自自然的淳朴。想到这儿，邦德疑惑起来。他们就是海明威笔下的一对生活幸福美满的夫妻，丈夫模仿着硬朗的汉子，妻子自然是旁边温驯的小绵羊。有些时候，比如说她给他们送饮料时，丈夫会立刻摆出一副大男人的架势，而她则是一副小女人的模样，这时，邦德会感到一丝的紧张和拘束。他感觉，格里斯特总是自以为是，觉得自己是个人物，所以举止粗犷强悍，其实这样做反倒很夸张造作。邦德想到要和这种人朝夕相处四五天，可真不是件容易的事，所以暗下决心，任何情况下都不能发脾气。美国有句俗语是怎么说来着？"世上是没有人喜欢吃乌鸦肉的。"不过，邦德现在的情况是在今后的五天中既要"吃乌鸦"，又要避免让眼前这个令人厌恶的男人把原本可以愉快的旅行给破坏了，这真是一个颇有趣的心理锻炼。

"嘿，小伙子，你还真悠闲。"格里斯特不知什么时候走了过来，"我老婆让你帮她做了些什么啊？大概她把一切都给包揽了吧？不过没碍事，女人天生就是要做这些事情的，你说对不对？费多现在在掌舵，我趁这会儿没事过来看看你。在这里看风景很不错吧？"邦德还没来得及答话，他就又弯腰把身子探进舱里。

"格里斯特夫人正在换衣服。这里风景好很不错，尤其是在甲板上看。"邦德回答说。

格里斯特先生回过头来，目光严厉而傲慢地盯着邦德："嗯，我给你介绍一下这艘游艇的来历吧。这条船是布朗森造船公司生产的，这家公司百分之九十的股票都是我的，所以任何的产品，只要我想要，就一定能到手。它是由世界上最杰出的船舶设计师之一罗森·布拉特设计的。船身长一百英尺，宽二十一英尺，由两台五百马力的发动机发动。最快的时速可以达到每小时十四海里。以8海里时速航行的话，可以达到持续航行两千五百海里。船上备有空调、两个储藏柜，都是卡雷尔公司特制的，能储存一个月的食物和饮料。我们唯一缺少的就是洗澡用的淡水。知道了吧？现在我们到前面去参观一下船员的舱房，然后再回来。顺便提醒你一声，吉姆，"格里斯特用脚踏了踏甲板，接着说，"看到了吧？在这里，当头儿的说了算。无论是谁，在干什么，只要我不想让他继续做下去，我只要说'住手'，而不是'停'，你懂我的意思吗，吉姆？"

"我理解，她是你的船。"邦德点了点头，从表面上看没有恼怒的意思。

"应该说'它'。"格里斯特先生立刻纠正道，"真是不会说话。钢和木头做成的东西怎么能用'她'呢？好了，咱们走吧。船舱空间的高度有六英尺二十英寸，在里面你完全可以挺直腰杆儿走路，不用担心撞到脑袋。"

邦德跟在格里斯特身后，30分钟之后他们才从船头走到船尾。格里斯特先生不时停下脚步，对游艇上面的设施评价一番。质地如此优秀、设施如此豪华的游艇，邦德以前还从未见过，仔细地观察你就会发现，船上每个部分的设计都是非常人性化的。

就连船员们用的浴缸和喷头也是超大号的。船里面所有的走廊都是由不锈钢制成，格里斯特所谓的厨房也和他住的舱房面积一样大。格里斯特没有敲门就推开了其中的一个房间。莉兹·格里斯特正坐在梳妆台前。"宝贝儿，你在做什么？"格里斯特柔声地问道，"我还以为你在准备食物和饮料呢。原来你躲在这里费这么大功夫来梳妆打扮，难道你是想在吉姆面前炫耀？"

"对不起，米尔顿。我本来是要马上下来的，可是刚刚被拉链卡住了。"格里斯特太太一面慌忙地拿起一个带镜的小粉盒子，朝门的方向走去，一面冲着格里斯特和邦德微笑了一下，笑得有些尴尬，甚至是不自然。

邦德抬起头，发现一条约三英尺长的细鞭子悬挂在墙上，差一点儿就被格里斯特那大号双人床旁边放着的桌子给挡住了。那是刺鱼的尾巴。

邦德装作毫不在意地走到大号双人床边，从墙上取下鞭子，用手指摸摸带刺的软骨，指尖传来轻微的刺痛，他问道："你从哪里弄来的这个东西？"

"巴林岛。阿拉伯人用这种鞭子打老婆。用它惩罚莉兹，抽上一下就够了，效果很明显。这叫作'惩罚鞭'。"格里斯特一副得意的神情。

邦德将鞭子重新挂到墙上，严肃地盯着格里斯特问："真的吗？塞舌尔的无里奥耳人非常粗鲁。可现在在欧洲，就算是收藏也是非法的，更别提用它来打人了。"

格里斯特听了向门口走去，冷冷地说："小伙子，这条船属于美国。我们走，去喝点儿什么吧！"

午餐前，格里斯特喝了三大杯加冰的伏特加，吃饭时又喝了些啤酒。饮毕，他的眼白颜色微微转深，目光四处游走，可嗓音依旧柔和如初。他侃侃而谈，解释此番他们出海的目的，从头到尾都是他一个人在说话。

"美国有这样一种基金会制度，有些走运的家伙挣了大钱之后，不想把钱交给山姆大叔的宝库，于是就会设立一个基金会，比方说这个格里斯特基金会，然后拿出钱来资助幼儿、残疾人士，做些慈善工作，或者是投资科研项目等。总之，只要你把钱捐出去，除了留给你自己或者赡养你的人之外，随便给什么人都行。用这种方法，你就可以免交税金。所以，我拿出一千万美元成立格里斯特基金会。我喜欢环游世界，尤其是乘坐着游艇。于是便从基金中拿出了两百万美元，为的是建造这艘游艇。我们基金会设有一个大型博物研究所，叫作史密森尼亚恩，我告诉他们我将环游世界，可以为他们采集标本。这样一来，名正言顺，我就能打着科学探险的名义进行环球旅游。每年大概有三个月的时间用来度假，为的是减掉我身上那几斤多余的肥肉。我这么做高明吧？"格里斯特等待着客人们为他喝彩。

费德勒不相信似的摇了摇头，说："听起来还可以。不过你要采集的都是些罕见珍贵的标本，有把握找得到吗？万一史密森尼亚恩想要大熊猫或是更稀少的动物，你难不成还要去濒临绝迹的地带寻找它们吗？"

格里斯特表现得很遗憾似的，说："费德勒，你怎么像个小孩子似的。钱，有了钱就没有什么是办不到的。你想要大熊猫吗？没问题！你只要到哪个倒霉的动物园买就可以了。没准他们正缺少给爬行动物的栖息馆提供中央供暖装置的资金，或者是缺少给老虎或是别的动物修建房屋的钱。他们想要，你就给他们，没什么大不了的。虽然偶尔在政府方面会有一点儿小麻烦，比如说有些动物是受到国家保护的。不过，这也一点儿都不难。我来你们这个岛，就是很想要一只普拉斯岛黑鹦鹉和一只阿尔达布拉岛巨龟，还有你们本地各式各样的贝壳和我们现在要去捕捞的这种鱼。可是黑鹦鹉和巨龟是受法律保护的。所以我昨晚打听了城里面的情况，然后就去拜访了你们的总督。我说，我了解到你们想要修建一个游泳池。没问题，格里斯特基金会可以为你们提供资金。要多少钱？五千美元，还是一万？好吧，就一万。我随身都会携带支票簿，当即就开出了一张。"

"我把支票攥在手里，然后对他说，我有个很小很小的要求，就是需要你们这里的黑鹦鹉和巨龟，做标本。我知道它们是受法律保护的，可我也不贪，一样只一只就够了。再说，我也不是给我自己要，而是替史密森尼亚恩博物研究所做科学实验用，你们觉得是否妥当？要知道，这种小小的交涉和谈判是必不可少的。他们会考虑我是为博物研究所采集标本而用的，最重要的是支票在我的手中。最终，他们还是满足了我的这个小小要求，皆大欢喜，不是吗？从总督那里出来，往回走时，我在城里又停了一会儿，找到了一个很年轻的生意人阿本达纳，我把收集到的鹦鹉和巨龟委托给他，请求他暂替我保管。聊天的过程当中，我们谈到贝壳的事。也算我走运，阿本达纳从小就收集这些贝壳，他把他所收藏的标本拿出来让我欣赏。他的这些宝贝保护得非常仔细，都整整齐齐装在一个托盘里，每个贝壳都单独用一个棉线小口袋装着，没有一点儿伤痕，甚至是我要的伊沙贝拉和马爬两种贝，他也有。

"要知道，这可怜的人从没想过把它们卖掉，它们是他的命根儿。可我下决心赌上一赌！我问阿本纳：'你需要多少钱？'没想到他没有反应过来。于是我拿出支票簿，随手填了一张五千美元的支票，放在他的鼻子下面。他还是抵挡不住金钱的诱惑，把支票折好，放进了口袋。相信吗？这家伙竟然痛哭流涕！真够女人的！"格里斯特先生摆了摆手，一脸的不屑，"我和他说，不至于的，就是这么几个臭海贝而已！然后我连托盘带宝贝一锅端，在那令人讨厌的家伙悲痛欲绝之前赶紧离开。"

格里斯特十分满意地往椅背上一靠，说："小伙子，怎么样？在这个岛上还不到一天的工夫，我就找到了四分之三的东西。厉害吧，嗯，吉姆？"

"没准你回去之后还能得一枚奖章呢！你说说你要找的第四样东西吧！"邦德说道。

格里斯特站起身，从书桌的抽屉里中拿出一张纸来，在上面写着什么。

"赫尔德斑鱼。"他高声地读出声来，"1925 年 4 月，由奥特斯兰大学教授赫尔德在塞舌尔群岛的夏格林岛附近捕获。"格里斯特抬起头，继续说道，"这后面是一大堆深奥难懂的专业术语。我派人把它翻成通俗易懂的语言了。"他把纸翻了个面念道，"大概的意思是这样的：据认为，这种鱼是鳚科中现存的唯一品种，被发现之后命名为赫尔德斑鱼。身长约六英寸，呈粉红颜色，带有黑色横条纹。尾鳍呈黑色。拥有一双深蓝色的眼睛。鱼鳍上多有尖刺，比鳚科中其他品种的鳍锋利得多。在捉这种鱼时，应格外小心。赫尔德在报告中还提到，这种鱼是他在西南方的礁石群边沿三英尺深的水域中发现的。"格里斯特将纸放在桌子上面说："小伙子，就是这些。看看，我们跑到这里，花了这么多钱，就为了寻找这种只有六英寸长的鱼。可在两年之前，税务署的人还暗示我说，我的基金会是个骗人的把戏，他们的心肠真邪恶！"

"实际上，我们确实没有取得什么科学成果啊，对不对，米尔顿？看来这次，我们再也不能空着手回去了，要带回去一些标本堵住他们的嘴。那些税务官也说过了，假如我们再没有什么科学成绩的话，那么我们这五年来用在游艇上的钱以及所有开销就属于不恰当的，他们说的是这个意思吧？"莉兹·格里斯特插嘴说道。

格里斯特柔和地说："宝贝儿，这是我的事情，你最好不要在这里喋喋不休，好吗？你知道刚刚你有哪些举动吗，小宝贝儿？你今晚将会获得'惩罚鞭'对你的奖赏。"

"上帝，不，米尔顿。求求你，噢，别这样。"莉兹·格里斯特当即吓得用手捂住嘴巴，睁大眼睛苦苦哀求着。

隔天黎明，他们到达了夏格林岛。雷达首先发现了目标。在扫描器的水平线上，一个隆起的黑点出现了，然后黑点一点儿一点儿扩大，最后在地平线上形成一片半英里长的绿色。在他们两天的航行中，除了这艘游艇之外，四周都是死气沉沉的，没有一点儿生气。这时候这片葱葱郁郁的陆地的出现，让游艇上的人的精神都不由得为之一振。

　　邦德从来没有经历过，甚至没有想过长时间待在这样一艘船上，然后在大海里航行会是多么沉闷的一件事。在经过两天的航行之后，他深深体会到了这种滋味：海水平滑如镜；空气闷得险些让人窒息；空中悬挂着烈日骄阳；而云朵则一直不远不近地挂在天边，但就是不愿意恩赐一丝微风或落下一滴雨珠。展望这么多个世纪，水手们都在弯腰划船，就算是劳动上一整天，也不见得能使沉重的船移动上一英里，每当这个时候，不知他们向上苍祷告过多少次，企盼着那片云给他们带来一丝风或者雨。邦德矗立在船头，遥望着飞鱼不断从水中喷射而出，远方的沙滩也渐渐从深蓝色的海水深处显露出来。邦德一想到很快就可以在陆地上漫步，在大海中畅游，而不是像现在这样整天都无所事事地坐着和躺着，他就异常兴奋。就算是只能离开这个米尔顿·格里斯特短短几个小时，那也会让人觉得舒畅无比！

　　他们将游艇停泊在礁脉外面水深约十英尺的地方。他们从船上下来之后，又坐上一艘高速汽艇，费德勒·巴比驾驶。他们向夏格林岛驶去。在离岛50米左右的地方，有一个环状礁脉，海浪一波一波地冲刷着它。汽艇开过礁脉，又从一片五十米宽的浅浅的咸水湖划过，抵达岛旁。这个岛由沙和死珊瑚组成，是一个典型的珊瑚岛，二十英亩左右的面积，四周环绕着灌木丛。

　　栖息在岛上的海鸟，燕鸥、鲣鸟、军舰鸟等各种海鸟意识到有人侵入了这个岛，便纷纷惊起，扑腾扑腾飞向天空，犹如腾空而起的一片乌云。它们飞了一圈之后，又落回了岛上。灌木丛里铺着一层白色的鸟粪，一股一股散发着刺鼻的氨气味。岛上除了海鸟之外，唯一的动物就是地蟹和招潮蟹，它们或是四处奔跑，或是扭抱成一团地藏在沙土中。

　　岛上地面的白沙反射着耀眼的阳光，发出刺人的光芒。邦德扫视了一圈，都没有找到一处遮阴之地。格里斯特吩咐水手搭起帐篷，然后自己就坐在里面抽起了雪茄。三名水手又把各种仪器设备从船上运到岸边。格里斯特太太就一个人在海滩游泳、拾海贝。

邦德和费德勒则戴上潜水的设备，从两个不同方向围绕着小岛对礁脉区进行排查式搜索。

如果想在水中寻找水生物，比如说海贝、鱼、水草或者某种具体形状的珊瑚之类，就一定要精神高度集中。在搜索过程当中，一旦被水下其他多姿多彩的水生物或忽隐忽现的水下景致所吸引，就必定会无功而返。邦德轻轻拍打着水，缓缓地摆动在仙境一样的水下世界，脑子里自始至终想着这些：六英寸长、粉红颜色、黑色条纹、大眼睛。格里斯特曾对邦德说过："万一看见了这种鱼，你只要大喊一声，别离开它就可以了，其余的让我来。我有一个小工具，用它来捕鱼妙极了，你一定还没见过。"

邦德停下来，想让眼睛稍微休息一下。海水的浮力很大，一直把他浮出水面。邦德从心底不想捕这种赫尔德斑鱼，就算是捕到了，也只会给格里斯特带来好处。假如他发现了这种鱼，自己默不作声，那会有什么样的结果呢？但他又感觉自己这么做很荒唐，毕竟他们事先定好了条件。稍做休息，邦德接着向前慢慢游去，眼睛在水中敏锐地搜索着，突然，他脑海里浮现了那个可怜女人的面容。她昨天一整天都没有起床，格里斯特解释的原因是她头痛。她会反抗他吗？会不会准备一把刀或者枪之类的。没准哪天晚上，他又神经似的举起那条邪恶的鞭子，她在一怒之下就把他杀了？不，不会，她太温顺、太软弱了，甚至天生就是做奴隶的命，她是绝不可能干出这种事来的。格里斯特真会给自己选妻子。那陷阱般的"童话故事"对她来说，是如此珍贵并且富有吸引力。她知不知道，就算是她把他杀了，但只要在法庭上出示那条刺鱼鞭，陪审团仍然会宣判她是正当防卫的？她完全可以摆脱这个令人生厌的家伙，自

己一个人享受童话般的生活。邦德甚至想找个合适的时机向她暗示这一
点，可又觉得这样做有些荒唐。难不成他要这么告诉他："噢，莉兹，
假如你想杀了你丈夫，这完全没有问题。你不会被判刑的。"邦德不禁
冷笑了一下：真是该死，自己竟然有闲工夫管别人的闲事！兴许这样
的生活她乐在其中呢，甚至是个受虐狂也说不定。可是直觉告诉邦德，
这女人一直生活在一种惊恐和不安的生活当中，这一点任谁都能看得出
来。邦德凝视过她的眼睛，不过从她那温柔的蓝眼睛中还很难得到他想
知道的答案。邦德摇了摇头，使劲儿把自己的思路从格里斯特夫妇身上
拽回来。他抬头看了看前面，费德勒·巴比的吸气管离他只有一米的距
离。他们差不多已经把岛的周围全部搜索了一遍。

两人一起游上了岸，并排躺在温热的沙滩上，费德勒对邦德说道：
"我没有看见赫尔斑鱼，但却有一个意想不到的收获，刚才我撞上了一
大群绿色的珍珠母，每个都得有小个的足球那么大，这可是宝藏啊。我
要来打捞它们。另外，我还看到一条巨大的隆头鱼，估计有 30 磅重，
性格很温驯。也许这周围的鱼都是这样。不过我不想杀了它，免得惹出
麻烦来，要知道礁石附近还有两三条豹斑鲨，万一它们顺着血腥味儿而
来，可就惨了。走，现在咱们先去饱餐一顿，然后再分头搜索一遍。"

他们从沙滩上面站起来，沿着海滨朝帐篷走去。格里斯特听到了
他们的对话声，从帐篷里面走出来，说："什么？一无所获？"他用手
狠狠地挠了挠胳肢窝："可恶的白蛉虫，咬得我不得安宁。这里真不是
人待的地方。莉兹忍受不了这股味道儿，就回船上去了。我们最好还是
再仔细地找一遍，然后赶快离开这鬼地方。你们随便吃点儿吧，那个冰
袋里有冰镇好的啤酒。嘿，给我一个防水面罩。这东西是怎么用的？也
不能白白跑这一趟，我看我还是亲自到海底去看一看。"

暑气熏蒸的帐篷里，他们吃着鸡仔沙拉，喝着冰镇啤酒。格里斯

特心情郁闷地在浅滩上东张西望，不时在水里戳上几下。费德勒说："他说得一点儿错也没有。这个小岛真无聊。除了螃蟹、鸟和海水，什么东西也没有。只有那些榆木脑袋的欧洲人才会想来这些无趣的珊瑚岛。苏伊士运河以东，应该没有一个正常的人会对这些岛屿感兴趣的。你知道的，我家有十个和这个岛屿一样的岛，面积还不小呢！可是我宁愿用所有的这一切，在伦敦，巴黎也可以，换上一套公寓来住。"

邦德放声大笑："你只要在《时代》周刊上刊登一篇广告，你想要的东西都能得到……"话音还未落，格里斯特就在五十米开外的地方使劲地比画着，打着手势。

"这狗东西不是发现了那斑鱼，就是踩上了犁头鳐了。"邦德从地上一把拾起了面具向海边跑去。

格里斯特的身体有一半没在了水面以下，他激动地用一根手指冲水面不停地指点着。邦德穿过一片水草和一块块耸立着的珊瑚石，缓慢地向格里斯特身旁游过去。一群色彩斑斓的蝴蝶鱼在岩石中飘忽不定。透过镜片，邦德看见格里斯特的两条毛茸茸的腿，显得粗大无比，仿佛两根苍白的树干似的，从洞里忽然伸出半个脑袋，是一条粗大的海鳝，半张着嘴，露出两排尖细的牙齿，用它那双金黄色的眼睛瞅着邦德，显露出一丝好奇。邦德感觉很有趣，便用手中的矛尖挑逗性地戳了海鳝一下，海鳝上前咬了一口金属制成的矛尖，赶忙缩回到洞里去。邦德浮在水中，认真地观察着植物丛生的水下世界。这时，一只红蓝相间的小鱼从远处缓缓游向邦德，然后在邦德身下转了转，好像是在故意炫耀着自己。它用深蓝色的眼睛看了邦德一眼，没有一点儿害怕的神情，仍然自我陶醉地啃咬着那些附在石头上的海藻，过了一会儿，他就没精打采地沿原路游回去了。

邦德离开海鳝洞，站直身体，把脑袋露出水面，取下面罩。格里斯特正烦躁地透过护目镜看着他。邦德对他说："就是那种鱼。我们先悄悄地远离这里。只要它没有被吓着，就应该离得不会太远。这种鱼生活在礁石附近，喜欢游弋在食物充足的老地方。"

"太棒啦，终于被我找到它了！"格里斯特边拉下面罩，边跟着邦德朝岸上走去。

费德勒·巴比正等着他们，格里斯特一见到他就大声地叫嚷着："费多，我找到那种该死的鱼了。是我，米尔顿·格里斯特。你们两个人还号称专家，结果找了一个上午，什么都没有找到。可你看我，刚戴上你们的面罩，没走几步就发现了我们要找的这种鱼，看看表，哈，只花了十五分钟，神速吧？费多，你怎么想啊？"

"当然是太好了，格里斯特先生。那现在我们怎么去把鱼抓到手呢？"

格里斯特挤眉弄眼地说："啊哈！我有一个朋友是专门研究化学的，他给了我一个可以专门治那家伙的玩意儿，叫毒鱼酮。是从鱼藤植物的根块里提炼出来的。毒鱼酮可以收缩鱼鳃的血管，使它们窒息而死。我们只需把它倒进水里，只要你想抓的东西沾上一点儿，就再也逃不掉了。这玩意儿对人不起作用，原因是人没有鳃，明白？"格里斯特先生转过头，接着对邦德说，"还有，吉姆，你赶快去看着点儿那条鱼，千万别让它给溜了。费德勒跟着我去拿药。等一会儿，你发现它就叫一声，然后我就倒毒鱼酮，知道吗？你可一定要把握好时间，那种药可不多，我总共才只弄到五加仑。懂吗？"

邦德点点头算是回应了，便懒洋洋地游向他们刚才站立的那个地方。海鳝看到邦德又占到了那里，立刻把尖尖的脑袋缩回了洞里，不一会儿，再次露出脑袋。不过，这次它非常神气地游到邦德的面前，认真地注视着邦德镜片后的眼睛。突然，它又身子一拐，游走了，好像是被邦德镜片后面的眼睛给吓坏了。它又在岩石中穿梭游荡了一会儿，也许是尽兴之后，才姗姗离去，在远处消失得无影无踪了。

水下世界的生物很快就习惯了邦德的存在。原本一动不动的，将自己伪装成一块珊瑚石的小章鱼也无所顾忌了，显出本来面目，缓缓地朝沙地上爬过去。还一些鲤科的鱼类轻轻啃咬着邦德的部腿和脚趾，让他感觉非常痒。邦德用矛尖刺破了一个蛋，不知是什么动物留下的，小鱼儿便蜂拥而至扑过去抢夺这美味的食物。邦德抬头，正好看见格里斯特提着一只扁平的容器走来，离邦德大约 20 米。显然，他是在等待邦德的信号。

"好了吗？"格里斯特大声地问。

"稍等片刻，它回到这儿以后，我会举起大拇指，那时候你就立刻倒药。"

"知道了，吉姆。现在事情的成败全看你的这个轰炸瞄准器啦！"此时此刻，这个小小的海底世界，每个微小的生物都在为各自的生存而忙碌。可是任谁也想不到，一场即将到来的浩劫正威胁着海底中那成百上千的生命。而这场浩劫的发生也只是为了远在千里之外的博物馆所需要的一条小鱼，它们因此不得不作为陪葬品。邦德即将发出的信号也无异于死亡的丧钟。他并不是很了解毒鱼酮的毒性有多大，会延续多久，扩散到多远，他甚至不知道死去的小生命远远不止百千个，而是以成千上万的去计算。

一条小个头的硬鳞鱼从远处游过来，身上的鱼鳍也随着水纹震颤着，仿佛是一个小型螺旋桨。这种游弋在岩石附近的小鱼儿全身布满了红、黑、黄三色条纹，颜色非常鲜艳，多么迷人。现在它正在沙土上啄食着食物。一对黄黑相间的军曹鱼不知从哪里钻了出来，似乎闻到了蛋黄的味道，便飞快地游了过去。

邦德看着这片水域，一直在思索谁是这些小鱼的杀手。大梭子鱼吗？不，不对，应该是那个庞然大物，他的名字叫格里斯特。他杀它们并不是为了将它们吃掉，只是为了寻欢作乐而已。

两条棕色的腿挡在了邦德的面前，他抬头一看，是费德勒·巴比。巴比胸前挂着一只捕鱼的篮子，手中攥着一只抄网。

"我突然觉得自己成了轰炸长崎岛的飞行员了。"邦德将面罩向上推了一下。

"鱼都是冷血的，它们是不会有感觉的。"

"你怎么这么清楚？我可是听到过它们受伤时发出的惨叫声。"

"放心，有这种毒药，就算是它们想叫，也叫不出来的，一下就会闷死的。你没必要乱发慈悲，它们只不过是一些鱼啊！"费德勒冷漠地回答。

"我知道。"邦德知道费德勒·巴比，他很残忍，一辈子不知杀掉过多少条生命，包括这些动物在内。而他，邦德，对杀人都不会手软的特工，今天却出乎意料地对鱼发起慈悲来。他之前不是也毫不犹豫地捕杀了一条刺鱼吗？可是，那种刺鱼是人类的敌人。而这片水域中的生物则完全不同，它们十分友好。感情这东西真是很奇怪，说不清，道不明的。

格里斯特看到两个人聊了起来，便大喊道："你们两个人在那儿干什么呢？现在可不是聊天的时候。吉姆，你的脑袋应该在水下啊！"于是，邦德拉下面罩，重新潜进水里。一下子就望见那条美丽的红色身影自远处漂荡而来。它好像早已经把邦德当作朋友，一点儿没有惧色地迅速游向邦德。当游到邦德身子的下方时停住了，并仰望着他。"快滚开，你这该死的鱼！"邦德在面罩里使劲地叫喊着，用鱼叉猛地向它一刺。鱼儿被吓了一跳，立刻逃得无影无踪了。邦德把头从水里面抬起来，把大拇指竖起来。这一刻，他有些为自己的行为感到惊奇，却绝没为自己的破坏行为而感到内疚。一股油状液体在咸水湖慢慢浸润开来。邦德心中暗自思量，是不是应该叫格里斯特不要一次把所有的药液都倒光，以便日后有机会可以再次捕获赫尔德斑鱼。

可是直到最后一滴液体倒进海里，邦德却都在保持着沉默。格里斯特，让你见鬼去吧！

深棕色溶液慢慢沉向海底，然后柳絮般地扩散，一圈一圈的，顿时，一片油光锃亮，倒映出天空中的一片蔚蓝。"注意啦，小伙子们，这药就要流到你们面前了。"格里斯特兴奋地叫嚷着。

邦德将头扎进水中，看见原本井井有条的水下世界，顿时就乱了套。有几条鱼发疯似的扭动着身子，一眨眼的工夫便重重地落在了沙土上；海鳝慢慢从珊瑚洞口滑了出来，张大着嘴巴，尾巴竖在水里，有气无力地向两侧轻摆着；小章鱼的触手也和珊瑚分开了，仰着鼻子滑到了水底。

一会儿的工夫，白肚皮朝上的鱼、色彩逐渐褪去的海鳝、寄居蟹、海虾等各种海底生物的尸体都被一股死亡的阴风从上游吹了下来，为奄奄一息的生命做最后的挣扎，但还是被无情的水流地冲走了。一条五磅重的长啄鱼顺着水流做着垂死挣扎；一些大头鱼也在东奔西窜，溅起层层水花；爬落在岩石上的一个个海胆也跌落下来，仿佛一团团下沉的墨迹。

忽然，邦德的肩膀好像被压了一下。格里斯特瞪着一双腥红的眼睛，冲着邦德大叫道："鱼呢？要抓的鱼跑到哪里去了呢？"

"溜走了，好像是在药水要流过来的时候。我现在立刻去找。"邦德回答完，又一头扎进了水里面。

各种动物的尸体不断漂来漂去。毒鱼酮已经随着水流漂向了远处。也许这条鱼已经因为他，而躲过了一场灾难，危险将会过去。正想着，远处一团粉红色的影子若隐若现起来，邦德大吃一惊。没错，赫尔德斑鱼回来了！它朝着邦德的方向，慢悠悠地穿过礁脉中的槽缝，从裂缝处游了出来。邦德此刻已经完全顾不上格里斯特就在注视着他，伸出一只手，用力地拍打着水面。但是好像没有起到任何的效果，那条鱼仍旧继续向前游来。邦德只得赶忙拿出鱼叉炮，射出一根鱼叉，想把那条毫无顾忌的鱼给吓走。然而他的这般用心良苦算是付诸东流了。那可爱的小鱼儿突然间就停止了游动，一个劲儿地颤抖着，接着便直愣愣地向邦德冲过来，然后慢慢地沉到水底，就一动不动了。邦德直起身子，无奈地拾起它的尸体。邦德没有把手拿出海面，黑色的背鳍轻轻地戳着他的掌心，那只是为了能延长一会儿它鲜艳的颜色。

傍晚，淡黄色的明月悬挂在天空中,映照着海面。"格里斯特海浪号"凯旋。格里斯特异常兴奋地吩咐太太准备庆功宴。

"今天是个伟大的日子，我们要好好庆祝一番，莉兹。你看，事情圆满结束了，我们可以返航啦，回到属于我们的文明世界去。把海龟和鹦鹉装上船后，咱们就能离开这里，先去蒙巴萨，然后飞内罗毕，再乘飞机去罗马、威尼斯或是巴黎，你说好不好？只要你喜欢，咱们绕着世界转一圈都没有问题。亲爱的宝贝儿，你怎么不说话？"格里斯特用一只手捏住她的下巴，在她的脸颊上又揪了一下，俯身在嘟起的嘴唇上冷漠地亲吻了一下。

邦德注意到，莉兹一点儿都不快乐。她紧闭着双眼，好像是在尽所有的力量忍耐着。格里斯特一松开双手，她就伸出手来轻轻揉着被那双大手捏得发白的脸蛋。

但是，她的脸上仍然挂着笑容，说道："你几乎快要把我捏碎了，米尔顿。你说得没错，我们的确应该好好地庆贺一番，好好地玩一下。去巴黎吗？真是太棒了。现在，我们就着手准备吧！我去吩咐准备晚餐，你说吃一些什么好呢？"

"一定不能少了鱼子酱，再开一听两磅的罐头，还要准备各式各样的花色配菜，红香槟酒也不能少。"格里斯特显得有些手舞足蹈，说完又向邦德说道，"小伙子，你喜欢不喜欢？"

"听起来挺丰盛的。"邦德想把话题给引开，便继续说，"你是怎么处理战利品的？"

"船上有满满几大罐福尔马林药水，把这些鱼和海贝装在里面，十分安全。出海之前，我都特别注意这些事情。这些该死的鱼不会和我们待太久，等到我们一踏上文明之土，就用飞机把它们给运走。另外，我们要开一个记者会，在报纸上大加宣传一下。我已经把消息发给了史密森尼亚恩博物所和一些报社，看那些可恶的税务官还有什么可说的！"

庆功宴上，格里斯特喝得酩酊大醉。喝醉了的他说话反而更加温柔、更加缓慢，那颗浑圆的脑袋在扭动的时候更加谨慎，好久都没有把雪茄点燃，甚至还把一只玻璃杯摔到了地上。但是，从他说话的内容来看，他显然是醉得不轻，言语之间充满着尖酸刻薄，说着一些足以影响他人情绪的话。邦德首当其冲，成了第一个攻击目标。

格里斯特向邦德解释，英国和法国为什么越来越弱，欧洲在国际事务中起的作用不提也罢。他甚至说，世界上真正有力量的国家目前只有三个：美国、俄国和中国。而这三个国家正在玩一场规模庞大的扑克牌游戏，这场游戏是其他任何国家都没有能力加入进来的，他们没有本钱也没有实力。虽然有时候会有一些弱小的国家，像英国，他会和某个大国携手共事，从对方那里获得贷款之类的。但这种帮助也仅仅是出于礼貌。就好比在俱乐部里，主人不得不给破了产的老朋友一定的帮助。完全依靠这种帮助的小国是无法构成一股力量的。英国的人民倒很可爱，体育运动十分出色，古代建筑物也颇具特色。当然，女王的风采更是让人无法忘怀。至于法国嘛，也就是精美的食物和别具风韵的女人还不错。意大利？阳光明媚，是著名的疗养胜地，实心面吃起来美味可口，但也仅限于此。德国的人民最初还算是有胆识，可是经历过两次世界大战后，他们的信心也不如从前了。除此以外的一些国家，更是被他只用几个字就贬得一无是处了。

邦德十分反感格里斯特的这种论调，充斥着自以为是的傲慢。他指出格里斯特的观点肤浅，幼稚可笑。

"你刚刚的这些高谈阔论让我想起了一句关于美国的寓意深刻的格言，你有没有兴趣听？"邦德说道。

"当然。"

"它的大意是这样的：美国还没有经历成年阶段，便直接从幼年进入了老年。"

格里斯特一脸的茫然，盯着邦德看了好一会儿，说道："吉姆，这有什么不好吗？我觉得妙不可言啊！"然后他又转向太太，眯缝着眼睛问道："宝贝儿，也许你很欣赏吉姆的这些话，是吧？如果我没记错，你也说过美国人是很孩子气的，对不对？"

一丝焦虑从莉兹的眼睛里划过，她闻到了一股火药的味道："哦，米尔顿，你怎么说起这个来了？我当时只不过是读报上的幽默专栏时，随便说了几句玩笑话。我当然不同意詹姆斯的观点，再说他也只是随便一说，是不是？"

"当然，开玩笑而已。就像格里斯特先生评论英国除了女王和古建筑之外就一无所有是一样的。"邦德回答道。

"亲爱的宝贝儿，你怎么这么紧张？你刚才不是都说了这只不过是一个玩笑罢了。不过，"他顿了一下，又说，"可这个玩笑我会记住的，永远记住。"格里斯特一直紧盯着莉兹。

紧接着，费德勒·巴比成了第二个被攻击的目标。

"费多，你拥有的这些岛可真是足够大的。当初我在地图上找了好久都没有找到它们，我还以为那些是苍蝇屎呢，真想用手把它们擦掉。后来，我又看了一个关于这些小岛的资料，也证明我想法的正确性。哈，看吧，这些岛根本没有用处，对不对？我真是想不通，费多，你是个聪明人，为什么要抱住这些岛不撒手呢？沿着海滨，捡些个破烂称得上是什么求生之道啊？是不是因为要资助上百个私生子，所以这才是这些岛屿的诱人之处，我说得对吧？"他不可一世地笑起来。

"你说的是我叔叔加斯顿？你要知道，家族的其他成员并不赞成他的这些行为，他那样做急剧地把家族的财富消耗掉了。"费德勒并没有立刻爆发。

"家族财富？我没听错吧！在什么地方啊？难不成藏在玛瑙贝壳里面？"格里斯特一边不怀好意地问，一边冲着邦德挤眉弄眼。

"事情不全是这样。"面对着格里斯特无礼的态度，费德勒显得很尴尬。

"一百年之前，我们发家致富确实是靠卖龟板和珍珠母，因为那个时候，这些东西非常值钱。但是后来我们就不干了，而主要是经营椰仁干。"

"这样啊，不过那些私生子是不是也可以当作劳动力！如果真是这样，也是个不错的方法。我真希望我的家族也可以用这个办法来赚钱，哈哈。"说完，他看了看自己的妻子。

邦德没等到他说完，就将椅子猛地向后面一推，大步走出了房间，顺手把房门使劲儿一关，一个人来到了船尾的甲板上。

邦德独自在甲板上待了有10分钟，听见身后有声音，转过头一看，是莉兹。她走到他的面前说："我本来要去睡觉。后来想了想，应该到你这儿来看看是否还需要什么东西。我恐怕没有当好主妇这个角色。嗯，你不在乎露天睡觉吗？"听得出来，她的声音有些紧张。

"不介意。这儿的空气比里面要新鲜。再说，满天的繁星看起来也很舒畅，你看，这样的满天星斗我还从来没有见过呢！"邦德说。

"我最爱看的是猎户星座的三颗明星和南十字座的星群。记得小时候，我一直傻傻地以为星星就是天破了个洞呢。整个世界都被裹在一个黑套子里面，套子外面的宇宙空间才是明亮的。光线就是从套子上的洞透进来的，这就是所谓的星星。现在有时候想想，真是挺幼稚的。"她对这个话题还是很感兴趣的，将头抬起来望着邦德，好像希望邦德可以对她友好一些，至少应该和她的反应差不多。

"不会啊，说不定你的想象才是正确的。我们应该有自己的想象力，不该盲目相信那些科学家。要知道，他们总想把美丽的、具有神秘色彩的事情给解释得干巴巴的。你小时候住在什么地方？"邦德问道。

"新福雷斯特郡。我在那儿度过了最美好、最幸福的童年。在我心里那是个好地方！真的很想再回去看一看，不过不知道那要等到什么时候了。"

"也许你故地重游的时候，未必会有这样的感觉，甚至会觉得枯燥乏味呢！别忘了，离开那里之后，你早就和以前的你不一样啦！"

她用手轻轻碰了碰邦德的衣袖，说："不是这样的，你根本不了解……这样的生活我再也无法忍受了。就连普通人可以获得的生活，对我来都是遥不可及的事情。我是说……"她的语气里有一种绝望，但还是有些神经质似的笑了几声："我这么说也许你都不相信，我已经很久很久没有和一个人这样在一起了，更别说聊天了。我几乎都快忘了聊天是什么样的感觉了。"她将邦德的一只手紧紧握住说："真对不起，让你听我说了这些，我也只是想说说。现在我必须回去睡觉了。"

"很好，很不错。你竟然和一个潜水员接吻！"格里斯特不知什么时候出现在了客厅门口，这句话一字一句地从他的嘴里面蹦了出来的，但是声音还是非常柔和。

格里斯特双腿分开，两只手举起来撑在门梁上面。客厅的灯光照在他身上，像极了一只狒狒。客厅中飘来冷气，将甲板上温湿的空气一下子吹散了。格里斯特向前迈了几步，走到甲板上，门在他后面关上了。

邦德听了这话，勇敢地迎上去。尽管双手垂在两侧，但他站的这个位置只要一挥拳，就能打中格里斯特的太阳穴。他说："不要睁着眼睛说瞎话，格里斯特先生，小心点儿你的舌头。今天晚上你没挨揍算你走运。记住，别把你的运气都给赶跑了。瞧你醉的，睡你的觉去吧！"格里斯特铁青着脸，将身子转向他的妻子，露出鄙夷的神色，说："哇哦！让我仔细听听这个不要脸的娘们儿都说了些什么。"他从口袋里掏出一把哨子，用一只手捏着上面的链子抡成一个圆圈。"我看他还不知道我的厉害，难道你没有告诉他吗，宝贝儿？要知道，船上的很多东西可不是用来做摆设的。"

他又冲着邦德说："小伙子，希望你了解眼前的情况，只要你再靠近一步，我就吹这东西，只要吹一下，我们就会永远地说拜拜了。"他用手指了指海，"你也不希望从这上边翻到海里去喂鲨鱼吧？吉姆这么可爱，要是去喂鲨鱼不是太可惜了吗？现在你知道你的地位了吧？好吧，我们握手言和吧。以前的事儿，一笔勾销。"他向前走了几步，抓住舱门的把手，冲着莉兹勾了勾手指："过来，宝贝儿，我们睡觉去。"

"嗯，好的，米尔顿。"莉兹的眼睛闪烁着惊恐和不安，她甚至都不敢抬头看一眼她的丈夫。"晚安，邦德先生。"她低声地道，小跑着从格里斯特的手臂下穿过，进了客厅。

"你不用太认真，小伙子。这也没有什么必要真的生气，是吗？"格里斯特举起一只手。

邦德没说一句话，只是愤怒地盯着他。

格里斯特干笑了一声："好了，再见。"说完，他也走进客厅，把门关上了。邦德隔着窗户，看见他摇摇晃晃地穿过客厅，熄灭了灯，然后走进过道。他的舱房中一道灯光亮了起来，很快又熄灭了，剩下的是漆黑一片。

邦德无奈地耸耸肩。上帝，世界上居然有这种人！他轻轻地靠在船舷的栏杆上，抬起头，仰望着满天的星星。他努力让自己的情绪稳定下来，让刚刚一直绷紧的神经得以放松。

30 分钟后，邦德在船员们使用的盥洗室里冲了个澡，拿着一大堆软垫子在甲板上铺好了床。就在这时，一声短促的哀鸣将黑夜的沉寂划破，短暂之后，一切又归于沉寂。

这一定是莉兹的声音。邦德迅速地穿过客厅和走廊，站在了一间舱房门口。

他竖起了耳朵，女人低低的抽泣声和格里斯特那柔和单调的嗡嗡声从里面传了出来。还是算了吧，自己这么做又是为了什么？他把手从门上移开。他们两个人一个愿打一个愿挨，他去管什么闲事。莉兹既然心甘情愿地忍受格里斯特的暴力，不愿意杀了他或者离他而去，那么他——这个旁观者——又何必狗拿耗子呢？邦德又顺着过道踱步走了回去，谁知刚进客厅，又是一声惨叫。他低声咒骂着走出客厅，回到床上躺了下来。一个年轻的女人为什么如此懦弱，一丁点儿的勇气和反抗精神都没有？是不是所有女人都是这样对丈夫，都是无条件地顺从？邦德的脑海里一直反复地想着这些问题，越是到后来越睡不着。

就在他快要入睡时，头顶的甲板上传来了格里斯特呼呼的鼾声。

记得游艇离开维多利亚港后的第二天夜里，格里斯特曾经半夜从他的船舱中钻出来，睡在一个吊床上，吊床是绑在快速汽艇和救生橡皮筏之间的帆布，那一晚他没有打鼾。可能是由于他这次饮酒过多，所以鼾声如雷。这种嗓音实在让邦德难以忍受。他看了看表，一点半钟。他决定如果鼾声在 10 分钟之内还不停的话，他就去睡到费德勒·巴比舱房的地板上。他宁愿在那里挨冻，忍受早上起床后可能四肢僵硬的疼痛，也不愿听见这如雷般的鼾声。

邦德目不转睛地盯着手表的分针一格一格地移动。就在他刚要起身收拾衬衫和短裤时，一声巨响爆发出来，紧接着传来混杂着的各种声音：踢打声、挣扎声、熟睡的人在窒息时发出的咯咯声。难道是格里斯特从吊床摔到甲板上了？邦德胡乱猜想着，放下手里面的东西，顺着船梯向上爬去。他的头刚刚伸到甲板上，咯咯声就消失了，取而代之的是一阵急促的脚步声。邦德一个箭步蹿上甲板，月光下，一个黑影四肢摊开躺在甲板上。

他冲上前去，低下头一看，眼前的情景让他惊呆了。只见格里斯特躺在那里，面部扭曲，让人觉得阴森恐怖。当然，更令他吃惊的是，格里斯特张开的大嘴里面吐出来的不是舌头，而是赫尔德斑鱼的尾巴！

他已经咽了气，面目狰狞，死得非常惨。可想而知，鱼被塞进他的嘴里后，他一定是拼命地把鱼往外拉，可越是使劲，赫尔德斑鱼的背鳍和尾鳍就越深地扎进他的腮部。他嘴唇周围血迹斑斑，锋利的鱼刺穿透了他的口腔，一根根暴露在外面。邦德一阵战栗。原来从生到死只是瞬间的问题，看着死去的格里斯特，可想而知那一瞬间他是多么害怕、多么痛苦！

邦德直起身子，走近甲板上一排玻璃容器面前，里面都盛着标本。最边上一个瓶子敞开着，盖子放在甲板上。邦德小心地在油布上擦了擦瓶盖，把它捡起来，轻轻地盖回了瓶子上面。

他回到尸体旁。据他目前分析，最可能作案的有两个人，但是会是谁呢？凶手把如此珍贵的战利品当成杀人的武器，可见凶手对死者恨之入骨。这么一来，像是那个女子所为，毕竟她有充足的理由去这么做。

可是也不能完全排除费德勒·巴比。这位有着克里奥尔人血统的富家子弟，先天也有着残忍的种子。再说，之前格里斯特说过的那些足以点燃费德勒复仇之火的话也可以看作费德勒的杀人动机。费德勒没有当场揍他，很有可能满腔怒火地进行着周密的策划，等待着最佳的时机。

邦德向周围观察了一下。那女人和费德勒应该都可以听见格里斯特的鼾声。舱房在游艇的中部位置，而舱房外面的甲板两侧都有梯子可以通向案发的现场。在驾驶室里的舵工除了轮机舱里发出的轰轰的噪声之外，什么都听不见。从装有福尔马林的瓶子中取出一条小鱼塞到格里斯特张得很大的嘴里面，易如反掌。不过，无论是他们谁作的案，都一定没有想到会产生什么样的后果，更没考虑法律上的麻烦。而邦德自己也会被认为是嫌疑犯之一，这里可没人证明他的清白。看来，他必须亲自出马解决掉这件事情。

邦德从船甲板边缘处向下看，底下是大约三英尺宽的甲板，从船头一直延伸到船尾的部分。甲板和大海之间隔了一条两英尺的栏杆。设想一下帆布吊床断开了，格里斯特从床上翻滚下来掉在了船的甲板上，又从快速汽艇下面翻滚到甲板的边缘，最后在那里滚了下去，究竟是滚到下层甲板上，还是直接就掉到了大海里，这大概只有天知道了。通常情况下，船航行得这么平稳，掉下去的可能性并不是很大。然而邦德已别无选择，只能照着自己的推论去布置现场。

邦德立刻行动起来。他从餐厅拿来一把餐刀，用力地将绑吊床的一根主要的绳索切断，让吊床耷拉在地上。然后找来一条湿毛巾，把木板上的血迹和溅出来的福尔马林溶液擦干净。而处理尸体则是最麻烦的事情。邦德小心翼翼地它拖到甲板的最边缘，然后顺着梯子来到下层的狭窄甲板上，站直了身体，双腿叉开，用手将散发着浓浓酒气的尸体拖到甲板上，然后扛在肩上，晃晃悠悠地走到低矮的栏杆前，一下把他扔到海里。尸体在水中翻了几个身，而波浪一直在拍打着尸体，没一会儿工夫，尸体就渐渐消失在尾波的尽头了。邦德蹑手蹑脚地回到客厅的舱口。假如舵手听到了动静，到船尾来查看，他也能随时从客厅里溜走。

半天过去了，轮机室里一点儿声响都没有，邦德这才松了口气。他偷偷溜回甲板上，把湿抹布和餐刀丢进海里，又对现场重新彻查了一遍。恐怕只有验尸官才会吹毛求疵、刨根问底地追问格里斯特究竟是他杀，还是事发意外。邦德回到舱房，倒在床上，十分钟之后就进入了梦乡。此时已经是凌晨三点钟了。

游艇以时速十二海里的速度向前驶去，傍晚六点钟，到达了北端。三个人站在甲板上，向远方望去，望着天空中金黄色和红色的霞光交相辉映，以及仿佛珍珠般一样晶莹剔透的大海和远远退去的海岸。莉兹穿着一条系着黑腰带的白色连衣裙，肩上搭了一条黑白相间的围巾。这身丧服更让她美丽动人。

他们三个人一动不动，莉兹站在中间，各怀心思。他们谁也没有说话，把各自的秘密藏在心里，但仿佛他们又急于寻找机会向对方暗示一些蛛丝马迹。但有一点可以肯定，他们共同的秘密是绝不会透露给外人的。

这天早晨，邦德、费勒和莉兹就像事先约好了一样，都赖在床上。直到上午十点钟，邦德才被灼热的太阳晒醒。起来之后，他冲了个澡，和舵手闲谈了一会儿，才动身去找费德勒·巴比。费德勒还没有起床，说他喝醉了，昏睡了一夜。邦德询问他是否曾对格里斯特有失礼之处，他只是一个劲地抱怨格里斯特对他的态度非常无礼，其他的什么也想不起来了。

"你记不记得我第一次和你谈到他时说的那些话吗，詹姆斯？我当时说他是个发了横财的恶棍。你现在一定深有同感吧？放心，总有那么一天，有人会叫他闭上那张又脏又臭的嘴。"

邦德满腹疑团，看了看手表，便走出费德勒·巴比的房间，来到厨房吃午饭。一会儿，莉兹·格里斯特也进来用餐，显然她没有休息好，黑眼圈非常明显。她神态自若地站着用餐。

"对于昨天晚上发生的事情我感到非常抱歉，也许是我多喝了点儿。不过，请你一定要原谅米尔顿。他就是那种性格，酒一喝多了就自己给自己找麻烦。我相信隔天醒来他就会意识到自己的失礼。相处久了，你就会了解他的。"她悄声对邦德说。

看看莉兹和费德勒的反应，邦德到底还是没有弄清楚是谁杀死了格里斯特。现在唯一的办法就是他先发制人。

他找到趴在甲板上看杂志的莉兹，冲她说道："喂，莉兹，你丈夫还在呼呼大睡吗？现在可都中午了！"

莉兹皱起眉头说："也许吧。他应该是跑到上层甲板的吊床上去睡觉了，他经常这样的。昨晚我吃了安眠药，睡得太死，也不知道他是什么时候去的。"

正在这时，费德勒也来到甲板上："没准在操舵室里吧！"也不知道他是不是刻意地加了这么一句。

"假如他现在还在甲板上睡觉，估计早就被太阳烤焦了。"邦德说道。

莉兹叫道："上帝，可怜的米尔顿，我早该想到这一点。我现在就去看看他。"

她的头刚刚伸到上面的甲板，就停住了脚，"吉姆，吊床断了，他不在那儿。"莉兹用焦急的口吻冲着下面喊道。

"也许费德勒说得对，我去操舵室找找看。"

邦德立刻来到操舵室，里面是驾驶员兼工程师的弗雷兹。"看到格里斯特先生吗？"邦德问他。

"没有啊，先生。出什么事了吗？"弗雷兹有些莫名其妙。

邦德立刻表现出很担心的样子，回答说："在船尾也没有找到他。嘿，帮个忙，大家到各处都找找去。他应该是睡在甲板上的，可他现在不在那儿，吊床也断了。快！大家都快去找找。"

一番搜索之后，大家唯一的解释可想而知，莉兹·格里斯特一下子放声哭起来。

邦德搀扶她回到舱房。"你不用担心，莉兹。这件事情交给我处理吧！第一件事情，就是电告维多利亚港和其他的地方。我会让弗雷兹把船开得快一些。真是很抱歉，我们现在回头再去找恐怕已经没有太大用处了。现在天已经亮了六个小时。假如他是白天跌下去的，说不定会有人听见；可从目前的情况来看，他多半是半夜里掉到海里的。在大海里，六个小时可不算短，随便什么东西泡上这么久早就沉底了。"

她睁大眼睛望着邦德："难道你是说……被鲨鱼吃掉了？"

邦德点了点头。

"米尔顿！我的米尔顿，亲爱的米尔顿！你怎么会发生这样的事情啊！我的上帝！"

邦德走出舱房，轻轻地把门给关上了。

绕过坎农角后，游艇开始减速，朝停泊地驶去。昏黄的暮色降临，海湾被笼罩在其中。山脚下的小城已经伸手不见五指，远处黄昏的余光给小城镶上了靛蓝色的边缘。一艘海关和移民署的汽艇正在从码头向邦德他们迎面驶来。格里斯特死亡的消息早已在小城里传得沸沸扬扬了。广播电台迅速把这个消息传到塞舌尔群岛俱乐部，而俱乐部的司机和雇员也都承担着信息传播者的角色，将死讯传到了城里的大街小巷。

莉兹转向邦德说："我现在很紧张。你可不可以帮我料理一下善后的工作，还有那些可怕的手续？"

"没问题。"

费德勒·巴比说："不用担心，首席法官是我的叔叔，这些人也都是我的朋友。今天我们先得提交一份报告，明天他们就会调查审理，后天你就能离开了。"

莉兹的额头渗出薄薄的汗珠，她有些怀疑地问道："真的这么简单就可以解决吗？可问题是，我都不知道该怎么办，我要去哪里。"她犹豫了一下又对邦德说："詹姆斯，你之前不是说过要去蒙巴萨吗？我可以把你送到那儿去，比你坐的那艘船还能早一天到达，你要坐的那艘船叫什么来着？"

邦德点燃一根烟，回答道："坎帕拉。"他一直在犹豫，他和莉兹在一条游艇上朝夕相处了整整四天，日子可并不短啊！可是，那鱼尾插在格里斯特的嘴里的可怕情景在他的脑海里挥之不去。直到现在，他都没搞清楚凶手到底是她还是费德勒。如果凶手是费德勒，那他更无后顾之忧，因为他的叔叔和兄弟们一定能保护他免遭牵连。不过，有谁敢保证他们三人之中不会有人走漏风声呢？最后，邦德坦然回答："那再好不过了，莉兹，我当然愿意。"

费德勒哈哈大笑："好主意！邦德，我还真想和你换一下位置呢！不过，还有一件事会牵扯你们，就是和那该死的鱼有关。我估计你们也已经收到很多史密森尼亚恩博物所的电报了吧？别忘了你们两个人现在可都是他们的委托人啊，他们会一直询问那条鱼的情况的。而且那些美国人不把鱼弄到手，他们不会罢休的。"

邦德瞪着眼睛看着莉兹，脸色阴沉冷峻。费德勒的这一席话让他恍然大悟。看来他们暂时不能结伴同行了。还有，那种独特的杀人方式确实有点儿太……

但是那双美丽、甜蜜的眼睛却没有闪烁出丝毫的畏惧。她正视着费德勒，坦然地说："我早就决定把它交给不列颠博物馆了，这点不用担心。"

詹姆斯·邦德注意到，莉兹的脸上渗出一层薄薄的汗珠。确实，今晚的天气实在是太热了……

游艇开始靠岸抛锚，发动机也停止了轰鸣声，美丽的港湾顿时也变得异常宁静了。

# 奇 异 的 拍 卖

6月初的一天，骄阳似火。詹姆斯·邦德停下手中专门用来批注文件的铁灰色的铅笔，脱掉外套，随意往地板上一扔。在他看来，外套是没有必要特意保持整洁的，因此他向来将外套随手搭在座椅靠背上，从不会挪步把它挂在办公室外面那扇门后的挂钩上。那些挂钩是玛丽·古德娜特花钱请人安装的。几个星期以来，内外情报都很正常，什么事情都没有发生。他每天不是看看文件，就是翻翻报纸。那些所谓的绝密文件只会让他感到枯燥乏味，而报纸更是无聊至极，上面永远登满了国内外的各种丑闻。不管是绝密的信息还是毫无根据的传言，只要是丑闻他们就登，以招揽读者，增加这些小报的销售量。

邦德厌恶这样的生活，无所事事，纯粹是打发时间。他漫不经心地翻阅着科研处送来的一本论文集，内容是关于俄国人怎样利用氰气。这种气体可以作为暗杀武器，用最便宜的圆柄獐水枪就能压出来，直接往人的脸上一喷便可使人致命，适用于对付二十五周岁以上的成年人，尤其在他们爬楼梯或弯腰时最为有效，不留任何痕迹，验尸结果也通常表明死者可能死于心脏病。

"丁零零……"电话刺耳的铃声在房间骤然响起。邦德第一反应是把手伸向右臂窝，想拔枪自卫。醒悟过来后，他做了一个鬼脸。电话铃很快又响起，他一把抓住了话筒。

"喂？……好。"

他从椅子上站了起来，捡起地板上的外套，边穿边强打精神。刚才他一直在桌边迷迷糊糊地犯困，这时必须上楼去了。在外间办公室看到玛丽时，他非常想摸一摸她那充满诱惑的后颈背，好不容易才控制住。

电话是M局长打来的。邦德顺着地毯走上外面的走廊，一边沿着走廊往前走，一边注意听着身旁通讯处办公室里传出来的细不可闻的噼啪声；然后他乘着电梯到了第八层。从莫妮彭妮小姐的神色来看，没发生什么大事。一般说来，如果她知道了什么，脸上一定会表露出来，或者是兴奋，或者是好奇，总会事先预告。如果邦德有麻烦，她总会表现出鼓励或气愤不平。而现在，她只微微一笑，算是打了个招呼，显得很平淡。邦德便明白接下来要谈的事不过是某种无关紧要的例行公事。于是，他调整了步履，走进了那间貌似深不可测的局长办公室。

M局长办公室里，有一个陌生的访客坐在M局长的右边。M局长像往常一样，坐在蒙着红皮桌面的办公桌旁。

邦德进来时，他语气生硬地说："凡谢尔博士，这位是我们研究所的邦德中校，我想你们以前没有见过吧？"

对这种客套邦德早就习以为常了。

M局长站起来和邦德握手，凡谢尔博士也站了起来，他迅速地抓了一下邦德的手，又迅速地收了回来，仿佛碰到的是一只剧毒蜥蜴的爪子。

凡谢尔博士用敏锐的目光打量着邦德，似乎邦德只是他的一个解剖物或类似的东西。邦德在心里想，凡谢尔博士的眼睛肯定装有一个镜头快门，而且速度能达到千分之一秒。

凡谢尔博士显然是个专家，他的兴趣在于事实、理论和事物，却不包括人。邦德默默祈祷，但愿M局长叫他来是为了给他下达某种命令，或者让他去执行某项任务，而不是让他像个小丑似的给人看。然而，邦德回想起几分钟前自己那副无所事事的样子，再设身处地想想 M 局长，便体会到他本人的无聊，他同样也在忍受炎热气候的煎熬，同样也面对着工作空虚无趣的压力。因此他自然也会在工作中制造出某些戏剧性的效果，"榨取"出最大的乐趣，借此纾解自己的无聊，让自己宽心。

凡谢尔博士正当壮年，面色红润，从这可看出他很注重保养。他的穿着非常时髦，是模仿爱德华七世时代的装束：深蓝色的外套上钉着四个纽扣，袖口向上微卷；大领带是丝织的，上面别着一枚宝石别针；高领衬衣整齐而洁净，袖口上缝着古币似的链扣；一副夹鼻眼镜系在黑色的粗丝带上。一眼看去，邦德就感到这个陌生人身上有一种综合气质，好像是个文学家，又像是一个批评家，可能是个单身汉，说不定还是一个同性恋者。

M 局长向邦德介绍："凡谢尔博士在甄别古代珠宝方面是权威。他是英国海关的顾问，也是刑事侦缉部珠宝类问题的顾问。当然这是秘密。情报五处的朋友们推荐他到我这里来，处理与弗露英思坦女士有关的事宜。"

听到最后一句话，邦德便明白了。玛丽娅·弗露英思坦的身份是双重间谍，她既为英国秘密情报局工作，又是苏联国家安全委员会的秘密特工。名义上她虽然属于通讯处，但她却在专门为她改建的密室里工作。她的工作是特定的，专门负责一种特意为她编订的紫色密码。她每天的任务是把冗长的绝密情报翻译成密码，再分六次传送给美国中央情报局。当然这些电文都是由 00 处提供的。

该处负责控制这些双重间谍。情报只不过是一些真假不明的消息，有的一眼就能看穿是谎言。玛丽娅·弗露英思坦混入英国秘密情报局后，她苏联间谍的身份就暴露了。俄国人派她来是为了窃取紫色密码的译码本，以便获得绝密情报，并尽可能将这些情报发往苏联。她的工作属于高度机密，必须格外谨慎。三年以来，她还没有出现过任何纰漏，但是如果还接着让弗露英思坦在总部悠闲，那毫无疑问是拿高度机密冒险。好的一点是她的魅力还远远不够勾引身边的军官们，否则将会对国家安全造成极大的威胁。

M局长对凡谢尔博士说："博士，也许你可以向邦德中校讲一讲这件事的来龙去脉。"

"当然。"凡谢尔博士飞快地看了邦德一眼，又将视线集中到自己那擦得发亮的靴子上。他说："事情是这样的，中校。也许你听说过一个叫法波若的人。他是俄国一个很有名的珠宝商和珠宝匠。"

"据说在俄国革命之前，他还专门为沙皇和皇后制作过著名的复活节彩蛋，是这么回事吗？"邦德问。

"是的，那不过是他特制的金银饰品中的一件。他制作过很多我们称为古玩的珍品。他的作品目前在交易所中能卖到五万英镑以上。前几天，他的一件最杰出的珍品进入了美国。这件杰作被称作纯绿宝石球。直到今天，人们都还只是从这位非凡人物的手稿中见到过这件绝世珍宝。这件珍品不久前从巴黎挂号寄来，收件人是一位你认识的女士，也就是局长刚刚提到的玛丽娅·弗露英思坦小姐。"

"哦，这真是一份相当不错的礼物。请问你是如何知道这一消息的，博士？"

"局长刚才谈到了，我在英国海关和税务部门兼任古玩珍宝和艺术品的顾问。这个非同一般的包裹保价十万英镑，这种情况下我们都要设法在暗地里查看。经内政部同意，打开包裹后，我检验了里面的东西，并估算了一下它的价格。因为肯尼斯·思若曼在研究法波若的权威性著作中详细记载过此宝球和草图的样式，我当时就辨认出这是那颗著名的纯绿宝石球。说实话，它的价值，远高于保价的 10 万英镑。然而有件事更让我好奇，在包裹内找到一份文件，用俄文和法文写的，它证明了这个无价之宝的出处。"凡谢尔博士指着 M 局长桌子上放着的一份影印件。那张纸看上去倒像是一份简化版家谱。"这是我复印的。这份文件的内容大概是这样的：弗露英思坦小姐的祖父在 1917 年的时候从法波若手中买到这颗纯绿宝石，其动机显然是要把自己手中的卢布转变成容易携带的值钱物品。1918 年他去世后，宝石便传给了他的兄弟。1950年的时候又传给了弗露英思坦小姐的母亲。她母亲大概在童年时就离开了俄国，之后一直生活在巴黎的白俄移民圈里。她没有结过婚，却生下了玛丽娅。据说她在去年过世。这颗纯绿宝石便顺理成章地成为留给玛丽娅·弗露英思坦小姐的遗物。我当然很想去找这个女孩讯问一番，但却一直找不到理由。上个月，索瑟贝拍卖行声称，一周之后他们将对这件宝物进行拍卖。时间紧迫，于是经过谨慎的探询后，我以大英博物馆和其他一些感兴趣的团体代表的名义与这位女士会了面。她非常冷静地肯定了原始文件上的那个故事，尽管它是那么令人难以置信。在那次拜访中我得知她是国防部的工作人员，当时我一向非常多疑的头脑中便不由地泛起了一个问号。"

"你可以试想一下，一个资历不深的普通职员，却从事着某种极为机密的工作，并且突然间收到了一份来自国外的价值高达十万英镑的礼物，这事情也太离奇、太难以理解了。"

"之后我把这件事告诉了情报五处的一位高级官员。他立刻推荐我到贵部来。"凡谢尔博士展开双手，又瞟了邦德一眼，说道，"中校，这就是我所知道的一切。"

M 局长插了一句话："谢谢，博士。但是，我还有一两个问题要问，我想不会耽误你太多时间。你当时查看过那个纯绿宝石球，你认为它是真的吗？"

凡谢尔博士移开一直盯在他靴子上的视线，抬起头来，肯定地对着M局长说："当然，它是真的。沃茨基拍卖行和思若曼先生也都认为它是真的，他们是世界上最具权威的法波若专家以及最大的法波若珠宝商人。不用怀疑，这绝对就是那件失落的杰作。一直以来人们只能看到卡尔·法波若本人制作的草图，现在终于能看到他作品的真正面目了。"

"专家们对于它的来历是怎样认为的？"

"专家们都赞同它的来历。法波若最优秀的作品几乎都是在私下交易的。根据弗露英思坦小姐的解释，她的祖父在革命前是个财产相当丰厚的陶瓷制品商。法波若的杰作有百分之九十九都散落到国外，只有屈指可数的几件还保留在克里姆林宫里，但都被笼统地称呼为'十月革命以前的珠宝样品'。苏联政府一直认为，这种东西都是宣扬资本主义情调的小摆设，没有实际价值。他们瞧不起这些珍宝，就像他们看不起法国的印象派绘画一样。"

"这么说来，法波若的一些作品一直保存在苏联。多年来，克里姆林宫一直收藏着这颗绿宝石球，将它保存在某个隐秘的地方。是不是这样？"

"应该是这样的。克里姆林宫的财富多到难以想象，从来没有人知道那里到底收藏着什么。最近他们展示的只是那些他们愿意给别人看的东西。"

M局长含着烟斗，锐利而又有神的目光透过烟雾，直视着凡谢尔博士，温和地说道："据此推断，是有人将这个珍贵的纯绿宝石球从克里姆林宫中偷了出来，为了证实所有权，才编造了那样一个有关出处的故事，带到国外后，用来酬谢某位俄国的朋友，对不对？"

"不完全是这样。如果他们只是想对某人进行酬谢，可以选择直截了当地把一大笔钱转到那个人的银行账户，而不必承担任何风险。"

"但是，把这件珍品拍卖出去就能立刻转换成货币报酬，不是吗？"

"是这样。"

"据你判断，这个小东西在索瑟贝拍卖行大概能卖到多少钱？"

"这很难有肯定的答案，沃茨基肯定愿意报高价。但是，他们肯定不愿意让其他人知道究竟卖多少钱。无论是为了收藏自己买下来，还是代其他顾客买下来，他们都不可能透露价格最终会升到多高。成交的价格主要还是取决于沃茨基的竞争者会出多少。但是，我敢肯定的是，绝对不会少于十万英镑。"

"哦，"局长绷紧了嘴唇说："那的确是一件非常昂贵的珍品。"

凡谢尔博士没料到M局长会如此直白。他瞪着M局长，说道："亲爱的局长先生，"问道："用你的话来说，你是否认为那幅被盗的哥雅的作品也只是一幅昂贵的油布和染料而已呢？它在索瑟贝拍卖的价格是十四万英镑，后来被国家美术馆所购买。"

M局长诚挚地道歉："请你原谅，凡谢尔博士，我这人有些嘴笨。我既没有对杰出的艺术品感兴趣的雅致，也没有对无尽的金钱渴求的欲望。我对海军军官的薪水已经很满足了。刚才我所说的只是表达我对近年来拍卖行漫天要价的行为感到不可思议。"

"你可以这么认为，先生。"凡谢尔博士仍然愤愤不平地说。

邦德觉得还是别使M局长感到太尴尬，应该给他解解围，就请凡谢尔博士离开这房间，这样他们就可以只从情报人员的角度来分析这件离奇的买卖。随后，他站了起来，对M局长表示："先生，我想我所需要的事实已经足够了。事情非常清楚，它仅说明了一点，那就是：我们情报局即将出现一位拥有一件绝世珍品的女富翁。你看，这件事情给凡谢尔博士增加了这么多的麻烦，真应该感谢他的这份好意。"他转向凡谢尔博士说道:"我们派一辆车送你回去,你觉得怎样?"

"不用了。谢谢。我倒喜欢从这个公园穿过去走走。"

送走凡谢尔博士后,邦德又回到房间里。M局长正在专心地翻阅刚刚从抽屉里取出的一大堆印有红星标志的绝密卷宗。邦德在旁边坐下。房间里一片寂静,只听得见纸张翻动的沙沙声。M局长在机要公文夹里抽出一张大纸,上面密密麻麻地布满了文字。

看完后,他把那张大纸放回蓝色公文夹里,抬起头看着邦德,那双蓝色的眼睛兴奋得闪闪发光:"是的,的确如此。这位小姐1935年出生在巴黎。战争期间,她的母亲是抵抗运动的重要分子,帮忙管理郁金香流亡之路,从未暴露过。战争结束后,这位小姐考进巴黎大学,毕业后进入英国大使馆,在海军武官办公室担任翻译。后来的情况你都了解了。她曾经受到过性伤害,是当年她母亲参加的抵抗组织中的同伴们干的,那些人后来为苏联内务部卖命,也就控制了她。为了服从命令,她申请了英国国籍。英国大使馆证明了她的清白,并以她母亲曾为抵抗组织工作为由帮她在1959年取得了英国国籍。就在那个春天,英国外交部推荐她到我们这里。但同时,她犯了个大错误。来我们这里前,她曾经请了一年假。"

"随后哈钦森谍报网曾向我们报告,说她进入了列宁格勒谍报学校。可以假设她当时在那里受到过谍务训练。于是00处特意为她制作了紫色密码操作系统,其他的事你都知道了。在这里她一直为克格勃卖命。现在,她将要领取她的酬金,就是那个价值至少十万英镑的纯绿宝石球。整件事有两点很有意思。第一,这表明克格勃已经完全迷上了紫色密码,不然他们不会同意支付这样一笔巨额酬金。"

"这倒是个好消息。它意味着我们可以对那些含有紫色密码的假情报不断升格,先制造一些三级绝密的假材料,之后甚至可以提高到二级。其次，它解释了一些我们一直不明白的事情。在此之前，这位小姐的工作从未得到过任何报酬。我们对此一直百思不得其解。她在米尔斯有个账号，但上面存着的薪水每月仅仅只有五十英镑，这是她的全部生活费用。现在，那个纯绿宝石球将会带给她一大笔酬金。真可谓是苦尽甘来了。"

M局长在一个用炮弹壳底座制作的烟灰缸上轻轻敲打着烟斗，倒出烟灰，脸上的神情怡然自得，为自己整整一个下午卓有成效的工作而深感欣慰。

邦德有些坐不住了，很想用一支烟来稳定思路。他对整件事情还有一些模糊不清的疑问，尤其还有一点不太清楚。他温和地问："局长，我们可曾调查过她在此地的直接上司是谁？她是怎样领取命令的？"

"这是毫无必要的事情，"M局长有些不耐烦，手里挥舞着他的烟斗，"她一旦掌握了紫色密码，就会尽最大的力量去保住这份工作。她每天向他们发送情报多达六次，这已经成了固定不变的程式了，还需要什么指令呢？我甚至怀疑伦敦的克格勃也不曾发现她。当然，也许驻外长官知道，但也正如你所说，我们并不知道他的名字。"

邦德突然灵光一现，脑中似乎有一部放映机，浮现出一幅幅清晰的场景。他不慌不忙地对着M局长说："也许，索瑟贝拍卖行能给我们提供线索，找出他是谁。"

"你究竟想做什么，007？别那么拐弯抹角，行不行？"

"先生，"邦德的声音镇定而有力，"你还记得凡谢尔博士刚刚所说的那个负责叫底价的家伙吗？他会想方设法使沃茨基的商人们把价提高到不能再高。如果苏联真如博士所言，对法波若不了解或者根本不感兴趣，他们也就不可能真正明白这件东西的价值。克格勃无论怎样也想不到。他们也许认为这个长期扔在仓库里的小东西顶多值一两万英镑。

如果真是这样，那么这种盘算就比这位小姐即将获得的那笔小小的财富有意义得多。假设驻外长官是唯一知道这位小姐的人，那也就只有他才知道她一直在领取报酬。这样，那个促使沃茨基竞争者出高价的幕后之人也一定就是他。他将奉命到达索瑟贝拍卖行，并负责把整个价格哄抬到顶峰。对此我深信不疑。这样我们就能认出他，掌握他的情况后便能请他打道回府。他根本不知道出卖他的是谁。克格勃也不可能知道。如果我去了拍卖行，就可以设法让他露面。我们可以在哪个地方预先安置摄影机，拍摄那时的场面。然后我们再把录像带送到英国外交部，外交部就会宣布他为不受欢迎的人，要求他在一个星期内离境。当然，对苏联来说，驻外长官无关大局。过不了几个月，克格勃就会重新派一个人来。"

"嗯，你的分析听起来很不错，"M局长若有所思。他把椅子移向窗户，望着窗外伦敦城里大大小小的建筑。最后，他转过头来说："好吧，007。咱们把马力开足了。我先和情报五处交流一下。虽然那件事属于他们管辖，但只要我们抓得住主要人物，就不会有什么问题。不过，你在拍卖行可别一时兴起，跟着瞎起哄。我可没什么钱来给你买那个昂贵的破玩意儿！"

邦德说："你放心好了，先生。"他站起身来，很快走了出去。他情不自禁地为自己刚才的机敏而得意，更迫切地想知道事情的发展是否会如他所料。当然，他是绝对不想让M局长改变他的主意的。

沃茨基坐落于总督大街138号，门面大小适宜，但极为时髦。橱窗中陈列着的古代和现代的珠宝制品都不多，乍一看根本看不出这里存在着世界上最大的法波若珠宝商。门厅里铺着浅灰色地毯，墙壁镶嵌着无花果树图案，还有几个歪歪扭扭的玻璃橱柜，一点儿也没有卡捷、布谢龙或是凡克里夫珠宝店里充满着的那种既华贵又热烈的气氛。唯一特殊的一点是那长长一串镶在特制玻璃柜里的皇家特许证，显示着这家珠宝店的不寻常。那些特许证既有玛丽女王、伊丽莎白二世及其母亲颁发的，也有希腊国王保罗甚至丹麦国王斐德烈九世颁发的。

邦德要找的人叫作肯尼斯·思若曼。他四十岁左右，相貌堂堂，仪表不凡，正在房间的尽头与一些顾客谈论着什么事情。看见邦德后，他迅速站了起来，径直向邦德走去。

邦德礼貌地说：“我是刑事侦缉部的，有件事想和你谈谈，现在有时间吗？你可以先看看我的证件。我是詹姆斯·邦德。你也可以直接去向罗纳德·瓦兰斯先生或者他的私人助理查证。我不隶属伦敦警察厅，而是主要负责联络工作。”

邦德的眼睛锐利有神，但没有丝毫审讯人的神情，思若曼也看出了这一点，他高兴地笑着，对邦德说道：“请跟我一起到楼下。刚刚我和几个美国朋友聊了一些，他们都是这里的客户，特意从第五大街的‘旧俄’商号赶来。”

“我知道那地方，”邦德说，“离皮埃尔很近，周围有很多精美的雕像。”

“对，就是那里。”思若曼先生比刚才更放心了。他带着邦德走过铺着厚实地毯的狭窄楼梯，到达楼下的陈列室。很显然，这里是该店的珍藏室，光照良好，宽敞透风，商品琳琅满目，黄金、钻石、玉雕陈列在严密保护的玻璃罩内，在环墙式灯箱的照耀下发出夺目的光芒。

“请坐，需要烟吗？”

邦德拿出自己的烟，点燃，说道：“我是为那颗法波若纯绿宝石球而来的，据我得到的消息，索瑟贝拍卖行将要在明天把它拍卖出去。”

“的确是这样，”思若曼先生皱起他浓密的眉毛，神色忧虑，“我想，这该不会有什么麻烦吧？”

“这个问题你不用操心。不过，我们更感兴趣的是拍卖的实际操作过程。我们担心有人试图人为地哄抬价格。这么说吧，我们真正有兴趣的是那个在你们之后的叫价者，当然，必要的前提是你们商行想独占鳌头。"

"嗯，是的。"思若曼先生很谨慎地回答，但又不得不说实话，"我们当然想得到它。但是代价绝不会低。我就只告诉你一个人，我们初步估计 V 和 A 会叫价，也许还会有大主教。不过，你是不是在追踪某个窃贼？若是这样，那就没有必要担忧了。"

邦德说："不，我们并不是为了找一个窃贼。"邦德一时不知道该怎么告诉思若曼，不知道可以说到哪种程度。他知道，对自己的隐私人们也许会非常谨慎，但对他人的隐私可就不会那么引以为然。邦德随手拿起桌上一个用象牙制成的座右铭：柜台前，他会觉得毫无价值；离去后，他会觉得价值连城。

邦德觉得这个座右铭很有意思。他说道："这简短的两句话却透彻地说明了市场、商人和顾客的全部历史。"他看着思若曼先生的眼睛。"目前，我需要的正是那种敏锐的嗅觉和直觉。你愿意帮助我吗？""非常乐意，但你得先告诉我一些情况，我心里才能有底。"他摊开两只手。"当然，如果是秘密，不方便开口讲，那就不用了。珠宝商们对此早就习以为常，但愿伦敦警察厅能理解我们。这些年我们可真同他们打了太多的交道。"

"如果我告诉你，我来自国防部，你会有什么感想呢？"

"一视同仁。"思若曼先生坚定地说，"你可以完全信任我，我会守口如瓶的！"

邦德也下定了决心。"好吧。首先，你得清楚，所有这一切都必须按官方保密法严格办理。我们现在怀疑那个抬价者是一个苏联特工，我的工作则是验证他的身份。我目前只能告诉你这些。当然，你其实也完全没有必要知道别的什么东西。明天晚上我需要和你一起去索瑟贝拍卖行，希望在你的帮助下能找到那个人。恐怕我给不了你什么报酬，但我们会对你的配合充满感激。"

思若曼先生眼睛里闪闪发光，闪烁着热情，"请不必客气，非常高兴能为你效劳。但是，"他露出疑虑的神色，"你知道，事情可能不会如我们想象的那样一帆风顺。索瑟贝拍卖行的老板彼得·威尔斯还将亲自主持这场拍卖。

"只有他才能确切地告诉我们真实情况。也就意味着，只有他才知道那个抬价者是谁，那个人会不会自始至终都不出现。叫价方式多种多样，有时根本不需要什么特殊的动作。如果在拍卖之前威尔斯就和那个叫价人商定好叫价方式或暗号，威尔斯就绝不会再把这些暗号透露给其他任何人。正如你现在能想象到的，这是拍卖行中的核心机密。如果有你与我们一起，这种事就绝对不可能发生。或许，我会一直处于遥遥领先的位置。我知道我能叫的最高价，当然这是代客户出价。如果我能预测那个抬价者打算叫到多高，事情可能就好办得多。事实上，你刚刚告诉我的那些情况就很有用。我会诚实地建议我的客户，要他的魄力再大一些，因为有一个精明强干绝不会让步的对手会非常强硬地逼迫我加价。更别说拍卖现场肯定不止一家竞争对手。这次拍卖的宣传搞得很是声势浩大，完全是搞一个盛大宴会的宣传。他们已打出了电视广告，邀请所有可能到来的富翁、公爵和公爵夫人前来观看这场由索瑟贝拍卖行主持的、无须排练的精彩节目。这可真是绝妙的宣传。啊，若是他们知道竟然有间谍混杂在其间，不知会多么惊恐不安呢！那么还有其他的事情吗？是不是只要找到这个人就可以了？"

"是的，就这些。据你估计，这件东西的最高价会有多少？"

思若曼先生轻轻地用金笔敲着牙齿。"你知道，作为职业拍卖人，对于这一点我要守口如瓶。我本人最后要叫多高我当然知道，但这同样也是我客户的秘密。"他停了一下，想了想说，"但不管怎样，它绝不可能低于十万英镑。"

"我明白了，谢谢你。"邦德说，"那么，我应该怎样进入拍卖行？"思若曼先生从身旁拿出一个精美的鳄鱼皮夹子，里面有两张邀请卡。他取出一张递给邦德："这本来是要送给我妻子的请柬，正好是位于前排正中的B5，座位极佳。我的座号是你旁边的B6。"

邦德接过请柬，上面写道：谨定于6月20日（星期二）晚九点半钟，在本拍卖行正厅拍卖：精美宝石首饰匣一个；卡尔•法波若的稀世古玩一件。

敬请光临索瑟贝拍卖行（入口设在圣乔治大街）

"不是位于邦德街的老乔治亚入口，"思若曼先生向邦德解释说，"邦德街只是一条单行道，所以他们只能把入口设在后门，并在那里搭了一个遮篷，铺上鲜艳的红色地毯。"

他从椅子上站了起来："你想看看法波若的珍品吗？我这里倒是有几件，是我父亲在1927年的时候从克里姆林宫买来的。当然我这里所有的法波若的珍品都不可能与那颗纯绿宝石球媲美，更无法与'活节彩蛋'相提并论了。

"但是看了它们之后至少你能明白究竟为什么这次拍卖会引起这样热烈的轰动。"

那些镶着钻石、五彩黄金、闪亮透明的搪瓷制品把邦德搞得头脑发昏。他耐着性子看完，从总督大街下面的"阿拉廷石窟"里走了出来。离开索瑟贝后，他来到位于白厅附近的国防部大楼，在办公室里打发掉了这一天剩下的时光，并且设计了详细周密的计划，以便在人潮如涌的房间里辨认出那个人并给他拍照。

这个人直到现在都还未露面，其身份也不曾被知晓。但有一点可以确定，他是伦敦所有苏联克格勃的头领。

第二天，邦德的精神一直处于亢奋的状态中。他找了个理由来到通讯处，装作若无其事的样子走进了玛丽娅·弗露英思坦小姐的专属办公室。两个助手正在用密码机发送紫色密码。他随手拿起一份绝密文件（在总部他有权力接近大多数的情报），迅速看了一眼那张经过认真编辑的电文。大约半小时后，某位华盛顿中央情报局的年轻职员会收到它，然后就任它在纸堆里变旧。而在莫斯科，这些辛苦破译出来的密码将会被郑重其事地送到克格勃的最高首领手中。邦德不停地和那两个年轻的姑娘说笑，而玛丽娅·弗露英思坦小姐依旧端正地坐在工作机旁，只是偶尔抬起头来礼貌地微笑一下，算是打过招呼。邦德一想到这个奸细就坐在自己身边，一想到那洁白无瑕的饰边军装下包裹着一个灵魂肮脏的躯体，浑身便不由得起了一层鸡皮疙瘩。她这样的女人缺乏吸引力，皮肤惨白，还长了很多雀斑、黑头发，神色木然迟钝。这种女孩往往不被人喜欢，朋友也不多，有很强的自卑感。作为一个私生子，她总会愤世嫉俗。很有可能，她那唯一的快乐就是藏匿在自己扁平的胸脯后面的秘密，并为此而得意扬扬，似乎自己比身边的人都要聪明。但是由于她的平凡，她在这个世界上总会受鄙视或被忽略，所以她每天都要费尽心思地向这个世界报复。

邦德慢慢地走了出来，穿过走廊走回自己的办公室。就在今天晚上，这个女孩将会收到一笔可观的财富，也许会立刻得到价值三万块银币的现金。这笔钱会使她的生活发生翻天覆地的变化，可能会改变她的性格，会使她买得起高档的化妆品、华贵的衣物、豪华的别墅，但也可能会使她的处境更危险。

M局长曾说他计划在紫色密码行动上加重筹码，进一步冒险制造假情报，这对她来说是极其不利的。在情报工作中，一条假线索，哪怕是一份禁不住查实的假情报，都是骗不了克格勃的。一旦他们感觉到自己被人戏耍，白白被骗了三年，这种令自己蒙羞的发现会促使他们疯狂地进行报复。俄国人会猜想玛丽娅·弗露英思坦其实一直是个双重间谍，同时为英国人和俄国人服务。那样她很快就会受到惩罚，说不定邦德仅仅在一天前才知道的那种氰化手枪就正好是她的致命武器。

邦德望着窗外，看着摄政公园的树木，耸了耸肩。上帝保佑，这可怨不着他。控制这个女孩生死的权力并不在他的手里。她自己卷入了肮脏的间谍活动。几小时的拍卖后她将得到一大笔财产，但想要安稳地生存着享受哪怕其中的十分之一的财富，恐怕也是一件极为困难的事情。

鱼贯而来的汽车和络绎不绝的出租车使位于索瑟贝拍卖行之后的乔治大街人潮如涌，邦德离开出租车后，便随着人流进到入口处的遮篷。门口身着制服的看门人检查了他的入场券，给了他一份节目单。他夹杂在一群衣衫华丽、情绪高涨的人中间走过宽大的楼梯，经过长廊进入了拍卖行的正厅。那里已经人潮如涌，熙熙攘攘。他的座位在思若曼先生旁边，他迅速地坐下来。思若曼先生抬头看了一眼刚进来的他，继续在便签上写着价格。

拍卖大厅有网球场大，装饰得既富丽堂皇又古典优雅。大厅顶上吊着两盏当下很时髦的枝形吊灯，光线柔和温暖，与拱顶棚上的条灯交相辉映。玻璃房顶被遮挡了一部分，这样下午即将进行的拍卖就可以免受令人目眩的阳光干扰。

周围橄榄绿的墙上悬挂着样式繁多的绘画和壁毯。平台上面挤着一群电视摄影师或者是别的摄影者。邦德看到情报五处的一个工作人员弄了一个《星期日时报》的记者证也站在上面。旁边镀金的椅子上坐着100多个商人和旁观者。他们坐在那里目不转睛地注视着那个高高在上的木制主持台上的拍卖商，专心致志地眼睛都不眨一下。虽然拍卖商身材很矮小，但仍然不失他的英俊。他穿着干净合体的晚礼服，纽扣眼里插了一枝大红色的香竹，此时他正在主持拍卖，语速平和，语调平淡，并且不用任何手势。

"一万五千英镑，一万六千英镑，"他暂停了一下，看了前排某人一眼。

"先生，"前排一个人微微举起了目录本，"我叫一万七千英镑，一万八，一万九，我叫两万英镑。"那个语调平淡的声音又在耳边响了起来，有板有眼，从容不迫。下面的参观者，还价者们对这种平平的祈祷式的语调也显得很习以为常。

"他们在卖什么？"邦德向他身旁的人问。

"四十号作品，"思若曼先生回答，"一只用金刚钻制作的项圈，估计能叫到两万五千英镑。一个法国人正和一个意大利人相互抬价，否则，两万镑就可以买下它。

"我刚才出了一万五千英镑，可是显然不行了。多好的钻石，可惜出价太高了。"

果真如此。价格叫到两万五千英镑的时候，小木槌缓缓地沉落，一锤成交。

"它是你的了，先生。"拍卖商彼得·威尔斯说。一个伙计立刻走下来跑去长廊证实那个最后叫价人的身份。

"我有一些失望。"邦德说。

思若曼先生抬起眼问："为什么？"

"气氛没有我想象中的那么紧张。我以前从没来过拍卖行，但想象中拍卖商最后应该使劲敲三下小木槌，嘴里不停地喊着'要卖了，要卖了，卖掉了'，这既可以给叫价者们最后一个机会，又可以让气氛火热起来。"

思若曼先生笑了，说："这种方式或许在中部各郡或者在爱尔兰还能见到。但是就我参加过的拍卖而言，伦敦各拍卖行似乎不是很欣赏这种方式。"

"那真的很遗憾。其实那种鼓动的方式挺有戏剧效果的。"

"在这里稍等一分钟，你肯定就会满足的，现在只是正式开幕前的最后序曲。"

下面走上来一个伙计，端着一只黑天鹅绒托盘，盖巾揭开后里面是一堆璀璨发光的钻石和红宝石。邦德看了一眼目录：四十一号，还有一段散文式的介绍，文字异常华美：一对精致动人而价值连城的红宝石和钻石手镯。手镯里面有一个椭圆形图案，穿着一大两小的三颗红宝石，宝石边上镶着蹄叉形钻石。手镯的两侧和背面同样是椭圆形图案，简单地雕刻着相互纠缠、精美绝伦的涡形花纹。手镯扣钩呈椭圆形，有一块完整的红宝石镶在手镯中间，外边是纯金底座，底座两边的花边镶嵌着相似的红宝石与钻石。

这件拍卖物曾经是属于费茨波伯特夫人（1756—1837）的。她与威尔士亲王，即继位后的乔治四世完婚。1950年，人们获得皇家许可，打开了一个早在1833年就存放在库茨银行的密封袋子，在里面发现了结婚证书和其他一些证明。

这对手镯据推断是费茨波伯特夫人赠予她侄女的。奥尔良公爵曾经夸奖过，她的侄女是"全英格兰最漂亮的姑娘"。

当下的拍卖仍在进行。邦德离开了座位，来到正厅的后排。那里有一部分观众正在向现代画廊和入口大厅方向走，在那里通过闭路电视可以观看这次拍卖。他专注地观察着人群，努力寻找着苏联大使馆那些人的脸孔，也许他们会出现。这些天他专门研究过那两百多人的照片，他能认出那个大使馆的所有人。在另一群观众中，混杂着商人和业余收藏家。幸亏他事先已从报纸了解到一些情况，否则他肯定分辨不出这些人的特征。面容灰黄色的可能是俄国人，但也很有可能是欧洲人。还有极少一部分人戴着墨镜，但墨镜却已不再是一种伪装。邦德又回到他的位置上。等到纯绿宝石球叫价的时候，这个人总会有所动作的。

"我叫一万四，一万五。我叫一万五千英镑。"小木槌又落下来。"先生，它是你的了。"

人群中响起一阵激动的呼吸声和翻动目录的声音。思若曼先生前额已经沁出了颗颗小汗珠。他用一块白色丝绸手绢一直擦着，转过身对邦德说："现在，就只能靠你自己了。我的工作是喊价。不管怎样，我是不能扭过头去注意谁是竞争对手，这是极其有失体统的。我也说不清为什么会这样，但是如果你也干我这一行，你肯定就明白了。所以，只有当他坐在前排的某个地方时，我才能认出他来。当然据我估计他不可能在前排就坐。虽然大厅里几乎都是商人，但你还是要尽可能地注意观察四周，尤其要加倍注意彼得·威尔斯的视线，看他在看着谁，或谁正在盯着他看。"

"一旦认准了这个人后，要注意他的所有行动，包括最细微的动作。他的任何举动，甚至搔头、拉耳垂或别的任何什么，都极有可能是他和彼得·威尔斯事先约定好的暗号。他应该不可能做任何明显动作，比如举起目录簿之类的。你明白我的意思吗？你一定要相信，他可能会一直不动声色，一直到我叫到他满意的价格时，他才可能停止叫价。你必须有所准备。"思若曼先生对邦德微笑道："等到叫价白热化时，我一定会使他下不了台，迫使他摊牌。当然，这还在于最后的时刻竞价的人是否仅剩下我和他。"他带着一股高深莫测的神秘意味说："我想你也能猜到，最后争胜负的只有我和他。"

思若曼先生充满自信，也许他曾得到指示，一定要买下这颗纯绿色宝石球，不惜任何代价。

突然，整个大厅变得寂静无声。拍卖主持人前面的高台上摆着一个遮着黑天鹅绒的高架支座，支座上放着一个精致的盖着白天鹅绒的椭圆形盒子。

一个伙计走了上来，他身着灰制服、红袖子与领带，腰扎一条黑皮带，这副装束显示出他是一个老职员的身份。他取出第"42"卖品摆放在黑天鹅绒上，然后带走了盒子。放在其精美的底座上的纯绿宝石球，像一束璀璨生辉的绿火，光彩夺目，闪耀着神奇的绿光。镶嵌在表层的一粒粒宝石，闪耀着五彩斑斓的光芒。此刻，所有在场的人，包括坐在拍卖台后面记账桌上的伙计和专家们，都情不自禁地发出阵阵赞美声。虽然这些人都见多识广，即使对于欧洲的王冠宝石也可以说是司空见惯，但此时此刻都忍不住起身想目睹眼前这奇异的风采。邦德翻开手上的目录，上面用粗体字母和晦涩华丽的散文描述着这一珍品：地球仪，1917年卡尔·法波若特意为一个俄国绅士制作，现在属于那位绅士的外孙女。目录42号。法波若地球仪由西伯利亚的硕大的纯粹绿宝石精雕而成，重量大约1300克拉，五彩斑斓，晶莹剔透。该球体仿照地球仪而制，精美的座架是路易十五时期流行的旋涡风格。该座架呈座钟形，用纯金雕镂而成，座架表面点缀着色彩绚丽的玫瑰钻石和各种小红宝石。架上还有一个小钟。座架四周有纯金雕刻的丘比特样式的裸体儿童，他们六个人在云彩中嬉戏，云彩采用透明水晶镶嵌，使用自然主义手法处理，衬托着整个画面。云彩边优美的线条是用小颗玫瑰钻石拼接而成的。

球体表面上刻着世界地图，各国的大城市都以嵌入的璀璨宝石来显示。地球仪靠藏在底座里的机械运转。这个机械的发明人是乔治·穆泽。一条金色带子环绕着球体，金带上涂抹着牡蛎白珐琅釉，经纬线使用了凹纹珐琅制品的工艺。钟面上用浅深灰色珐琅标的罗马字母代表了时间刻度。钟面的中央有一颗重约五克拉的三角形深红色宝石，它代表着时针。

高度：七英寸半。鉴定专家：亨利克·威格思特罗姆。该珍品另配有椭圆形白色天鹅绒匣子一个，匣子中带有一把金钥匙，以便于给钟上发条。

法波若为自己这个奇特美妙的球体构思激动了整整 15 年。该地球仪精美绝伦，曾珍藏在桑德灵厄姆皇家陈列馆。（参见《卡尔·法波若的艺术》，插图第 280 幅，思若曼先生著）

威尔斯先生向四周很快扫了一眼，然后轻敲他手里的小木槌，说道："现在是第四十二号，卡尔·法波若的艺术珍品。"他停了一下，看了下面一眼，又说道："底价两万英镑。"

思若曼先生轻轻对邦德说道："这表示已经有人出到五万英镑的价格。现在只不过是为了烘托气氛而已。"

目录簿不停地挥舞着。

"三万。"

"四万。"

"五万。"

"六万。"

"七万。"

"八万。"

"九万。"

短暂的停顿后，有人叫价道："我叫十万英镑。"

拍卖厅里顿时响起一阵欢呼。摄影机对准了正站在左边观众席高台上的三个人。那里有一个年轻人正在小声地打电话。思若曼先生向邦德介绍："这是索瑟贝拍卖行的伙计，正在同美国通话，有可能是大都会拍卖行通过电话叫价，也可能是别的什么人。好了，现在该我行动了。"思若曼先生拍了一下卷起的目录簿。

"十一万。"主持人说道。那个年轻人见状又对着电话说了些什么，然后点了点头。

"十二万。"

思若曼先生接着拍了拍目录簿。

"十三万。"

年轻人继续对着话筒说着，神情急切。也许在谈他对目前叫价不断上升的看法。之后他对着主持人微微摇头。彼得·威尔斯转移视线，扫视着大厅的其他角落。

"现在叫价为十三万英镑。"他对着拍卖厅重复道。

思若曼先生对邦德悄悄说道："这下你得多留神了，美国人貌似已经放弃。该你所说的那个人登场了。"

邦德站起身来，低调地离开他的座位，来到记者中间。彼得·威尔斯的视线锁定拍卖厅右后角。邦德没有在那里发现什么动静，但彼得·威尔斯却接着叫价："十四万英镑。"之后又转过身，看着思若曼先生。过了一会儿思若曼先生伸出五个指头，他开始加价了，但是他的神色有点儿不安，这表明他的出价已经接近了极限。

"十四万五千英镑，"威尔斯先生敏锐的视线又一次扫向拍卖厅右后角，邦德仍然没有看到什么可疑的地方。但是，威尔斯先生又接着叫道："十五万英镑！"

一时间，大厅中响起了嗡嗡的议论声和零零碎碎的鼓掌声。思若曼先生的反应变得更为迟疑，拍卖主持人威尔斯先生重复了两遍最后叫价，之后，他的目光直盯着思若曼先生。

思若曼先生终于再一次伸出五个指头。

"十五万五千英镑。"

邦德脸上沁出了汗珠。叫价已接近尾声，可到现在为止，他仍然没有发现任何线索。拍卖主持人重复地叫着："十五万五千英镑。"

这时，邦德终于捕捉到了一个细微的动作。在拍卖厅的右后方，一个穿黑色制服的矮胖男人抬起手来，表情非常自然地摘下墨镜。一张光滑的、无法用语言表述的脸露了出来。一定是这样，这个细小的动作是事先与主持人约定好的暗号。他只要戴着墨镜，主持人就可以一直加价，而他一旦取下墨镜，加价便要停止。

邦德瞟了一眼身边的摄影记者。好极了，情报五处的摄像人员反应也非常机敏。他观察到了这一举动，并迅速地举起摄影机把那人拍了下来。邦德走回到他的座位，悄悄地对思若曼先生说："已经抓住他了，明天再告诉你详情，非常感谢。"思若曼先生僵硬地点点头，眼睛死死地盯着主持人。

邦德从座位里走出来，快步走到长廊上。这时，主持人开始第三次重复报价："十五万五千英镑。"终于，他的小木槌落了下来。"先生，它是你的了。"

观众们都站了起来欢呼着，全场气氛极其热烈。趁着这个时刻，邦德走到大厅的右后排。那个矮胖男人还是坐在椅子上，但又戴上了墨镜，邦德也用眼镜遮住了脸。闹哄哄的人群涌下楼梯，邦德溜进人群中间，跟在那人后面。那个男人头发很长，一直拖到后脖颈上。他的耳垂内翻，紧紧贴着脸部，后背略显弯驼，也许是个天生的畸形。突然，邦德想起了他的名字，这是波里特·马林洛夫斯基，在苏联大使馆任农业参赞。对，绝对是他！

波里特·马林洛夫斯基走出拍卖行，迅速往肯德威特大街方向走去。邦德不慌不忙地跟着他，来到一辆无牌照的出租车旁边，对司机说道：

"就是他，跟上去。"

"是的，先生。"情报处的司机笑着，把车开上了车道。

那个苏联人在本特大街坐上了一辆出租车。大街上交通混乱，使得跟踪他一点儿都不困难。不久，他坐的出租车开到了公园旁边，然后再往北拐，沿着贝斯瓦特区向前行驶。邦德的情绪变得高涨极了。现在只要确定那家伙是不是去肯辛顿王宫花园就行了。苏联大使馆就在那里靠左的第一幢建筑。若是这样，事情就明白无误了。今天晚上在使馆门前巡逻的那两个警察是特意挑选出来的，他们的任务就是去证实那辆出租车的乘客有没有进入苏联大使馆。

有了邦德和情报五处摄影人员提供的证据，不久外交部就可以名正言顺地确定，波里特·马林洛夫斯基正在从事间谍活动，他将被宣布为不受欢迎的人，并要被驱逐出境。这就意味着，克格勃就要失去一个得力的干将，并且他们安插到英国情报机构的那位小姐也将会被他们自己拔除。这次拍卖行之行是有重大意义的。

那辆出租车拐进了肯辛顿王宫花园的大铁门。

邦德非常满意地笑了，表情坚毅而冷峻。

"好了，司机，咱们可以凯旋了。"

# 黎明杀机

詹姆斯·邦德正伏卧在地上，在著名的比斯利森楚里靶场旁边五百码的射击线旁。

他旁边的草地上立着一个白色风力测标，显示着现在风力是4.4级。五百码外的靶子顶多有六平方英尺，在薄暮中不比一张邮票大多少。当然，邦德利用他步枪上的红外线瞄准镜可以清楚地看到整个靶子，甚至就连靶子上淡蓝色和米色相间的线条也能轻易地辨别出来。靶子的靶心是半圆状，有六英寸大小，看上去很像是夜晚来临时临时浮现在乔伯姆山顶峰上的半轮弯月。

刚刚邦德打了一枪，可惜不够理想，只射在靶心偏左处。他抬起头，看了看上面的黄蓝色风向旗。风向旗一起向西猛烈地摇动着，风力比半小时前更加猛烈。他把风力标尺拨了两格，又架起枪，瞄准镜子上的十字线，对准了靶子射击，他深吸了一口气，努力使自己镇定，然后把手指放进扳机护圈里，屏住呼吸，扣响了扳机。

枪声在空旷的靶场上久久回荡。刚刚倒下的靶子又立刻被竖了起来。这次靶子上显示的结果让邦德很满意，弹着点落在靶心右下角。

"非常不错。"靶场官员的声音在他的后上方响起，"接着努力吧！"

另一块靶子升了起来。邦德将脸颊贴在枪柄上，眼睛穿过瞄准镜直视靶心。他用裤腿擦了擦手，又将手指放进枪的扳机护圈里。他动了一下身体，把呈八字形的脚往外挪了一英寸。这次他要进行的是连发，连续五发子弹一起射出。

这支枪已经被军械士稍做了改装，这种改装能使射击手感觉自己可以轻易击中远在一英里之外的人。这是一支在温彻斯制造的 0.308 口径的步枪。这种样式的枪曾帮助美国的射击手们在世界锦标赛中发挥出了最佳水平。枪托的后部与其他武器没有什么不同，还有一个铝制的把手，可以折叠，还可以将其打开，把枪身牢固地顶在腋下。步枪的枪托下方还有一个齿轮，通过调节可以使枪身固定在木制支架的沟槽中。改装的军械士在枪里安上了五发的弹盒。邦德心想，如果他在射击中能稳定两秒，那这连续五发子弹就都不会脱靶。一般他执行任务时，若是第一枪没有打中目标，后面的子弹也能迅速弥补这一失误。但即使是这样，这个遗憾的瞬间所可能造成的损失依旧是难以估量的。M 局长说过这次任务所需的射程最多有三百码，而邦德正在练习的是五百码。

"你准备好了吗？"

"可以了。"

"我从五开始数。注意！五，四，三，二，一，射击！"

邦德沉着冷静地扣动了扳机，五发子弹连续穿膛而出，一瞬间消失在暮色中。靶子倒了一下，很快又被升了起来。上面有四个小白点，紧紧地挤在一堆。邦德有点儿纳闷儿，为什么没有第五个小白点呢？甚至连靶心外面的小黑点也找不到。

"最后那一枪打得有点儿低了，"靶场军官摘下夜视镜说。"感谢你做了件好事。今年年底，我们可以从那些靶子下面的沙子中筛出十五吨还多的铅皮和铜屑。那可以卖不少钱呢！"

邦德站了起来。军械处的曼西思下士正从射击俱乐部的休息厅向邦德走过来。

他蹲下身体，拆掉那支步枪和支架，然后抬头看着邦德说："先生，你刚才射击的速度太快了。到最后一发的时候，枪筒已经不停地跳动了。"

"我明白，下士先生。我只是想知道我的射击速度最高能有多快，并不是想和那件武器过不去。这支枪十分不错。请替我向军械处表示感谢。好了，我要走了。你今天会回伦敦吗？"

"会的，先生。"

靶场军官把射击记录交给邦德，非常满意地说："在今天这样恶劣的能见度下，取得这样的成绩算是很好了。明年这时候你应该来争夺女王奖。当然，下次所有的参加者都可能摘取该奖，英联邦每个国家的选手都有权利参加。"

"谢谢你的建议，可惜的是，我不经常在国内。不过，非常感谢你给我提供的这个场地。"邦德看了看远处的钟楼，时针已经指向了九点一刻。靶场旁边的红色警戒旗已经全部放了下来，这表示射击已经结束了。

邦德说道："本来想请你们去喝几杯，可惜不凑巧，我今天正好在伦敦有个约会。这么着吧，我们等到女王奖发奖时一起喝，怎么样？"靶场长官很无奈地点了点头。他一直想更多地了解一下这个人的情况。为了安排他到靶场来射击，国防部曾经三番五次打电话来。刚刚，晚间靶场明明已经关闭，能见度也越来越差，他在这样的情况下，所有的射程命中率都可以在百分之九十以上。靶场长有些不明白，为什么国防部还要命令他必须亲自到靶场去陪练？为什么要他必须替邦德在五百码外准备一个六英寸而不是普通的十五寸的靶子？为什么仅仅是他个人的射击就要动用仅在大型活动时才允许使用的警戒旗和信号鼓？是为了给邦德施加点压力，或者是为了在他射击时故意制造一种紧张气氛？即使国家步枪协会会员的射击水平也不会超过他。军官决定要打电话给他们查个清楚。而邦德这种时候去伦敦约会，一定是去见一个姑娘。军官的脸上有些愤愤然，一个姑娘竟然比他这位靶场军官还重要！

他们两个人走过靶场后面的划船俱乐部门口，来到了邦德的车旁。这是一辆著名的兰塞尔"奔鹿"牌汽车，但是车身已满身伤痕。"很漂亮的汽车，"靶场长官评论道。"还从未在欧洲大陆上见到过这种车，它是特制的吗？"

"是这样的。原来车里面有两个座位，行李箱也不大。所以，我特意请车行的人帮忙使座位宽敞些，还增大了行李箱。好吧，今天就到这里吧，再次感谢你。晚安。"邦德说完后发动了他的汽车，后轮扬起了一阵尘土和碎沙石。

靶场长官目送着汽车在通往伦敦公路的金斯大路上渐渐远去；然后他转身去向曼西思下士打听他所知道的关于邦德的情况。曼西思下士正在努力将一口大箱子搬上一辆土黄色兰得罗佛牌的大型吉普车。他脸上的表情如同那口木箱一样木然。靶场军官是少校，他自认为军衔比下士要高，想以军衔压人，可惜下士并不买他的账。无奈之下，他只好眼睁睁地看着吉普车在邦德的后面开走了。靶场少校有点儿郁闷地来到射击协会办公室，在这里翻遍了所有图书资料，试图从中找到有关邦德的情报。

与姑娘约会的事情纯属军官自己的想象，现在邦德正要赶英国欧洲航空公司飞向汉湛威和柏林的班机。他用最快的速度驾驶着汽车，想要争取一些时间在起飞前喝上几杯。他一面想象着美酒的滋味，一面思考着这个让他匆匆赶往机场去的紧急任务。他接到的任务是，三天内他将住在柏林，晚上去与一个人"约会"，并要毫无误差地开枪击毙他。他脑海中浮现了下午接受任务时的场景。

那天下午大约两点半，邦德被叫到了局长办公室。M局长正侧坐在大办公桌的对面，对着窗外思考着什么，他的头缩在硬挺的下翻式衣领里，嘴边上挂着一缕苦涩，一副丘吉尔的沉思模样。等到邦德走进来，他转过椅子，上下打量着邦德，仿佛是在检查他的领带是否端正，头发是否整洁一样。

有麻烦事了，邦德感觉到。M局长对邦德没有任何开场白，便开始说话，语速非常快，大都是省略句，就像是恨不得一口气全部把话说完："272号很不错。可能你还没有见过他，大战以来，他一直秘密躲藏在新地岛。现在，他千方百计想带着资料出逃，那是有关原子弹和火箭的材料，还有苏联1961年核试验新系列的全部计划。苏联的核试验目的当然是要向西方施加压力。具体情况还不清楚，但据外交部说，若是属实，则后果异常可怕。这会使日内瓦会议签订的协议无效，也证明东欧集团提出的核裁军完全只是烟幕弹罢了。272号已经到了东柏林。但是，也已经被克格勃和东德的秘密警察盯上了。

"他现在正躲在东柏林的某处，并给我们捎来了一个消息，说他打算在近三天的晚上过来，时间在傍晚六至七点。他指定好了接头的地点。但是，"局长咬了一下下垂的嘴唇，说道，"给他送信的人是一个双重间谍，他还向苏联通报了这个消息。幸好我们破译了克格勃的那份电码，否则我们到现在都还蒙在鼓里。当然，克格勃很可能会把送信人带回去审讯。但那些都无关紧要，克格勃已经知道272号准备逃跑，并且知道时间和地点。他们了解的一点儿都不比我们少。我们破译的那个电码虽然只是一种24小时内的限定密码。但是，那天全部的电讯内容我们都已经得到，这就足够了。他们打算好了趁他逃跑的时候，在他信里所说的那条东西柏林之间的街道上杀死他。为了这次行动，他们已经派了最好的杀手来到东柏林。

"我们对这个杀手的情况完全不熟悉，只知道他的代号叫作

'扳机'。"

M局长暂停了一下，接着说："根据西柏林站的预计，克格勃以前在这里的几次枪杀都是这个杀手的杰作。这次射击需要穿过国境线。估计他每天晚上都会到这条穿越线旁，伺机解决272号。若是他们想明目张胆地用机关枪来射击，那就好办得多了，但是现在东柏林局势非常平静，他们也不会想用此事打破这种美好的局面，他们不会这样干。"M局长耸耸肩："他们似乎完全信任这个叫'扳机'的人，因此用这个方式来解决272号。"

"那我接下来要做什么，先生？"邦德之前猜测过答案。他猜到这任务一定是令人厌恶的。但是，邦德属于00处，做暗杀这些事完全是有可能的。这次邦德却一反常态地想迫使M局长把这件事明确地讲出来。他不想从情报处的官员口中听到这种不堪入耳的消息，更不愿让自己的最高长官说出它。那只意味着要自己充当刽子手的角色。但是，现在看来，这个任务是躲不掉了。

"你要做什么，007？"局长坐在办公桌后面，冷酷地反问道。"你肯定知道你要干什么。你要干掉那个杀手，必须在他杀死272号之前打死他。这么简单的事情，明白吗？"M局长那双清澈的蓝眼睛像寒冰一样冷峻。邦德明白，局长是凭借坚强的意志力才表现出这种神情。M局长厌恶任何形式的谋杀。而当不得不这样做时，他必须做出一副残忍、冷酷的命令的表情。邦德很清楚，他之所以要这么做，是为了减轻执行者所背负的某种压力或罪恶感，使执行的人尽可能地轻松上阵。邦德想，既然局长这样为自己的下属着想，那他也应以实际行动来表示对局长的感激之情。他站起来，说道："好吧，先生。我大概已经了解了全部情报。我需要去练习一下。你放心，我不会失败，更不会让你失望的。"说完邦德向门口走去。

"对不起，"M局长很平静地说，"让你去做这种事也是迫不得已。但是，既然必须要干，那一定得干得漂亮。塔科里明确说过，他找不出任何合适的人，而且，这也不是一个普通常备兵能做到的事情。驻莱茵河的部队里倒有不少神枪手，但是打活靶子不仅需要技术，更需要神经的控制。好了，你去练习一下。我已经通知过比斯利的森楚里靶场，在今晚八点一刻靶场关闭时他们会为你安排一次射击，能见度跟柏林相比会有差别，晚了一小时左右。军械士已经选好了打靶的武器。打完靶后，你今天就乘坐英国欧洲航空公司的班机，午夜就赶去柏林。下飞机之后坐出租车找到这个地方。"他边说着，边递给邦德一张纸："到了之后上四楼，塔科里手下的2号就在那里等你。接下来，就只好请你耐心地在那里等候三天，伺机而动。"

"那枪怎么办？我是不是应该把它藏在高尔夫球包里以通过德国海关呢？"

M局长很严肃地回答："枪会通过外交邮袋送过去，最迟明天中午你就能拿到它。"他说完后伸手按着信号通信键。"好了，你最好加紧去干。我立刻通知塔科里，一切准备工作都会按时做好。"

"我会尽我所能的，先生。"邦德转过身，打开门走了出去。他厌恶这种差事。但不管怎样，如果一定要干，他宁愿自己去做而不是推给别人，他宁愿自己来承担这种责任。

此刻，邦德正在通往伦敦机场的路上，已经十点十五分了。如果一切顺利的话，明天到这个时候他就能完成任务了。这可与纯粹的谋杀不同，这毕竟是拿"扳机"的命去换272号的命。这时邦德心里有点儿乱，他故意朝着前面一辆小车直按喇叭，刹车莫名其妙地吱吱作响。随后他猛地调整方向盘，掉转车头，向远处闪着灿烂灯光的伦敦机场驶去。

西柏林。科赫街与威廉街的交接处，有一幢样子十分难看的六层楼。

在这块被炮弹袭击过的土地上,这几乎是唯一的一座高层建筑。邦德下了车,他环顾四周,到处都是齐腰的杂草,还有一堵破烂的碎石墙向前延伸,直到十字路口,路口边是一盏昏暗的淡黄色弧形灯。

邦德走进楼去,到了一个老式电梯门前。他正准备按电梯按钮时,电梯门突然自动打开。他走了进去,门又突然自动关上了。电梯内充满了各种难闻的味道:卷心菜的味道、廉价雪茄的气味和酸臭的汗味。电梯缓慢地上升着,发出吱吱呀呀的声音。邦德沮丧极了:这次任务他首先要迎接的就是这样糟糕的环境。自己就像是一颗子弹,哪里有需要,M局长就把他射到哪里。幸好这次接待自己的是自己这边的人。

西柏林情报站的2号叫作保罗·斯特,军衔是上尉,虽然刚四十出头,却显得弯腰驼背。他身着一件柔软的丝绸质地的白衬衣,外面是得体的墨绿色人字花呢子外套,还挂着一条旧式领带。他的样子有一副书生气,正站在狭小而陈旧的门厅里对着邦德点点头,就像是老师在招呼学生的那种,邦德本来就不高的情绪现在更低落了。他对斯特上尉这种人一点儿都不陌生:他们从小就很听话,中学时是老师的宠儿,大学里是优等生,行政机关里是骨干,在部队中则会是最谨慎的参谋,也许还曾经荣获过帝国勋章。就斯特上尉而言,战争后,他成为德国联合军事管制的委员;之后,因为他是一个很理想的参谋人员,也熟悉安全局的工作,而他本人又想涉猎生活,从而收集戏剧和小说素材,于是很自然地他又进入了秘密情报局。这次行动非常需要一个理智而严谨的人做帮手,很显然,保罗·斯特上尉是非常合适的人选。这会儿,他就像一个优秀的教员,小心而礼貌地同邦德交谈着,丝毫不露出自己对此任务的厌恶表情。他现在把这个房间的摆设以及为这次任务所做的安排向邦德一一介绍。

邦德看了一下整间房。这套房间包括一个卧室,一个洗澡间和一个厨房。厨房里面有一些罐头、牛奶、黄油、熏肉、面包以及一瓶迪普勒·海格牌的威士忌。卧室里的摆设很奇特，床与窗户、窗帘成直角，床上铺着三层厚厚的垫褥，垫褥上面盖着床罩。

斯特上尉说："最好你先仔细地查看一下射击的地点，然后我再解释我们的计划。"

邦德觉得很疲倦。他非常不愿意让睡觉前的脑子里充满战争画面，但他不得不说："好吧。"

斯特上尉关上灯。十字街口的灯光从窗帘四周的缝隙里透进来。

"不要打开窗帘。"斯特上尉对邦德说，"他们现在可能正在寻找 272 号的秘密藏身处。你最好躺到床上，轻轻地掀起窗帘一角，我简要地介绍一下四周的情况。你先向左边看。"

这个窗户有上下两层，下半部分敞开着。邦德的床非常软，他趴在上面稍微下陷了一点儿。感觉就像趴在靶场的射击位置，但是现在他看到的是杂草丛生的土地和齐默尔大街上明亮的汽车灯光。那条大街旁距离东柏林交界处约有一百五十码远。斯特上尉接着向邦德描述着。

"你面前是一块被炮弹袭击过的土地。向前一百五十码左右就是边境线，再过去就是敌方镇守的一块比这面积更大、轰炸得更厉害的荒地。正是因为这样，272 号才选择了这条路线。边界的两边弹坑遍地、杂草丛生，还有很多地下室。他必须偷偷地穿过边境那片废墟，以最快的速度穿过齐默尔大街，然后再躲到我们这边的废墟里。这段路程中，最危险的就是那长达三十码的灯火灿烂的边界地段。是吧？"邦德轻轻地回答："是这样。"眼前的敌情和必要的谨慎已经让他的神经紧张起来，疲倦似乎不复存在了。

斯特上尉接着说道："左边那栋新的 10 层楼是他们的部长会议楼，也就是东柏林的首脑中心。你看，那些窗户还亮着灯，而且会亮整个晚上。

"那些家伙都是工作狂，昼夜换班。而亮着的窗户反而不必担心，那个叫作"扳机"的杀手肯定会躲在某间黑暗屋子的窗口处开枪。你能看到十字路口角落里的四个人，从昨天晚上到今天晚上他们会一直待在那里。那里是最佳射击位置，可以控制国境两边各三百一十码的距离。这四个人是自己人，你可以随时吩咐他们。其余的你不必过分担心。整条街晚上都不会有人，除了对方的机械化巡逻队每隔半小时巡逻一次，每次都是两辆摩托护卫着一辆轻型装甲车在街上走过。昨晚就是这样。六点至七点之间，也就是在例行的巡逻前，那栋楼里只有少数几个人进进出出，一般都是些公务员。而在这之前，也就是六点钟之前，在这栋政府大厦里进进出出的人非常多。他们的文化部就设在这里。

"若是他们的女子管弦乐队有演奏，人们大都会涌进音乐厅，那时就会人群沸腾、哗声迭起。基本上就是这些情况。当然我们无法熟悉克格勃的这个枪手，也没有看到任何的可疑迹象。但是，事情绝不会这么简单。敌人狡猾并且谨慎，我们必须仔细观察才行。现在你应该有一个大致的了解了吧？"

邦德点头。他脑海中一直萦绕着眼前的那个景象，久久难以入睡。斯特说完后，也躺在床上休息，他不一会儿就进入了梦乡，还发出阵阵有节奏的鼾声，弄得邦德更加辗转反侧。他开始想象将要发生的战斗场景：灯光闪烁的车流里，一个躲躲闪闪的身影在阴暗的废墟中闪现，他慢慢地移到了路旁。他稍稍停了一下，突然，纵身飞跃，在炫目的灯光下，绕着"之"字的路线奔来。枪声骤响，或许他被打倒在大路中间，或许穿过了大路，一头扎进了西部防区的废墟和杂草之中。无论如何，这是一场生与死的决斗。

邦德需要多少时间才能发现对面黑窗中的俄国杀手并杀死他呢？五秒，或者是十秒？……

黎明来临，窗帘边缘出现了炮铜色，难以克制的烦恼和疲倦向邦德侵袭而来。他轻轻地走进了浴室，在架子上一排药品中拿出了"吐拉尔"药瓶，服下了两颗药丸后，他回到卧室，躺到床上，没过一会儿就睡着了，就像木头人一样熟睡着。

醒来时是中午时分，斯特上尉已经不在房里了。邦德拉开窗帘，让灰蒙蒙的阳光洒进房间，他尽量远离窗户站着。窗外传来电车的嘈杂声和地铁里的尖叫声。他迅速查看了一眼昨晚了解的情况，没有任何不妥。就连荒地里的杂草和伦敦的杂草都没有多大区别，是一些夹竹桃、柳兰、酸蘑和欧洲蕨。随后，他走进厨房，见到面包下压着一张便条："我朋友说，你可以出去，但需要在下午五点前回来。工具已收到，勤务员会在今天下午交给你。P. 斯特。"邦德明白，条上说的朋友是指 M 局长，而工具则毫无疑问是他的那支枪。

邦德打开了煤气炉，带着讥笑，烧毁了那张纸条。接着，他做了一大盘炒蛋，和熏猪肉一起夹在抹了黄油的面包里，他一边喝着无糖咖啡，一边把自制食物送进嘴里，洗完澡、刮完脸后，穿上一件特意带过来的黄褐色中欧服装。他看着乱七八糟的床，冷笑了一下，决定不去理它，便乘坐电梯下楼，向大街走去。

邦德感觉柏林不是一个友好的城市，它阴郁而充满敌意。它就像美国汽车的镀铬，粉饰了一层华而不实的抛光层。他走过库菲斯腾丹大街，坐在咖啡馆里面，一边喝着咖啡，一边忧郁地看着路边行人规规矩矩地排成长队，他们在等待着交通灯转换成"通行"。汽车都挤在十字路口，排成一排。气温非常低，来自俄国平原的寒冷气流掀起了姑娘们的裙子，击打着男人们的风衣。街上的每个行人腋下都夹着公文包，因急着赶路，脸上显得烦躁不安。咖啡馆里面的墙式红外线取暖器的红光闪烁着，把里面顾客的脸也映得红红的。这些人早已习惯了每天用一杯咖啡、十杯水去消磨时间，下班后大多泡在咖啡馆里，浏览那些书架上的免费报纸或杂志，或者是躬着腰钻研商业文件。对如何度过这个下午邦德还没有打定主意，至于晚上的事更不想去考虑。他现在有两个选择：可以去参观位于克劳斯威茨大街上的那座体面而雅致的褐色沙石房子。那里很容易到达，因为所有的门房和出租车司机都知道它。还可以去万塞远足，去格吕纳瓦尔德散步。邦德打定了主意，付了咖啡钱，走到外面的寒风中，打了辆出租车去动物园。

湖泊周围种植着美丽的小树，树叶已经开始逐渐转黄，预示着秋天的来临。邦德在小道上快走了近两小时，随后选了一家水上餐馆。他坐在阳台上，欣赏着湖光山色的同时享用着美味，佳肴包括一道正式茶点、一个双份鲱鱼，上面有着奶油和洋葱圈，还有两杯啤酒加威士忌以及荷兰杜松子酒。酒足饭饱后，邦德乘坐城郊高速火车回城。回来后，他径直往自己的房间走去。

公寓楼外面停放着一辆奥伯尔汽车，黑色的车身，有一个年轻人正埋头修理着汽车的引擎。邦德从他的身边走过，他连头也没抬一下，一直埋首在引擎盖里。

斯特上尉对邦德解释说，这个年轻人是自己人，身份是西柏林站运输部的下士。修理奥伯尔车的引擎当然只是做个样子。在行动开始时，一旦收到斯特发出的信号，他这里就必须发出一长串发动机逆火时的轰鸣声，用来淹没邦德射击的响声，以免因枪声而引起一些不必要的麻烦。他们藏身的地方是美国人的防区。美国的那些"朋友们"对这次西柏林站的行动大开绿灯，但同时也很希望能干得干净利索，不造成恶劣的影响。

除了汽车引擎这套鬼把戏之外，在卧室中斯特还为邦德做了巧妙的准备工作。对此邦德留下了深刻的印象。他那高高的床头已经被改造成了一个理想的射击位置，枪架由木头与金属制成，依靠着宽大的窗台，上面架着邦德的那支温彻斯特步枪，枪口正好对着窗帘。枪身与金属部件都被漆成了黑灰色。床上摆着一个黑色天鹅绒的枪罩，枪罩上还有一件也是用黑天鹅绒做的面罩，眼与嘴部都有开口。邦德不由得想起了西班牙宗教法庭时期和法国大革命时期断头台上的刽子手。斯特的床上也有一个一模一样的面罩，在他床边的窗台上摆着一副夜视望远镜和一台步话机。

斯特上尉神情忧郁，很紧张地告诉邦德，他的站上没有任何新鲜有用的消息。

他问邦德需要吃些什么，想要喝些什么，或者是否需要一些镇静剂。

邦德仍然显得亢奋而轻松。他感谢了斯特的好意，愉快而又轻松地描述了他这一天的活动。但是，他太阳穴附近的动脉开始缓慢地跳着，身体内的紧张如同钟表上被拧紧的发条，时刻都会爆发。他干脆不说话，躺在床上，看着一本今天闲逛时候买的德国惊险小说。

斯特在房内烦躁地踱来踱去，不停地看表，一支接一支不断地抽着过滤嘴香烟。

邦德看的书的封面是一个被绑在床上的半裸姑娘，书中详细描写了这个姑娘在恶劣的环境下怎样克服艰难险阻，最后变成一个幸福的女人。书的扉页上写着："不幸的女人，罪恶的女人，被抛弃的女人。"故事细致入微地描述了这个姑娘被伤害、被践踏、被欺骗的全部过程。邦德沉浸在姑娘的苦难中，一时难以自拔。

因此，当他听到斯特上尉说到"已经五点半了，大家各就各位"的时候，他为不能继续阅读而感到十分恼怒。

邦德脱下外套，解开领带，嚼了两粒口香糖，并且戴上了面罩。上尉关上灯，然后邦德平卧在床上，盯着红外线瞄准镜的目镜，轻轻地把窗帘的下摆往后拉，越过他的肩头。

夜幕色渐渐降临，但他依旧能清晰地看到眼前的荒地、大道上的车流，还有较远的荒地。左边部长会议大楼里的窗户，有的灯火通明，有的却一片漆黑。邦德认真地观察着这一切,时不时调整枪的红外线瞄准镜。这个时候，除了一些去部里办事的人外，街上几乎没有行人。邦德逐一观察着楼中那四扇漆黑的窗户。正和昨晚一样，今晚又没有点灯。斯特和他都认为这一定是敌人的射击点。其中一间房子的窗帘被拉了起来，窗户底层也打开了。但即使用红外线瞄准镜，邦德也无法看清房里的情况。那个方形的窗户如同一张黑色的大嘴，敞开着，却没有任何动静。

突然，下面街道上传来了阵阵喧闹声。人行道走来了女子管弦乐队。二十个兴高采烈的姑娘背着小提琴、风琴盒子和装着乐谱的小包，有四个人抬着鼓。邦德想着，原来在苏联防区也能找到生活的乐趣。这时他在瞄准镜上看到了一个扛着大提琴盒的女孩。他嚼动的嘴巴慢慢停了下来。他调着螺旋，压低瞄准镜，让她在镜头中央，随后又接着咀嚼起来，若有所思。

这个姑娘个子比其他人都要高，漂亮的金色长发垂在肩上，仿佛金子一样，在十字街口的灯光下闪闪发亮。她以一种轻松而又兴奋的步履匆匆向前走着，大提琴盒子在她的肩上。随着她轻快的步伐，她的连衣裙、她的双脚、她的头发似乎都在飞舞。她浑身充满了活力，欢乐而又幸福，走路的时候还和两侧的姑娘说着什么，惹得她们哈哈大笑。当她随着乐队走到大楼入口处时，弧光灯的照射下显现出一个漂亮却苍白的侧脸。之后，她就消失在大楼里面。看着她的消失，邦德突然感觉到一阵强烈的悲伤。这太奇怪了！这完全是一种全新的感受。自他成人以来从没发生过这种事。而现在，就是这么个姑娘，仅仅是从远处朦胧地望了一眼，就使他产生了强烈的渴望，心里发出种种震颤！五点五十分。邦德悲哀地看着他的夜光表。只有10分钟了，大门口已没有了车辆。

他克制自己不要去想那姑娘，把思绪集中到工作上来。

大楼的某个地方传出了管弦乐队校音的声音。木管乐器尖叫着，弦乐器与钢琴在校音定调。停了一会儿，乐器齐奏起一曲听起来比较熟悉的过门，紧接着从大楼里传出了美妙悦耳的和声。

"这是《伊果王子》里的波罗夫契亚舞曲，"斯特上尉简单评论道。"就要到六点了。"突然，他急促地说着，"你看，右下角那扇窗户有动静！快点儿！"

邦德吃了一惊。他稍微压低红外线瞄准镜看了看。确实，那个黑洞里有动静。

窗里面悄悄伸出了一个黑色的东西，似乎是一件武器。那东西一点儿一点儿地向两侧移动，它构成的扇面足以把所有碎石荒地和默尔大街的狭长地带都包括进去。那个持枪人似乎找到了满意的位置，武器停下来了，似乎是固定在一个支架上面。

"那是什么枪？是什么型号？"斯特上尉的声音透着急切和紧张。对此邦德很反感。他想，你有什么紧张的呀，紧张的应该是我！

邦德睁大了眼睛，看着枪口上粗粗的消火器以及望远镜瞄准器。

天啊！

是它！是搞暗杀的最佳装备。

"喀拉泌可夫，"邦德简要地回答。"它是一种轻机枪，弹头里有毒气，可以连发三十颗 7.62 毫米的子弹，是克格勃的专用枪。看样子他们打算进行的是毁灭性的暗杀。它的射程极其理想！我们若是不能迅速向他开枪，那 272 号不仅死定了，还会被打成一堆肉酱。你需要死死盯着两边的碎石地带。我自己的注意力只可能放在那扇窗户以及那支枪上。他要想射击就必须暴露自己。或许，他不是一个人。或许，每扇窗后都有人。虽然我们之前对他们会采用何种武器有过多方估计，但没有想到他们会使用这种。其实也是该预料到的，因为在这种光线下，只用单发式枪就想击中一个快速奔跑的人是根本不可能的。"

邦德微微调整升降螺旋，让红外线瞄准镜的镜片交点重叠在一起，对着那支枪的正上方。他明白，一旦开枪，就必须击中心脏，头部都可以不管！

邦德的脸上开始出汗，接触目镜时觉得眼窝滑溜溜的。这都没关系，只要他扣扳机的手指不滑溜溜就行了。时间缓慢地过去，他不停地眨着眼睛，以避免眼睛的劳累；他用力伸伸腰跺跺脚，以使它们保持灵敏；他还用想象那女孩的方法来放松神经。她今年有多大呢？二十多，顶多二十三岁。她神情自信而悠然，步履轻盈而高傲，她肯定出身于擅长奔跑的世家，或许是一个古老的普鲁士家族，或许来自与波兰和俄国有血缘关系的家族。她为什么那么喜欢大提琴？那葫芦形状的丑陋乐器夹在她那双分开的大腿中间，真是太有损她的形象了。当然大提琴经过改进，模样比以前变得优美多了。这个身姿曼妙的女孩演奏它的时候可能是另一番迷人模样。在邦德看来，女孩子应拥有动态的美感，才能充分体现魅力。让她们那么死板地坐在那里演奏这难看的东西，真是把人都变呆板了。

身边的斯特上尉说道："已经七点了，那边没有什么动静。我这里正好有点儿活动。附近边界有一个地下室，那是我们的接待处。站上的那两个小伙子就在那儿。我们最好再坚持一下，等到他们完全没动静。敌人撤掉机枪时，请一定告诉我。"

"好的，没问题。"

七点半，对面大楼窗户里的轻机枪慢慢地缩回黑暗的房内。那四扇窗户也一个接一个地关上了。今天晚上的对峙游戏就这样结束了。272 号没有来，关键就看后面两个晚上了！

邦德缩回窗帘外面的头和枪。他站起来，摘下面罩，走到浴室里，冲了个澡。窗外还在不断地传来管弦乐队那悠扬的合奏乐曲。他连续喝了两大杯加冰威士忌。八点钟左右整个演奏结束了。斯特上尉一边用暗号给站长草拟报告，一边很内行地对之加以评论："她们刚才演奏的是鲍罗定的杰作《伊果王子》的17号合唱舞曲。"邦德面带遗憾地对斯特说："真想再看她们一眼。我很喜欢那个高个子扎大提琴的金发碧眼女郎。"

"请千万别迷上她。"斯特边说着，边走到厨房里去喝茶。邦德没有理会他，而是又戴上面罩，走到窗前，把红外线瞄准镜对准了对面办公大楼的大门。她们走过来了，但是不再像刚来时那样嬉笑打闹，或许是演奏累了吧。她也走过来了，虽不再是那样活泼，但步伐仍然优美而轻盈。邦德注视着她那闪闪发光的金色头发，注视着那淡黄色的雨衣，一直到她消失在走向威廉大街的夜幕中。她住在哪里呢？在郊外某间破旧的小房子里，还是在斯大林区某栋华丽的别墅里？

邦德总感觉她就住在不远的某个地方。她结婚了没有？有没有情人呢？算了吧，见鬼去！她与他素不相识，有什么相干的！

第二天晚上的情况与第一天差不多，无聊极了。唯一令邦德兴奋的事情，就是由红外线瞄准镜与那美丽的金发姑娘进行的两次极为短暂的幽会。只剩最后一天了。气氛越来越紧张。

第三天白天，邦德的行程安排得非常满。他参观了博物馆、美术馆、动物园以及电影院，但他对所见所闻没有任何感觉，他心里始终想着那个姑娘和那四个黑色的方形窗口、黑色的枪管还有枪口后始终还没露面的那个人。不管他是什么样子，今晚一定要干掉他。

五点钟邦德准时回到房间。在戴上那充满着汗臭味的面罩之前，他差点儿与斯特吵起来，他给自己倒了一满杯烈性威士忌。斯特竭力劝阻他，但是毫无用处。于是，斯特威胁说要打电话举报邦德，证明他违反了规定的情况。

"听好,我的朋友,"邦德很气愤,"今晚去干谋杀的是我,而不是你。你最好就是做好一个搭档,多多配合我,明白了吗?此事了结后,随便你怎么告诉塔科里都没问题。你以为我乐意干这种鬼差事,喜欢有007的代号吗?要是你这一举报能让我摆脱00处的任务,我真是感激至极。这样,我就能轻轻松松去当一个编辑,找个报社做一份清闲的工作。"邦德一口喝下那杯烈性威士忌,拿起那本惊险小说,往床上一躺,读了起来。现在正是情节最紧张的高潮部分。

斯特冷冰冰地不再吭声,转过身进了厨房。听声音,他像是在为自己调制不带酒精的软饮料。

威士忌慢慢地麻痹着邦德肠胃上的神经,在这充满紧张的气氛里,至少邦德得到了暂时的放松。六点零五分,斯特激动地叫了起来:"邦德,看,有个黑影正在朝这边移动。他停下来了,似乎在等着什么。快看,他又动了,身体非常低。那里有一堵断墙。他就要爬到断墙后面了。前面有茂密的杂草,有好几码长,上帝啊!他开始穿越草地了。野草在摇晃,上帝保佑,希望他们认为那是风在吹。好,他已经过了野草地,走进了开阔地。你那里有没有什么反应?"

"暂时还没有,"邦德也很紧张,"快说,他现在距离边境还有多远?"

"差不多只剩五十码了。"斯特的声音由于激动而显得非常刺耳。

"他前面是一段崎岖不平的开阔地。啊!还有一道围墙。他必须从墙上爬过来才能走到大路。那样他们肯定会发现他。他向前移动了十码了,又移了十码了。现在看得已经很清楚了。他的手和脸都已经涂黑了。准备好!他随时都可能进行最后的全速冲刺。"邦德感觉到颈子和脸颊都被汗水浸湿了,手掌也沁出了颗颗汗珠。他赶紧把手在裤子两侧擦了擦,又立即把手指伸进枪扳机护圈里面,扣住扳机。突然,他大叫道:

"黑窗户那边有动静。他们肯定发现他了。让奥伯尔准备发动引擎。"

不一会儿，下面街上就传来一阵汽车发动的大声的震颤声，排气管也发出一阵震耳欲聋的噼里啪啦声。邦德的心怦怦乱跳。

对面窗口里对手的动作越来越明显。伸出了一只戴着黑手套的手臂，紧紧地握住枪把。

"注意！"斯特上尉叫道，"他跑到墙边了！他已经开始爬墙！马上就要往下跳了！"

就在这时，邦德手里的红外线瞄准镜里显出了"扳机"的侧影，十分清晰的画面，有金子般色泽的头发散在喀拉泌可夫枪身上！竟然是她！是那个高个子的金发女郎！

邦德的手指转动着螺旋，慢慢地转移着枪口。对面的黄色火焰在轻机枪口一闪而过，几乎是同时，邦德也扣动了扳机。

射飞的子弹直向三百一十码外的目标，向着那窗口中枪托与枪管的连接处飞过去，击中了那个女郎的左手。顿时，窗口的枪震出了枪架，掉在窗框边，又滑出了窗外，在空中翻滚了几下，摔在大路上。

"他终于跑过来了。"斯特上尉大喊道，"他成功了！上帝啊，他真的跑过来了！"

"趴下！"邦德一边大声尖叫，一边侧身滚倒在地。就在同一时刻，对面大楼里的另一个黑窗户突然闪起了探照灯，一束刺眼的光柱迅速从大街扫向他们的楼层和房间。一刹那枪声大作，子弹呼啸而来。射进了他们的窗户，炸碎了窗帘，打烂了家具。墙壁上也被打得星星点点，墙灰散落下来。

除了子弹的呼啸声，邦德同时还听到了奥伯尔汽车的马达轰鸣声和对面办公大楼里女子管弦乐队演奏的高昂的乐曲声。很明显，对方开音乐会的目的与奥伯尔汽车发动机发出的故障声一样，是为了掩盖开火时的枪声，当然此刻还有那金发姑娘的凄惨尖叫。邦德不由猜想：难道她每天都带着那件藏在大提琴盒子里的枪走来走去吗？管弦乐队里的女孩们都是克格勃间谍吗？那么其他的乐器盒子是不是也同样装着武器或设备呢？可能是吧，说不定大鼓的盒子里装的就是探照灯，而真正的乐器则是音乐厅提供的。这样的话也太费尽心机了吧？无论如何，那个"扳机"毫无疑问就是那个姑娘。透过红外线瞄准镜的帮助，邦德甚至在刚刚都看到了一只大大的、睫毛浓密的眼睛，当然它不是在暗送秋波，而是在冷酷地瞄准敌人。他把她打死了吗？有一点可以肯定，她的左臂肯定受伤了。再也不能看到她了，再也看不到在她和她的管弦乐队离开时的美妙模样了。唉，谁让他们玩的都是死亡游戏呢？就像是为了回报他的多情似的，有一颗流弹打到了邦德的枪上，整个枪身都被打翻了，肯定报废了。邦德的手上感到一阵热浪，灼痛难耐。邦德躺在地上大声咒骂，突然，射击停止了，四周一片寂静。

斯特上尉站起来走到邦德身边，拿着望远镜。他们俩踩着地板上的碎片，穿过同样裂成碎片的门来到厨房。厨房在背街的方向，开灯也没有关系。

"怎么样？"邦德问道。

"还好，你伤得重吗？"斯特上尉的灰白眼睛因为激烈紧张的战斗而兴奋得发光。邦德感觉到那目光中还夹带着责备的神情。

"只是被子弹擦伤了。我去找一条止血绷带包扎一下就行。"

邦德走进浴室里。

当他从浴室出来时，斯特上尉已经从起居室里取来了步话机，他正对着麦克风报告："现在一切结束了，272 号安全到达。请最好速派一辆装甲车来，以确保安全。好，让 007 写一份报告。好的，通话完毕。"斯特转向了邦德，一半是责备，一半又内疚地说："恐怕你要向站长写一份书面解释，说明你为什么没有打死那个杀手。我向他报告了，在最后一秒钟我看到你改变了目标，使得'扳机'有射击时间。希望你理解我这样做的原因。对272号来说，真是他运气够好能躲过一劫。那个时候，他正开始全速冲刺，而他的身后是一堵墙，连一丝退路都没有。能告诉我你为什么要那样做吗？"

邦德完全可以撒谎，他能编造出各种各样的理由来解释它。但是，他不想这样做。他一口气喝完一大杯威士忌，放下杯子，极其坦然地迎上斯特上尉的视线。

"因为'扳机'是个女人。"

"那又怎样？克格勃的女间谍和女枪手多了。对此我一点儿也不觉得有什么奇怪的。苏联女射击队在世界锦标赛中的表现总是异常出色。上次的莫斯科比赛，她们一连击败了七个国家而囊括了第一、第二和第三名。我甚至到现在还能记起两个名字，托恩丝卡娅和莫罗娃，都是女神枪手。也许'扳机'正是其中之一。她是什么样子的？也许，我可以帮你找些资料来证实她的身份。"

"她是个金发碧眼的姑娘，就是在管弦乐队里扛大提琴的那个高个子姑娘，每天都从我们这里走过。她的枪估计就藏在她的琴盒里。管弦乐队这次来这里实际上是为了掩盖射击的声音。"

"哦！"斯特上尉恍然大悟，"我全明白了，就是那个你喜欢的姑娘？"

"是。"

"我很抱歉，但是，我的报告还是要把这些都包括进去。上级交给你的命令非常明确：杀死'扳机'。"

下面传来了汽车的刹车声。门铃响了两声。斯特说："好吧，我们走吧。他们派来了一辆装甲车专门接我们离开这儿。"他停顿了一下，躲开邦德的目光看向别处。"报告的事情我很抱歉，但必须公事公办。你知道的，不管这个枪手是谁，你都必须打死她。"

邦德站起来了。他突然对这个充满汗臭、布满弹痕的破旧房间产生了一丝留恋之情，不想就这样离开这个地方，这三天以来他就是在这里长距离地单恋着一个不认识的姑娘。她竟是一个敌方的陌生间谍，和他一起干着这件倒霉的差事。可怜啊！现在，她即将面对的是比他更糟糕的命运！她会因为没有完成任务而受到军事法庭的审判，还会因此被赶出克格勃，就此结束她光辉灿烂的职业生涯。

有一点令邦德略感欣慰，那就是：他们不会立刻杀死她，就像刚才他没有杀死她一样。

邦德突然感到异常疲倦："好吧，上帝保佑，但愿我因此再也不用干007代号特工的任务了。当然请你转告站长，请他不用担心。那个姑娘再也不能干狙击了。她已经失去了左手，而且也被吓得失魂落魄。在我看来，这惩罚已经足够厉害了。"

"好了，咱们走吧！"

## 自 取 灭 亡

"你知道吗？"德可斯特·思迈尔斯少校对着章鱼说，"若是今天我成功的话，那就有你好受的。"

他戴着帕尔力潜水面罩，呼吸在面罩下形成了一层蒙蒙的水汽。他站在海底沙滩茂密的海草旁，水刚好到了他的腋窝。他摘下面罩，吐了一口唾沫，用海水把面罩洗了一下后，把它重新戴到头上，又一次潜入水中。

章鱼那双棕色斑点眼睛在珊瑚洞口探出，小心翼翼地打量着他。一根细小的触须一寸一寸地踌躇不安地从阴暗的洞里伸了出来。思迈尔斯很满意地笑了。他和章鱼打交道已经有两个月了。再给他一个月时间，他绝对能驯服这些可爱的家伙。但是，他已经没有这么长的时间了。本来今天他可以利用这个机会去触摸一下那根触须，和它进行友好的握手，但他现在不得不挑一块鲜肉给它送过去。他默默地想着，若是他真的向它表示了友好，这家伙的其他触须肯定会一起伸出洞来，绕住他的手臂。一旦他被它拖进水里，面罩上的出气阀就会自动关闭，那他一定会被闷死；如果他扯掉阀门，水就会进入面罩把他淹死。

也许他可以用鱼叉猛刺，但现在还不是时候，也许过些时候可以这么干。这也许是摆脱困境的最快的方式，但现在还不能这样做，否则那个有趣的问题又没有满意的答案了。他曾向大学里的本格里教授许下过诺言，他一定会解决掉这个有趣的问题。

德可斯特·思迈尔斯少校曾在英国皇家海军担任军官。他英俊、潇洒，并且十分勇敢机智。这使得他即使是在最后那个特殊的部队里，也轻而易举地征服了那些做着通信和机要工作的女孩。当然这一切早已是昔日的风流逸事。

如今他已经54岁，头顶微秃，腹部松弛，而且两次心脏病发作。一个月前，他的医生向他发出过严重警告，以防心脏病的复发。然而，他会精心选择合身得体的衣服，用一根皮带把腹部巧妙地托住，再在外面围上一条宽大美观的腰带，于是当他出现在鸡尾酒会或宴会上时，仍然是一位英俊潇洒的男士。这令他的朋友和邻居们讶异不止。医生告诉他每天最多只能喝两盎司威士忌、抽10支雪茄，但他从未放在心上。他抽起烟来依旧像根烟囱，而且每天晚上都喝得烂醉如泥。

很显然，思迈尔斯已经濒临死亡的边缘。虽然他从外表看很像是一棵坚硬的树，但实际上树皮都已经腐烂，热带的懒惰、自我放纵、沉重的负罪感以及自我厌倦的情绪像白蚁一样早已把他昔日那坚实的躯干变成了朽木。自从两年前玛丽去世后，他没有爱过任何人。尽管他甚至都不敢确定自己是否真的爱过玛丽。但有一点非常清楚，那就是他常常回忆起她对他的爱，脑海中时常会出现她欢快、责骂或发怒的神情。在北海边，他也经常和别人交往，吃吃别人的吐司，喝一点儿别人的马丁尼酒，但是，他从来都瞧不起那些人，他把他们视作一批国际贱民。

当然，他完全可以和那些士兵、海滨种植园主、农场主、技工或政治家做朋友，但是如果他那样做就意味着他必须重新开始生活，这显然与他长期养成的懒惰和麻木的生活态度有些格格不入。但是至少他应该戒酒吧？可是他又不愿意这么做。所以，思迈尔斯少校对周围的一切都感到非常厌烦。他其实老早以前就从当地医生那里搞到了一些巴比妥酸盐。不用太多，只要一瓶下肚，一切烦恼就都会烟消云散，可他却因为一些原因而没有这样做。

酗酒过度的人可以被分为四种：胆汁质、忧郁质、多血质和黏液质。其中，多血质的醉鬼会在飘飘然中变为歇斯底里的疯子或者是白痴。黏液质的醉鬼经常会觉得对什么事情都是悲观失望的；胆汁质的醉鬼就好像漫画家笔下的酒鬼，常常会在醉酒以后行凶打人或者捣毁东西，所以这种人的大半生也往往都是在监狱中度过；忧郁质的醉鬼则表现为自悲自怜、感情脆弱，他们将会在泪水中终其一生。思迈尔斯就是一个忧郁质的人。他为自己的别墅取名叫"微浪"。他把鱼儿当作自己的孩子，他无微不至地爱护着它们。两年来，他已经和它们产生了非常亲密的友情，他疼爱它们，也相信它们会同样爱戴着自己。

他每天都定时去饲养它们。而它们只要一见到他，就会像动物园里的动物们见到了饲养员一样围过来。他时不时地为它们扯去挡道的海藻，搅拌沙子，挪动石块。有时他还喂较小的动物一些捣碎的鱼卵和海胆，或者为较大的动物提供合适的腐质物。现在每次当他笨拙而缓慢地游弋在礁石之间时，那些鱼类都毫无畏惧并且会充满期望地聚集在他的身边，扑向他手中鱼叉的尖端。在它们的眼中，这鱼叉就像是一只装满食物的汤匙。小鱼会在他的面罩的玻璃前来回地摆动着鱼尾，向他问好，就连好斗的水蚤也会无所畏惧地在他脚上或腿上轻轻叮咬，希望引起他的注意。

可是现在思迈尔斯少校却没有心情和那些色彩斑斓的小东西玩了。他只能站在那里点头向它们打招呼。一只全身有着艳丽蓝色斑点的小水蚤在水中轻快地从他身边游过。它身上的颜色就好像是沃斯写的《夜间飞行》中的那个闪耀着光芒的瓶子。思迈尔斯对着这个小家伙叹了口气说："对不起，我今天不能陪你玩了。"今天有一件非常重要的事情等着他去做，他的眼睛一直不停地寻找鱼类的仇敌——锯鲉，并且在找到它以后，就一定要把它杀死。

锯鲉一向生活在南半球的海里。在西印度洋里的"鲉"每只只能长到十二英寸长左右，体重也就差不多达到一磅。"鲉"是海洋中最丑陋的一种鱼。它浑身上下都是棕灰色的，而且还长着一个又笨又重的、带着粗毛的楔形脑袋。在礁石中，它那不规则的体形以及身上丑陋的色彩给了它顶好的伪装。它有非常锐利的牙齿，但是，这还不是它最厉害的武器，它最厉害的武器是藏在它的背鳍中的。它的背鳍与毒腺相连，只要锯鲉用毒刺在人的虚弱处，例如动脉、心脏或者是腹股沟上刺一下，这个人就足以被毒死。

所以，对于潜入海底的潜水员们来说，锯鲉的危险性远远大于梭子鱼或者鲨鱼。锯鲉因为有着绝妙的伪装和非常致命的武器，所以它的胆子相当大，它只在你近在咫尺或是它攻击你之后才会逃走。而且，它最多只逃走几码的距离，它会剥掉自己的胸鳍，然后像一团畸形的珊瑚躲在沙中警惕地观察周围的情况。

今天思迈尔斯少校下定决心杀死一条锯鲉，然后用它给章鱼当大餐。他想看看，这种海洋中的大型食肉动物是不是能辨认出杀伤力大的动物。章鱼到底会不会吃光锯鲉的腹部而丢掉它背鳍？还是将会把它全部吞食？如果真会这样，它最后会中毒吗？这是本格里教授最关心的问题，而今天思迈尔斯少校想替本格里教授亲手做一下实验，他想找到这个问题的答案，尽管这样做也许会导致他心爱的章鱼死亡。

可就在两个小时前，又有一件事在思迈尔斯那布满阴霾的生活中掀起了一股狂风恶浪。

一封封电报从政府大厦转到了殖民部，又逐级转送到了伦敦警察厅，到检察官手里的时候，检察官没有耽误片刻时间就督促着警卫把思迈尔斯少校押送回伦敦。要是公文的周转需要几个星期的话，他可能会侥幸逃脱被判处终身监禁的悲惨命运。

这一切都来自一个叫邦德的人，是海军中校詹姆斯·邦德带来的。那天上午，大约十点半钟，他乘坐一辆出租汽车从金斯敦来到这里。

那天上午，思迈尔斯少校在舒适的赛可乐床上醒过来，吃了两片扑热息痛片，洗了个澡后在伞形的海棠树下吃早餐，又用了一个小时喂鸟，接着他按量服了降血压的药丸，之后便坐下来开始阅读当天的报纸以消磨时光。就在他刚刚倒好一杯烈性的白兰地与姜汁混合酒时，便听到了一辆汽车开进别墅车道的声音。

他的黑管家鲁纳来向他通报，说道："少校，西姆先生看你来了。""谁？"

"那个人自称西姆，少校。他说他来自政府大厦。"

思迈尔斯少校那时只穿了一条土黄色的旧短裤和一双旧凉鞋。他思索了一下说道："好，鲁纳，把他带到客厅去，就说我会马上出现。"说完，他走进卧室里，换了件宽松的白衬衣和长裤，顺便梳了梳头发。

政府大厦！会出什么事？

一走进客厅，他就看见了一个穿着深蓝色热带制服、身材高大的男人，那人正站在窗边远眺大海。看到这人，思迈尔斯便有一种不祥的预感。这个人慢慢转过身，用一双灰蓝色的眼睛审视着他，他马上意识到来者不善。思迈尔斯少校向男人微笑了一下，想表达自己的善意，但这微笑没有得到任何反应。这使得思迈尔斯更感到大难临头。甚至思迈尔斯少校的脊骨在那时都感到了一丝寒意，看样子他那常年来隐藏的秘密终于被人发现了。

"你好，我是思迈尔斯。你是从政府大厦来的吗？肯尼斯爵士还好吗？"恩迈尔斯说着，伸出一只手去。

不管怎样，那人还是和他握了手。他说："我并没有见到他。我两天前才来到这里。之后我一直都在岛上转悠。我是邦德，詹姆斯·邦德，在国防部工作。"

思迈尔斯少校知道"国防部"实际上是秘密特工的委婉称呼。"哦，这样呀？"表现出一副老行家的开心模样。

可惜来人对他的表情根本不屑一顾。"可以找个地方谈谈吗？"

"当然可以，随便你想在哪儿。是在这儿呢，还是到花园里来一杯？"思迈尔斯手中酒杯里的酒搅得叮叮当当的。"朗姆酒是当地产的劣质酒。我更喜欢地道的姜汁酒。"谎言自然而然地就冒出来。

"不用客气，这里就行。"邦德很漫不经心地靠到宽敞的红木窗台上。

思迈尔斯少校在旁边的一把大椅子上坐下来，一条腿随随便便地搭在另一旁的矮扶手上。这种椅子在当地种植园主中很流行。于是他让当地的木工照原样复制了一件。他故作镇静地端起酒杯，猛地喝了一口，又把剩下的酒都倒进酒桶里。

"哦，"他兴奋地说着，眼睛直盯着邦德，"我能为你做些什么呢？是不是北海那边有人正在干肮脏的交易，你需要帮手？很高兴我能再次穿上警官制服。尽管我离开这个部门已经很长时间了，我还是记得那些老规矩的。"

"抽烟你不介意吧？"邦德把烟盒拿到手上。那是一只足够装五十支烟的浅灰色烟盒。不管怎样，他们有个共同的嗜好。想到这儿，思迈尔斯少校稍微感到一些安慰。

"当然，亲爱的伙计。"他动了一下身体，想站起来，手里握着已经准备好的打火机。

"不用了，谢谢。"詹姆斯·邦德自己点燃了烟，"不，我要谈

的事情与本地没有任何关系。我来这里是想请你回忆一下战争结束后你
在秘密警察局工作的事情。"詹姆斯·邦德停了一下，小心地直视着他说：
"尤其是在综合事务局工作的那段时间。"

突然，思迈尔斯少校大笑了起来。他早该料到这个，但他最不想
听到的也是这个。

少校爆发出的笑声就像自己被刺伤般痛苦："噢，天啊！是。好
一个综合事务局。那根本是在逢场作戏。"他又大声笑了起来，心都感
觉在绞痛，好像有一股压力向他扑来，强压着他。他的整个胸膛仿佛要
爆炸一般。他把手伸进裤袋里，掏出一个小药瓶，拧开盖子，倒出一片
白色药片，然后张嘴把药片压到舌头下面。邦德眯着眼睛紧张地盯着思
迈尔斯。这样子让少校感觉很开心。"呵，不会有事的，亲爱的伙计，
这可不是毒药。"他停顿了一下，又问道，"你知道酒精中毒的滋味吗？
不知道吧？昨天晚上，在牙买加旅馆里有一个宴会。我一时高兴，喝太
多了。确实，我不该总是认为自己会一直二十五岁。好了，我们言归正传，
谈谈综合事务局的问题吧！我想，我们那时的工作人员到现在已经没有
剩下多少人了。"那股钻心似的疼痛已经感觉不到了。

"我想，你的问题应该和我参加编写的《行政史》有关系吧？"

詹姆斯·邦德看着他的烟头说："不全是。"

"你知道的，《战争卷》中有关综合事务局的部分大多是我写的。
但那已是很久以前的事了，不知现在是否还要增添什么。"

"能谈一下你在蒂罗尔的行动吗？就是那个距基茨比厄尔东有一
英里远，叫作上奥拉赫河的地方。"

这个地方多年来始终在他脑海里反复出现。思迈尔斯少校停了一
下，发出一阵刺耳的笑声，然后他说道："那倒真是件愉快的事情。可
能你从来没有见过那样残酷的血腥场面。那些恶棍，那些盖世太保，全

是些贪婪的醉鬼。他们每个人都有自己的情妇。不过他们的工作还不错，他们都把档案保存得很好，并且毫无怨言地全部交出来。我想，他们大概是指望着能对他们宽大处理。对这些人进行了预审后，我们便把他们都运到慕尼黑兵营。最近，我听到过一些关于他们的消息。他们大多都因战争罪被判处绞刑。把文件交到萨尔茨堡的总部后，我们就去米特西尔峡谷追击另一帮匪徒。"思迈尔斯少校不慌不忙地喝了一口酒，点着了烟。他抬起头来对着邦德说："这就是这件事的前前后后。"

"我记得，那时你是 2 号。指挥官是来自巴顿部队的金上校，他是个美国人。"

"是的。一个非常标致的伙计，留着小胡子，看着不像美国人。他每天只知道喝酒，真是一个有教养的家伙。"

"在那次行动的报告中他写道，因为你是随军的德国专家，他就把所有的文件都交给你做初步整理。后来，你把这些东西交给了他，并附有你的评注，是这样吧？"邦德停了一下又说道，"都是这样吗，每一份？"

思迈尔斯少校不乐意直截了当地回答邦德提的问题。

他说："是的。那些文件大部分都是一些名单和反间谍的内幕事实。萨尔茨堡的反间谍组织对这些材料非常满意，这给他们提供了丰富的新线索。我猜想，这些文件对纽伦堡审判起了很大的作用。啊，对了！"思迈尔斯少校一时沉浸在往事中，露出十分亲切的样子。"那可是我一生中最快活的日子。我和综合事务局的小分队把每个地方都跑遍了，一路喝酒，玩乐，真是太爽了！"

说着说着，思迈尔斯少校沉入对往事的回忆中，说话时也不再那么警惕。

1941 年，思迈尔斯自愿参加了刚成立的敌后突击队。于是他从皇家海军调到了巴顿领导的盟军司令部。他的母亲来自德国海德堡,因此他的德语非常出色。这使他在突击队中成为一个高级审讯员。虽然这个工作不是很引人注目,但这使得他有幸参加了那场战争并且不会因为直接上战场而留下伤残。由于出色的工作,他得到了帝国勋章。这可以说是在战争后期的最高嘉奖之一。只有少数人能获得。

战争后期,为了打败德国,盟军司令部和秘密情报局共同组建了综合事务局。思迈尔斯少校当时被授予中校的临时军衔,任务是带领一支小分队,在德国即将崩溃时肃清盖世太保和德国谍报局的残余力量。而美国战略情报局听说这一计划后,坚持要参加这一行动,并要求负责处理美军前线战区的情况。结果在德军投降那天,一共有六支部队,深入德国和奥地利。他们每二十个人为一队,每队都配备了一辆装甲车、一辆无线电通信车、六辆吉普车和三辆货车,由盟军最高指挥部里的英美联合司令部统一指挥。司令部负责向他们提供科学情报调查处、侦察部队和美国战略情报局的情报。

思迈尔斯少校当时在被派往蒂罗尔的一小队里是第二号人物。蒂罗尔里面有很多极其隐蔽的藏身之所,盖世太保可以利用这里偷渡到意大利或是逃出欧洲,因此那里被称为一号避难地。正像思迈尔斯少校刚才所说,他们小分队在那里的工作非常顺利,并且有很多机会去寻欢作乐。如果不是思迈尔斯少校打了两枪,那里的匪徒可以说是没有费一枪一弹就全被活捉了。

邦德装作不在意地说道:"少校,汉森·奥布欧伯森这个名字能让你回忆起过去的一些事情吧?"

思迈尔斯少校皱了皱眉头,做出一副努力回忆的样子:"很难说它能让我回忆起什么。"尽管室内温度在二十六七摄氏度,非常凉快,但他仍然浑身直冒冷汗。

"那我再给你一些提示吧！就是那些文件交给你审阅的那天，你要求你住的迪芬布鲁纳旅馆给你找一个优秀的熟悉基茨比厄尔的高山向导。旅馆于是建议你找奥布欧伯森。第二天，你请了一天假，是向盟军司令部请的假。第三天一大早你就到了奥布欧伯森的小屋，并且秘密拘留了他，用吉普车带走了他。回忆起来了吗？这都是事实吗？"听到"那我再给你一些提示"这句话，思迈尔斯少校感到熟悉极了。过去他试图套出德国特工的口供时，经常使用这类语言。而现在他自己正处于被审问的地位，可千万不要慌手慌脚，要沉住气。这些年他天天担心、夜夜害怕的事情现在就出现在面前。他曾经多次模拟过类似的审讯，也准备过多方面的对策。思迈尔斯少校摇摇头说："我恐怕记不清。"

"他是一个瘸了一条腿、头发灰白的人，还会说一点儿英语，战前曾经是滑雪教练员。"

思迈尔斯少校强装镇定地看着对面那双冷峻而明亮的眼睛："不好意思，我实在没有印象。"

邦德从口袋中掏出了一个蓝色的小本子，翻了一下，抬起头接着说："那时，你使用的是一支0.45英寸的威伯利手枪，编号8967/362，是吗？"

"是的，它是一支威伯利手枪，十分笨重。要是那枪拥有现在格尔或是更优秀的伯雷塔手枪的特点就好了。枪身的号码我不记得了。""号码绝对正确。"邦德说，"我核查过你领枪以及退枪时候的手续单。那两张单子上都有你的签名。"

思迈尔斯少校只好耸耸肩说道："好吧，照你所说那枪肯定是我的了。可是……"他的声音显出了不耐烦和愤怒的语气："如果我可以问一下，请告诉我你问的这些都是什么意思。"

邦德用带着挑战性的眼光看着他，但语气仍旧温和地说："思迈尔斯，我的意思你再清楚不过了。"他停了一下，露出一副若有所思的神情："听我说，我现在去花园，十分钟内你好好回想一下，再认真答复我。"

随后，邦德又严肃地补充道："对你来说，若是自己把真相说出来，那事情就简单多了。"他走到通往花园的门边，又转过身说："这问题能否讲清顶多只是时间上的问题罢了。是吧？你应该知道的，昨天我和傅家兄弟交谈过。"说完后，他向外面的草坪走过去。

邦德出去以后，思迈尔斯少校觉得身上的压力减轻了许多，至少那种绞尽脑汁地编故事和千方百计地推脱暂时结束了。若是这个叫邦德的人见过傅家兄弟，那他们肯定把一切都告诉他了。他们是不敢和政府的人作对的。更何况，他们那里现存的金砖顶多只有六英寸了。

思迈尔斯站了起来，来到琳琅满目的餐柜边，给自己倒了一杯姜汁酒和白兰地。趁还有一些时间，他要纵欲快乐一下！以后可能不会再有这样的快乐了。他回到椅子上，点燃了今天的第二十支香烟。他看看表，已经十一点半了。他如果能用一小时摆脱这个讨厌的人，那他还会有足够的时间与他的鱼儿玩一玩。他坐下来饮着酒，整理着自己的思绪，逼着自己回忆那个昔日的岁月。

迪芬布鲁纳旅馆有一间较大的房间，里面放着两张床。其中一张没有睡人，上面散乱地堆着一摞黄灰色的文件。思迈尔斯正在整理这些文件。

文件太多了，因此他只能挑出一些典型的材料，尤其是那些标有"司令部"或"绝密"的红头文件。这种文件不是太多，主要是一些关于德国政府要员或是窃听到的盟军密码和秘密据点的位置的绝密资料。这些自然是一分队的重要目标。在仔细审阅这些文件时，思迈尔斯少校心里总是非常激动。

文件中提到的食物、枪支、谍报记录、爆破器材以及盖世太保全体工作人员的档案简直是可遇而不可求的财富！

一天，他在翻阅这些资料时，突然找到了一个用红蜡密封的信封，信封上写着："非特殊情况，不得拆封。"他拆开后，发现里面只有一张纸。

纸上没有任何签名，只是寥寥写了几个字。上部分写着"经费"，下部分写着"荒僻的恺撒山里面，弗兰茨斯坎纳哨所往东一百米左右石丘里藏着一个子弹箱，里面装有两块金砖"。并附有一张标明金砖大小的表格。

照着这张表格，每块金砖都差不多有两块普通砖头大。一个普通的含金量仅十八克拉左右的金制硬币就值两三英镑。那么，这绝对是一笔横财！他有些不知所措，但表现得却相当冷静沉着。为了防止他人闯进来，他立刻划了一根火柴燃烧了那张纸和信封，把灰烬弄碎后丢进厕所冲走。

他拿出奥地利的大比例军用地图，迅速找到了弗兰茨斯坎尔哨所。在地图上看，它位于恺撒山东麓最高峰下面一个人迹罕见的马蹄形状的隐蔽的地方。

在基茨比厄尔以北，巨大的齿状岩石山脉构成了一道恐怖的保护网。那个石堆应该就在那里，他用手在地图上点了点。整个距离不过十英里，但那五小时的山路可不是轻易就能过的。

正如邦德刚才描述的那样，他一大早来到奥布欧伯森的房间，拘留了他，并对那些家属说道，他要把奥布欧伯森带往慕尼黑的审讯基地。若是审讯后发现奥布欧伯森过去没有给德国人效劳过，在一周内他就可以回家。但如果家属要吵闹滋事，那只会给奥布欧伯森带来麻烦。思迈尔斯没有告诉他们他的名字，来之前也去掉了他吉普车的车号。二十四

小时过后，他所在的一分队就要出发了。之后纷乱的接管状况会让此事
销声匿迹。

　　一会儿过后，奥布欧伯森便恢复了镇定。他真是个相当不错的老
伙计。思迈尔斯老练地谈着奥布欧伯森所熟悉的滑雪和登山事项。不一
会儿，他们便成了好朋友。之后他们沿着恺撒山来到了库夫施泰因。思
迈尔斯开车开得很慢，并且不断对曙光下的山峰大为赞美。最后，他把
车子拐进了一条杂草丛生的林间小道。他转过身来，对奥布欧伯森说道：
"奥布欧伯森，我们有很多相似的兴趣。通过与你的交流，我相信你没
有为纳粹做过任何事。现在，我把我的计划告诉你。我们今天爬恺撒山，
然后我送你到基茨比厄尔，之后向我的上司报告，就说你已经在慕尼黑
被审查过了。"他开心地笑着说："这样，你看行吗？"

　　奥布欧伯森流下了激动的泪水。思迈尔斯少校可真够朋友。对于
一个敌占区的人来说，他哪里能有什么证件能证明自己是爱国公民呢？
思迈尔斯少校的签名是最有分量的。

　　他努力地对思迈尔斯少校表示感谢，吉普车随后开上了一条远离
大道的小路。他们下了车，穿过山脚下的松树林，准备向高山攀登。

　　思迈尔斯做好了所有的登山准备工作。他穿着一件军用夹克衫、
一条短裤以及一双美国伞兵用的结实的橡皮底靴子。他身上唯一的负担
便是那支威伯利手枪。但是，枪是一定要带上的，毕竟奥布欧伯森是一
个敌人，而且到时候枪还要发挥极其重要的作用。奥布欧伯森则穿着漂
亮的制服和靴子。这身衣服用于登山是很可惜的，但他毫不在意。他告
诉思迈尔斯少校，上山完全用不着绳子和铁钩，并且山上还有叫作弗兰
茨斯坎纳哨所的一个小屋。他们可以在那里休息。

　　"这样吗？"思迈尔斯少校笑着问道。

　　"当然。哨所下面还有一条小冰川，漂亮极了。不过，那里有很

多裂缝，所以我们必须绕过它才能爬上去。"

"好的。"思迈尔斯少校若有所思，眼睛盯着奥布欧伯森那布满了汗珠的后脑勺。他想，这家伙完全是一个乳臭未干的小孩子，干掉他就像是放倒一根木头一样容易。现在唯一让他伤脑筋的就是怎样把那些东西搬下去。他能不能把那些金砖背在身上？它们可能装在一个弹药箱或者装在一个古色古香的盒子里。只要箱子足够结实，他就可以在下山的时候让它顺着坡溜下来。

之前从地图上看路程并不远，可是走起来却那样漫长。在他们越过森林线后，太阳出来了，天气于是一下子变得非常炎热。四处都是怪岩和碎石。

他们走到最后一堵峭崖时，那令人恐惧的灰色怪石直刺头顶的蓝天，刚刚爬过的小径上的碎石顺着山坡隆隆地滚下去，增添了不少险恶的气氛。他们赤着上身，满身是汗，汗水甚至沿着身子和腿流进了靴子。尽管奥布欧伯森是个瘸子，他走得却很快。在一条湍急的水流旁他们停下来喝喝水，擦擦身子。对思迈尔斯少校健康强壮的体魄，奥布欧伯森很是奉承了几句，只是此时的思迈尔斯少校满脑子都充满了梦想，于是信口开河地说，所有的英国士兵都有这样的身材。

休息片刻后，他们又接着攀登。登上光秃秃的峭壁并不是太难，哨所或者说是登山者的小屋就修在山脊上。已经有人在峭壁上凿着蹬脚的石穴，偶尔还能发现几根敲入岩缝的铁桩。但若是他单独来的话，那无论如何他也找不到这条小路。选择路线比想象中的要困难多了。他很得意自己带了一个向导来。

奥布欧伯森抓了一块岩石，想要找一个支撑点，但这块巨大的岩石在多年的雪冻霜打后已经松碎了，于是手一抓上去，便滑动着，轰隆隆地滚落下山。幸好他急中生智，抓住了旁边另一块岩石，才避免自己滚下山去。这隆隆声提醒了思迈尔斯少校一些事。

"这附近有人住吗？"他看着石块滚下山后，问道。

"不可能有的。直到库弗施泰因附近才有人烟。"奥布欧伯森回答道。他指着那光秃秃的山峰说："这里缺水，又没有牧草，除了登山的人偶尔来之外，不可能有人来。而且，战争爆发后……"他说了半句，突然不再接着说下去。

绕过了犬牙交错的冰川地，现在到山顶就只剩最后一截路了。思迈尔斯少校特别观察了一下路旁冰隙的宽度和深度。很好，是下手的好地方。在他们头顶，或许可往上爬一百英尺，山脊的背风处下面有一座被风雨剥蚀的小房间。思迈尔斯少校估计了一下斜坡的角度，非常不错，几乎是垂直的。

现在动手好还是过一会儿好？他最终决定还是稍微等一会儿为好，最后一段路究竟应该怎么走还需要奥布欧伯森的向导。

从山脚爬到那间小屋，刚好用了五个小时的时间。思迈尔斯少校说他想放松一下，便装着漫不经心的样子沿着山脊向东边走去。两旁是奥地利以及巴伐利亚特有的景观，现在他却无暇欣赏。他数着自己的步子慢慢走。到一百二十步的地方，有个圆锥形的石堆，像是为某个逝去的登山者建立的纪念碑。

这时，思迈尔斯少校恨不能立刻捣碎它，用最快的速度挖出下面的珍宝。当然他没有这样做。他拔出了手枪，将子弹压上膛。然后，走了回去。

这是海拔一万多英尺的高处。天气寒冷，奥布欧伯森正忙着在小屋中生火。

思迈尔斯少校努力控制着自己，不能让奥布欧伯森感觉到自己的心思。

　　"奥布欧伯森，"他用欢快的语气说，"能出来介绍一下这里吗？这儿的景色可真不错。"

　　"当然，少校。"奥布欧伯森走出屋子。出来时他伸手从裤子口袋中掏出一个纸包。从中取出一根看着很坚硬的腊肠，递给了少校。"这是我们自制的熏肉。"他不好意思地说着，"咬起来有点儿费劲，但味道很好。"他笑着说："看起来像西部电影里人们吃的那种腊肉。"

　　思迈尔斯少校斜着眼瞅了一下。之前，看到这东西也许他会觉得恶心。

　　他说："先把它放回小屋里吧，我们待会儿回来再吃。到这儿来，我们在这里能看见因斯布鲁克吗？"

　　奥布欧伯森弯腰回了屋，很快又走了出来。思迈尔斯少校紧跟在他身后。

　　奥布欧伯森边走边讲，用手不断地指着各处的风光。

　　很快他们来到冰川上一块突出的岩石上，这时思迈尔斯少校拔出了左轮手枪，在距离奥布欧伯森两步左右的地方把两发子弹射进了他的脑袋。

　　奥布欧伯森立刻跌倒在地，并从悬崖边跌了下去。思迈尔斯少校有些不安地向悬崖边走过去。尸体在岩壁上晃了两下就掉到了冰川上，但并没有落到思迈尔斯所预想的地方——冰缝里，而是掉到了一个陈年积雪的半坡上面。

　　"倒霉！"少校狠狠地咒骂了一句。

　　枪声在群山里久久地回响，很久之后才慢慢消失。思迈尔斯少校对那个掩藏在白雪中的模糊的黑色人体看了最后一眼，便匆匆离开了。还有更重要的事等着他去做。

　　他跑到了那个圆锥形的石堆前，迅速挖掘。他先用手把粗糙的大石块掀开，把它们滚下山去。他疯狂地干着，就像是有魔鬼在逼迫他那样。他的双手开始流血，可他似乎一点儿都没有感觉到。石堆只剩下两英尺了，但什么都没有发现。突然，石堆中露出一个金属制箱子的边缘。他又搬掉了几块石头，终于整个箱子都露出来了。那是一个完好的德国军用灰色旧弹药箱，上面的字迹仍然很清晰。直到此时，思迈尔斯少校才感觉到有些累了，而且双手开始疼痛。他激动地坐在坚硬的石头上面，脑子里不断浮现着豪华汽车、豪华别墅，香槟酒、鱼子酱、首饰公司、去蒙特卡洛度假的快乐日子，还有一套新铁头的球棒等无尽的玫瑰色的美好画面。

思迈尔斯少校坐着，双目盯着那灰色的箱子。整整有一刻钟，他完全沉醉于梦想之中了。一会儿之后，他看看表，得意扬扬地站了起来。他需要抓紧时间消除证据。箱子的两旁各有把手，思迈尔斯少校握住把手，使劲提着，心里估计着它的重量。战前，在苏格兰的时候，他曾捕到过一条四十磅重的大马哈鱼，那是他平生所扛的最重的东西了。而这个箱子比大马哈鱼起码要重两倍。他只能从石块中把它挖出来，放在石堆旁边的草地上。他用手帕拴着一个把手，十分笨拙地把这笨重的箱子拖回小屋。他坐在小屋前面的石阶上，眼睛紧盯住箱子，一面撕咬着奥布欧伯森剩下的烟熏腊肠，一面仔细考虑着怎样把这个价值五万镑的箱子弄下山去，并且藏到一个安全可靠的地方。

奥布欧伯森的烟熏腊肠是真正的登山食粮，又肥又硬，还有一股浓烈难闻的大蒜味。因为吃得太急，一些腊肠渣甚至塞到了思迈尔斯少校的牙缝中，感觉极不舒服。他用火柴棍将它们剔出来，吐到地上。

从现在起，他就成了一个罪犯。他的罪行与杀死门卫抢劫银行的罪行毫无差别。唯一不同的是，他是一个犯罪的警察。他必须记住这一点。稍有疏忽，他面临的只能是无尽的惩罚，而不是享乐的生活。但是他现在已走到了这步，必须去忍受各种痛苦。天哪！这些痛苦将是无穷无尽的啊！但是，他相信只要过了这一关，他就可以享受到有钱人的快乐。他非常小心地清除他在小屋里留下的所有痕迹，包括一些细小的痕迹，首先他先把弹药箱拖到了峭壁边，然后向下看了看，在确定箱子落下去不会掉到冰川上后，他一边祈祷着，一边把箱子狠狠地推下了山去。

灰色的箱子在被推下去的那一刻在空中翻了几个滚，然后落在了峭壁下的陡坡上，接着箱子又叮叮当当地跳起来一百多英尺，最后才落在散乱的碎石间不动了。思迈尔斯少校看不清箱子是不是已经裂开了。但是在现在这种情况下，这种担心也没有多大必要，让老天来决定吧！

他小心地向周围看了一下，然后开始沿着峭壁的边缘向山下移动。他十分小心地对待着任何一个铁栓，每次他要先试试那些手抓或脚踩的地方，然后才会把身体的重心移到上面。现在生命对于他来说，下山比上山的时候要贵重得多。他先是穿过正在消融的冰雪，然后向冰川方向雪地上的那个黑点移动。虽然也留下了一些脚印，但这并没有什么关系。因为再过几天，等阳光把这些冰雪都融化了以后，脚印也就会随着消失了。这时，他已经来到了奥布欧伯森的尸体旁边。在战争期间，尸体他见得太多了，血淋淋的残肢碎体对他来说已经不算什么了。他吃力地把奥布欧伯森的尸体拖到离他很近的一个冰缝旁，然后使劲推了下去。接着，他小心地把冰缝边的一些冰块踢到了冰缝下，好让它们盖住尸体。直到他对自己做的这些感到满意之后，才沿着刚才自己留下的脚印返回。

他走到弹药箱旁发现弹药箱的盖子已经被打开了，箱子里面装着用纸包着的东西。他毫不犹豫地扯掉包装纸，只见两大块金块在阳光的照射下闪闪发光。这两块金块上都有一样的标记：上面是一只雄鹰，下面则是一个套在圆圈里的"卐"字，并且，底下还标明了时间为1943年。

他非常清楚，这是纳粹德国银行的特殊标记。思迈尔斯少校很满意地点了点头，然后又用纸重新把两块金块包好，他拿起一块石头，努力将已经变形了的箱盖砸平，然后将它半扣在箱沿上。随即他解下手枪的佩带，系在箱子的把手上，使劲拖着这只笨重的箱子向山下走去。

现在已经是下午一点钟了。强烈的阳光照在他的身上。他早已大汗淋漓。肩膀被炙热的阳光烤得非常难受，而且他感觉脸上也有些隐隐作痛。他赶紧走到一条从冰川上流下的小溪边，然后把自己的手绢浸在水里，洗了一下脸，又俯下身子，痛痛快快地喝了许多水，接着他就又上路了。在路上的时候，箱子还偶尔会撞到他的脚跟，弄得他心烦意乱。他心想，他现在所受的这些困难和磨砺与他下山后不得不面临的境遇相比，根本就算不了什么。不管怎么说，好在现在是在往山下走，连拖带滚也能走下去。但是前面至少还有一英里的缓坡路，到那时候，他就只能扛着这只又笨又重的箱子走了。一想到他必须在他已经被灼伤的背上扛这么一个庞然大物，他的心里就有些发怵："上帝啊！"他感到有些头晕目眩，自言自语道："当个百万富翁可真不是件容易的事啊！"

他好不容易拖着大箱子来到了山脚下，在冷杉林中的一块长满青苔的坡地上，疲惫不堪地坐下来歇息。他心里想着：最艰难的时刻终于来了。他脱下身上穿着的军用衬衫，把它铺在地上，然后把那两块金砖从箱子里拿出来，在衣服上摆好，最后用衣服裹住金砖，打成了一个包裹。他在斜坡的地上挖了个洞，然后把空箱子埋在里面，又把军用衬衣的袖口拴成了一个吊带，他跪下身去，把头伸进那个看起来很粗糙的吊带里，双手拎着衣袖打成结的两头，慢慢悠悠地站了起来。他努力让自己的身子向前倾，以免这个沉重的包裹晃动时打在自己的背上。此刻，他身上扛着的包裹几乎相当于他自己体重的一半。这么沉的东西压在自己的背上，就好像一团火在灼烧着他。他重重地喘着粗气，拖着沉重的步子在树丛中的小道上慢慢往下移动。

　　事后回想起来，他实在想不起来自己是怎么把这个包裹搬到吉普车上的。衣袖打成结的那根粗糙的吊带越拉越长，金砖不时地会撞在他的小腿上，这样，他就不得不停下来重新把包裹打结。就这样，每走一段路，他就必须停下来歇一会儿，平静一会儿，然后站起来，挺起腰杆儿再挪动几步。他全神贯注地数着自己的步子，每到一百步他就停下来休息一会儿。就这样，他走走停停，终于到达了那该死的吉普车的旁边，而他自己也一下子瘫倒在了车旁。慢慢地，他感到自己的体力差不多恢复了，于是他起身将金块埋到了林中一堆杂乱的、他确信只有自己能找到的大石块底下。他努力把自己打扮得干净一点儿，然后，绕道避开了奥布欧伯森的小屋，回到了自己的宿舍。为了庆祝自己将要成为百万富翁，他一个人喝了一瓶荷兰杜松子酒，又吃了点儿别的东西，最后他躺在床上，死死地睡了一大觉。第二天，综合事务局的一个分队得到了一条新线索，他们离开了那里，进入了米特西尔山谷。六个月以后，战争结束了，思迈尔斯少校回到了伦敦。

　　战争的结束给他带来了一个很复杂的新问题，那就是，黄金不能很容易地偷运了。而且，他拥有的黄金数量还是非常大的。他必须把那两块金砖悄悄地运过英吉利海峡，然后把它们藏到一个新的地方，所以，他推迟了自己的复员时间，他想尽量利用自己的特权，尤其是他手里的军事情报人员的通行证，有了这个东西，他转移金砖就容易多了。不久，他作为慕尼黑联合审讯中心的英方代表被派到了德国，在那里他要做六个月的书记工作。在这段时间，他先后利用两个周末休假的时间飞回了英国，每一次他都在笨重的公文包里装上一块金砖。每次穿过慕尼黑和诺索尔特的机场的时候，他都要装作公文包里只装着一些文件的轻松样子。所以在这样做之前，他必须先吃两片氨基丙笨药片，剩下的就要靠他自己铁一样的意志了。最后，他终于安全地把金砖转移到了位于金斯敦的姑姑家的地下室里，现在他可以从容不迫地考虑下面的计划了。

他从皇家海军退役后，就与和他睡过觉的许多姑娘中的一个结了婚。他妻子是一个非常可爱的姑娘，她金发碧眼，皮肤很白，头发是亚麻色的，她出身于一个中产阶级家庭，叫玛丽·帕内尔。结婚后，他们夫妻俩决定移居牙买加的金斯敦。因为他们觉得金斯敦的阳光非常明媚，食物又很精美，还有廉价的好酒，那里真可以算得上是人间天堂。在那里，他们的生活将没有阴霾、没有限制，他们将远离战后英国工党政府的各种管理。

动身前，思迈尔斯少校给玛丽看了那两块金砖。当然，在这之前，他已经抹掉了金砖上的德国银行的标记。

"亲爱的，我相信你会认为我是一个精明的丈夫。"他说，"我对现在市面上的英镑没有任何信任感。所以我把我自己的证券都卖了，然后换成了这两块金砖。如果我们兑换得好，这两块金砖就可以换两万多英镑呢！它能给我们带来无穷无尽的幸福。要是我们想要钱，我们就可以切一小块卖出去。"

玛丽对于现今国家的货币管制法并不是很熟悉，所以，她并没有怀疑丈夫所说的话。她跪下来，抚摩着闪闪发光的金砖爱不释手，接着，她站起来，激动地搂着思迈尔斯少校的脖子一阵狂吻。

"你真是个了不起的男人，精明的丈夫。"她说着，眼睛已经流下了激动的热泪。

"你不但聪明，还很漂亮、勇敢，而且现在还非常富有。我想我现在是世界上最幸运的妻子了。"

"不管怎么说，我们现在很富有，这已经是千真万确的了。"思迈尔斯少校说，"但是你必须向我保证，绝不能把这件事说出去。否则，会引来牙买加所有的盗贼。你能发誓吗？"

"我发誓，绝对不跟任何人说。"

思迈尔斯夫妇做梦也没有想到，金斯敦郊外的王子俱乐部原来是一个如此美好的乐园。俱乐部的会员都是举止文雅的有身份的人，而俱乐部里的仆人也很漂亮，食物又丰盛，酒不但好喝还很便宜，就连那里的热带庭院也是十分漂亮。思迈尔斯夫妇在那儿非常受欢迎。思迈尔斯少校的赫赫战功使他们非常容易就打进了政府的社交场所。从这个时候起，生活对他们来说好像就只剩没完没了的应酬和招待。白天，玛丽被邀请去打网球，而思迈尔斯则被邀请去打高尔夫球；晚上的时候，玛丽就和一些贵妇打桥牌，思迈尔斯就投入到扑克游戏中。而当时，就在他们的家园——英国，猪肉罐头已经成为人们争相购买的东西，黑市猖獗，人们都在咒骂政府的无能；而且，英国人此时还在忍受着三十年来英国最恶劣的冬季气候，可是在金斯敦，思迈尔斯夫妇却在享受着贵族人的生活。

由于思迈尔斯退伍时得到了一笔战时退伍金，而且他们原本就有很多积蓄，所以，思迈尔斯夫妇最初在金斯顿的日常生活开销是用他们两人共有的现金支付的。在等待观察了一年时间以后，思迈尔斯少校终于决定和傅家的进出口公司做黄金交易了。傅家兄弟比较富有，并且在金斯顿的社交圈里非常受人尊重，他们还是牙买加华侨商会的头面人物。虽然也有人怀疑傅家公司的一些交易不是正当生意，但是，经过思迈尔斯暗地调查所得出的结论证明，他们以及他们的公司是值得信任的。这个时候，布雷顿伍兹国际金融会议已经正式确定了世界黄金价格的控制指数，而且也同很多国家都签订了条约，但人们都知道，其实只有澳门和丹吉尔这两个港口是自由口岸，它们都是由于不同的原因才处于布雷顿伍兹会议的条约之外。在这两个地方，每盎司的黄金至少可以卖到一百美元，而世界规定的兑换价格最多才三十五美元。战后，傅家兄弟就开始和经济刚刚复苏的香港方面做生意，他们一直都是把黄金从香港偷运到澳门。所以，思迈尔斯认为，按照这条路线和傅家兄弟进行黄金交易是可行的。于是他和傅家兄弟就有了一次愉快的谈话。但是，当傅家兄弟检查黄金成色时，他们却提出了问题。

由于在这两块金砖上缺少制币厂的标志，所以傅家兄弟不得不向思迈尔斯询问这两块金砖的来源。"少校，你要知道，"傅家兄弟中的哥哥亲切地说，"在国际金银市场上，人们从来都是愿意接受那些标有各国国家银行标记的黄金的。因为这个标志能保证黄金的品质。有些银行和买卖人习惯用他们自己提纯的方法制造黄金来出售。可是那些黄金大概并不十分精确，或者应该说不是那么纯。"

"你的意思是说这些金砖有可能是假的？"思迈尔斯少校问，话中明显流露出焦虑和痛苦，"难道你们认为这是两块镀金的铅块？"

兄弟俩当然不想让思迈尔斯过于为难，他们不断解释道："不，请别误会，我们不是那个意思，少校。您的东西当然不可能是假的。但是，如果你实在想不起来这些金砖的出处，那么，我们将准备检验一下，我想您是不会在意的吧？其实您不用担心，我们有很多先进的方法检验这块金砖的含金量。干我们这行的，要经常进行这种检验。您先把金砖留下，午饭后我们再把它还给你，您看这样行吗？"

思迈尔斯少校此时已经没有任何选择的余地了。现在他唯一能做的就是相信傅家兄弟。他们可能会借此机会编造出这两块金砖的含金量，但是他又能有什么办法呢？他走出了傅家兄弟的办公室，到饭馆里买了一杯酒和一个三明治。他心不在焉地吞下三明治，又喝了几口酒，然后他起身急匆匆地再次走向了傅家兄弟的办公室。

办公室中依然和刚才一样，并没有什么变化：两个正在微笑着的兄弟、两块金砖和思迈尔斯的公文包。唯一不同的是，此时在哥哥前面的桌子上多了一张纸和一支派克钢笔。

"关于您的金块的问题我们已经解决好了，少校。这些金砖的成色不错。我想您也一定想知道它们的历史吧！"

"当然！"思迈尔斯少校说，并且还故意做出一副极有兴趣的样子。

"这是德国产的金砖，少校。我们猜，很有可能是在战争时期由德国银行铸造的。在希特勒的统治下，德国银行在铸造金砖的时候会在里面掺上百分之十的铅，可是他们的这种做法简直太愚蠢了。这种龌龊的勾当很快就被买卖人看出来了。从那儿以后，德国金条的名声一下子就臭了。在瑞士，德国金条的价格在不断下跌。他们的这种做法直接导致德国国家银行一下子失去了一个诚实经营的好名声。这简直太糟糕了，少校，他们简直蠢透了。"

思迈尔斯少校对傅家兄弟居然有如此渊博的知识感到惊讶。但他却因为他们的解释，而在心中叫苦连天。他现在该怎么办才好呢？

思迈尔斯少校说："傅先生，你讲的非常有趣。但是，这对于我来说并不是一个好消息。难道我的这些金砖不是硬通货？用你们金银商的行话是怎么说来着？"

傅家的哥哥把右手一挥说："是不是纯金现在并不是很重要，少校。我们只按它们的真实价值出售。也就是说，我们按其纯度的百分之九十进行计算。买主买回金砖以后可能要对金砖重新提纯，当然，也可能不会这么做，总之，这些都和我们没有关系。我们要做的就是卖出它们的真正价值。"

"可是这还是按照比较低的价格出售的啊！"

"是这样的，没错。不过，我想问您一个问题。对这两块金砖的价格，您之前有没有大概估计一下呢？"

"我觉得，它们应该能卖两万英镑左右吧！"

傅家的哥哥干笑了一下说："如果我们抓住时间，卖得好又不急于脱手的话，你最后得到的应该不会少于 10 万美元。但是，我们要从这里扣出我们的佣金。"

"佣金大概会是多少？"

"我们提价格的百分之十。应该没问题吧？你有什么意见吗，少校？"

原来思迈尔斯少校一直认为这些金银经纪人只配得到价格的百分之一，但是现在又有什么办法呢？先不管这些了，反正已经比自己预算的高出不少了。实际上，在吃过午饭过以后，他已经多赚了一万英镑了。

"没问题，就这样吧！"思迈尔斯站起身来说。

从那儿以后，每个季度思迈尔斯都要拎着一个大空箱子去傅家兄弟的办公室。每次他去的时候，傅家兄弟的办公桌上总是会整整齐齐地放着五百牙买加镑和一张打印出来的单子。这张单子上注明了在澳门脱手的金子数量，还有价格；相应地，那两块金砖也在逐渐减少。除了被傅家兄弟扣除的那百分之十以外，思迈尔斯少校认为他没有受到什么敲诈。这样的交易使他感到非常满意。一年两千镑的收入对他来说已经是非常非常多了，唯一令他不放心的就是征收所得税的官员会发现什么问题，他们肯定会调查他以什么方式生活。他曾经和傅家兄弟说到过这个问题，但是他们让他不需要为这件小事忧虑。可是令思迈尔斯没想到的是，他再次去取钱的时候，桌上就只放着四百镑了。虽然他并没有对这件事提出质疑，但是他心里非常明白，傅家兄弟已经开始对他进行敲诈了。

就这样，思迈尔斯每天不用干活，也能过上相当富裕的生活；而这种富裕的生活一晃就是好几年。

　　思迈尔斯夫妇在这几年里都发福了。在这期间，思迈尔斯少校两次心脏病发作。医生曾经多次叮嘱他要戒酒戒烟，而且要保持精神愉快，少操心，要尽量避免摄入过多的脂肪和油煎的食物。刚开始的时候，玛丽还曾经试图约束他，但他总是背着玛丽偷偷饮酒，并且还用各种谎言为自己辩护。在玛丽的不断指责下，思迈尔斯开始回避她了。夫妇间产生的口角越来越多。天真的玛丽再也不能忍受这种生活了，她开始靠吃安眠药来解除自己的痛苦，慢慢地，她就对安眠药上瘾。一次思迈尔斯喝醉酒后与她有一番激烈的争吵，这之后她就服用了过量的安眠药。玛丽的自杀虽然在法律上没有给思迈尔斯带来什么麻烦，却在社交界产生了很大的影响，这也使得思迈尔斯少校处在一个极为不利的境地。他回到了北海岸。

　　尽管从这个小岛到牙买加的首都仅有三英里远，但这里的环境和首都却有很多不同的地方。

　　思迈尔斯少校喜欢自己的"微浪"别墅，所以他安心地在这里定了居。在他第二次冠心病发作之后，他就开始了自我放纵的生活，经常暴饮到深夜，他在等待着死亡的到来。正是这时，那个叫邦德的人出现了。

　　思迈尔斯少校抬起手来，看了看手腕上的表，这个时候已经是十二点过几分了。他站起来又为自己倒了一杯白兰地，然后他信步走到别墅外的草坪上。此时，邦德正坐在海杏树下若有所思地望着大海。思迈尔斯少校慢慢地走到邦德的身边，他拉过一把椅子，坐了下来，他开始向邦德讲述自己的故事。当他讲完故事的时候，邦德冷漠地看着他说："不错，和我之前估计的没差太多。"

　　"还需要把我刚才讲的全都写下来，然后签上名吗？"

　　"如果你觉得有这样做的必要当然是可以的。不过，你不用交给我，而是要把你写的这些东西都交给军事法庭。你以前服役过的那个部队会处理这件事情的。我到目前为止，还没有和司法部门有过任何关系。所以，我要做的就是向我的上级转交一份你刚才所谈内容的报告。他们将会负责把这个报告转交给皇家海军。然后，皇家海军会通过伦敦警察厅把报告送给检察官。"

"我现在可以提个问题吗？

"当然，请说。""你们是怎么发现的？"

"这很简单，今年年初的时候，就在那条小冰川的附近，人们在冰川底下发现了奥布欧伯森的尸体。那个时候正好是冰雪融化，他的尸体就露了出来，是一些登山的人发现的尸体。他身上所有的证件和东西都完好无损。他家里的人也辨认出了他。那以后发生的事就是按照这个线索往下追寻的。此外，其实是奥布欧伯森的尸体中的一颗子弹揭露了这一切。"

"那么，你又是在什么样的情况下参与到这个调查中的呢？"

"综合事务局正好是我所在机构的一个部门。那些材料就被送到了我们那个机构。我又恰好看到了那份卷宗，而且正好我当时又有事件，所以我就要求承担这个调查任务。"

"是什么原因促使你主动承担这项任务呢？"

邦德的双眼直直地盯着思迈尔斯的眼睛，说："奥布欧伯森是我一个非常非常好的朋友。战前他曾经教过我滑雪。那个时候我还只是一个十几岁的孩子。他对于我来说，不仅是个很好的人，从某方面上说，他简直就像是我的父亲，他把我照顾得非常好。""哦，原来是这样呀！"思迈尔斯慢慢移开了自己的目光，"我感到很抱歉。"邦德站了起来，"都过去了，好了，我的任务现在已经完成了，我马上就要回金斯敦了。你不用送我了，我自己走到车那儿还是没有问题的。"邦德看着眼前这个苍老的老人，突然间他用接近刺耳的语调附在老人的耳边说："一星期以后，他们就会派人来把你带回国的。"说完，邦德悠闲地走过草坪，穿过别墅，向大门外走去。

紧接着，思迈尔斯少校就听到了大门外汽车发动机的轰鸣声，还有汽车在粗糙的马路上行走所造成的碎石撞击声。

思迈尔斯在岸边徘徊着，他一边寻找着他的猎物，一边考虑着邦德最后那句话的真正含义。他的嘴唇藏在面具里不停地一开一合，这也使得他那两排发黄的牙齿露了出来。事情发展到现在已经相当明显了，让一个带有左轮手枪的罪犯单独留在自己的别墅里是一件非常违背常理的事情。按照常理来说，邦德应该先给政府大厦打个电话，让他们派一个牙买加部队的人来，这样好把思迈尔斯给拘留起来。所以说，在某种程度上讲，邦德已经给他留足了面子，不然依照他的行事作风，他怎么会这样做呢？他现在这样做就是要给自己留出时间自杀的呀！自杀既可以节省很多不必要的公文事务，又可以为纳税人节约钱，这是一件一举两得的好事，他应该理解邦德的一番用意。要不要干脆一点儿？只要一枪，他就能去阴间和玛丽见面。否则他必须忍受各种各样的侮辱，各种烦琐的法律程序、报纸上关于他的头条新闻以及漫长的无期徒刑，最后他的结局肯定是由于不可避免的第三次心脏病的发作而死去。也许，他可以在法庭上为自己辩护，他可以说，事情发生的时候是战争时期，用这个借口也许可以为自己的罪行开脱。反正奥布欧伯森已经死了，他可以向法官编造说他是如何与奥布欧伯森搏斗，奥布欧伯森又是如何企图携带黄金逃跑，最后他是如何打死他的故事。当然，他私吞了黄金这是事实，这条罪状是毫无疑问的，可是在当时那样的社会中，像他这样的穷军官在面对一大堆突如其来的财富时，是万万不可能无动于衷的。现在的问题是，他是不是愿意让自己置身法庭的摆布之下，让自己在死前受尽各种侮辱？他好像能看见自己在法庭上受审的样子。他按照军事法庭上的规定，身穿传统装束——一套红色的礼服，胸前佩戴精致的蓝色勋章，神情落寞地站在法庭的被告席上。后来，他实在没有办法忍受来自四面八方的各种指责，终于倒在了法庭上。或许这种情形会打动某个好心的伙伴，这个人应该至少是个上校，他会主动来为他做辩护。要是运气好的话，这一案件还很有可能上诉到高级法院，到那时，整个案件将会变成全国头号爆炸性新闻。然后，他就可以找个时间把自己的故事写出来，然后卖给报纸，或者自己出一本书……

思迈尔斯越想越亢奋。他不得不赶紧提醒自己：老伙计，别太得意了，别忘了那个邦德刚才所说的那些话。想到这儿，他赶紧上岸休息了一下，这时从东北方吹来了一股微风。北海岸的气候一向都是这么凉爽宜人，而且这种气候一直要持续到8月。思迈尔斯上岸后美美地喝了两杯粉红色的杜松子酒，又简单地吃完了午餐，之后躺在床上大睡了一觉，等他醒过来，他又谨慎地重新思考了一遍那些问题。他觉得他现在的压力太大了，晚上他必须得去喝点儿鸡尾酒，然后再到海滨俱乐部去吃饭，和朋友玩几盘桥牌。深夜回到家以后，再好好地睡一觉。当他想到这些他所熟悉的日常生活的时候，他感到心里无比高兴，邦德带给他的阴影也都随之模糊不清了。

嘿，锯鲉，你在哪儿呢？章鱼们还等着它们的午餐呢！思迈尔斯终于从沉思中回到现实世界，他重新集中全部的注意力，眼睛向周围四处看着，他走出别墅，继续沿着珊瑚丛中的浅谷向那块巨大的白色的暗礁游去。

忽然，他在水下看见了龙虾的两根尖利的触角。这种龙虾是西印度洋的刺龙虾，应该算是锯鲉的远亲吧！龙虾的触角好奇地向思迈尔斯伸出，但是它的身体却藏在黑礁石下的一道深深的裂缝中，它不断扭动着身体，搅动起水涡。从这只龙虾粗壮的触角看来，毫无疑问，应该是一条大龙虾，会有三四磅重。这要是在以前，思迈尔斯少校一定会停下来，用脚在龙虾藏身的地方轻轻搅动起沙子，逗引它出来。然后，他会逮住它，带回去让自己饱饱地美餐一顿。但是现在，他心里只有一个猎物，现在他只注意一种鱼的外形，那就是锯鲉那毛茸茸的、不规则的外形。果然，10 分钟之后，思迈尔斯就在白色的沙滩上看到了一团长着海藻的、类似于岩石的东西，那正是他要寻找的猎物——锯鲉。

思迈尔斯赶紧轻轻地站起来，他看到锯鲉的后背上特有的毒针已经一根根地竖了起来。这可是个大家伙，思迈尔斯估计它大概有 0.75 磅重。这时候，思迈尔斯已经准备好了鱼叉，他慢慢地向着锯鲉移动。这时，这条愤怒的鱼的眼睛瞪得圆圆的，它非常警觉地注视着思迈尔斯。思迈尔斯告诉自己要尽可能地从锯鲉的背部猛刺过去，否则那些毒刺会发疯一样地刺过来，到时候就有可能会伤到他。思迈尔斯双脚离开海底，小心地、缓慢地向着锯鲉游去，他一只手举着鱼叉，另一只手奋力地划着水。

突然，他朝着锯鲉的背部猛刺过去，但是锯鲉好像已经提前察觉到了鱼叉的靠近，它在鱼叉刺向它的那一瞬间，突然扬起了一阵沙子，垂直腾起，一下子就从思迈尔斯的肚子下面一穿而过。

思迈尔斯狠狠地咒骂着，随即也跟着它游过去。但是锯鲉又故技重演，在附近的一块被海藻覆盖着的岩石旁边躲了起来，把自己伪装得和海藻一模一样。当思迈尔斯游到这里的时候，他停下来看了看，然后慢慢地又向前游了几英尺，突然，他举起了鱼叉向下猛刺，这次他准确地刺中了锯鲉，锯鲉在鱼叉尖上痛苦地抽搐着。

逮住锯鲉的兴奋和刚才与锯鲉的剧烈搏击让此时的思迈尔斯气喘心跳，他感到那种可怕的、熟悉的疼痛感又悄悄地在他的胸口不断蔓延开来。他赶紧用鱼叉把锯鲉完全刺穿，然后他紧紧地握着鱼叉浮出了水面。他快步穿过海滨沙滩，走到了海葡萄树下的那张木椅的旁边，他顺手把叉着那支还在不断抽搐的锯鳐的鱼叉往旁边的沙滩上一扔，疲惫地坐在了椅子上休息起来。

没过多久，思迈尔斯感觉他的太阳穴有些麻木。他没有太在意，而且还漫不经心地看了一眼自己的身体，他发现，他的整个身体都因为恐惧而变得僵硬了。一块块大约一只板球大小的皮肤都已经从棕褐色变成了白色。在这些一小块一小块的皮肤中间，有三个渗出来的小血珠。思迈尔斯不由自主地用手把血珠擦掉，这时在血珠下露出了三个针眼儿大的刺孔。思迈尔斯突然想起刚才锯鳐腾起的时候曾经从自己的身边游过。他顿时明白过来，不禁大声吼道："你刺中了我，你这个畜生！你刺中了我！"

但是他知道这样咒骂也是没有用的，现在，他只能平静地坐在椅子上，静静地看着自己的身体，脑子里还要努力回忆着他以前看过的一本名为《危险的海洋动物》的书上讲的有关被锯鳐刺伤的救治方法。思迈尔斯用手在刺孔周围发白的地方轻轻地按了一下。他发现这一块的皮肤已经完全变麻木了。他觉得皮肤下的肌肉已经开始颤痛了，很快这种颤痛就变成剧烈的疼痛，思迈尔斯已经感觉到这种疼痛在他的身上迅速扩展。这种令人无法忍受的疼痛将让他在沙滩上不停地打滚儿。他很有可能会一边翻滚，一边尖叫，还会口吐泡沫，紧接着他会神志昏迷，痉挛不已，失去知觉，最后会因心力衰竭死亡。按照那本书上的说法，从开始发作一直到死亡，整个过程不会超过一刻钟。他现在非常明白，他最多还能活十五分钟，而且这十五分钟将会是非常痛苦的十五分钟。当然，如果他有诸如普鲁卡因、抗生素和抗组胺剂等这类药物的话，如果他衰弱的心脏能撑到医生来救他的话，他还是有活下来的可能的。但是，就算他现在可以爬上楼梯，回到自己的房间，然后让人通知医生，而且医生也有这些新药，医生也不可能在一个小时之内赶到。

正想到这儿，思迈尔斯只感到一阵剧痛在自己的体内发作，疼痛已经让他直不起身子了，而且这种疼痛还在不断加剧，他感觉已经扩展到了胃部和四肢。他觉得他的嘴里正散发出一种好像灼热金属一样的怪味道，他的嘴唇就如同针扎一样疼痛。他不禁大声呻吟着，剧烈的疼痛使他从木椅倒在了沙滩上。就在此时，他身旁传来了一阵扑打声，这使他想到了刚才逮到的那只锯鲉。思迈尔斯现在正处在阵发性剧痛的间歇期，他只觉得整个身子虽然还是像火烧一样难受，但是在痛苦的挣扎中，他的大脑还是非常清醒的。

他在想，无论如何都要给章鱼喂最后一顿午餐！

"哦，章鱼，你知道吗？这可是你最后一顿饭了！"

思迈尔斯少校痛苦地呻吟着，他开始在沙滩上爬行。他慢慢找到了自己的面具，并且吃力地把它戴在了头上。然后他一只手抓起还挑着那支仍然在摆动的锯鲉的鱼叉，另一只手痛苦地捂着自己的肚子，他不停地蠕动着自己的身体，沿着沙滩的斜坡，缓缓地向水中滑去。

从他下水的地方到章鱼藏身的珊瑚礁大概有50码的距离。思迈尔斯就这样，一边走一边在面具中呻吟着。虽然这中间有大部分路程是他跪着走完的，但不管怎样，他很快就可以到达他的目的地了。但是，他越往前走，水就越深，他不得不停下来直起身，然后缓慢地站起来走，身上的疼痛使得他走得摇摇晃晃的，看上去就好像一个牵线木偶。最后他终于走到了，他凭借着极大的毅力努力使自己的身体保持平衡，然后他把头埋在水里，让海水涌进面具，好清洗一下玻璃上因为他刚才喊叫而留下的水汽。

血慢慢地从他被咬破的下唇流了出来。他小心翼翼地弯下腰，仔细地看着章鱼的窝。那个褐色的家伙果然在里面，它正在兴奋地蹿动着。

思迈尔斯想，这个家伙怎么会这么兴奋？思迈尔斯抬头看了一下周围，又看了看自己，他看到那黑色的血珠正沿着自己的身体在水中慢慢地下沉扩散。他突然间明白了，这个家伙是要吸他的血。这时，他只感觉有种箭刺一样的疼痛使得他再一次晕眩。他不停地在面具里疯狂地胡言乱语："你要振作起来，老伙计！你必须把午餐喂给章鱼，一定！"他努力使自己镇静下来，他把鱼叉拿得低了一点儿，好让锯鲉能够伸进章鱼的嘴巴。

他现在还不知道章鱼会不会吞掉这个诱饵。这个诱饵正好是置思迈尔斯于死地的毒饵。不知道章鱼对它有没有免疫力。思迈尔斯想：本格里教授要是现在能在这里亲自观察就好了！此时，章鱼的三根触角正在兴奋地颤动着，它伸出来正绕着锯鲉不停地摇晃。思迈尔斯少校只感觉眼前是灰蒙蒙的一片。他明白，自己已经到了垂死的边缘。他使劲地摇摇头，努力使自己能够清醒一些。也就在这个时候，章鱼的触角突然伸了出来，但是它不是伸向锯鲉，而是朝着思迈尔斯少校的手臂伸了过去。

章鱼的须子无情地缠住了思迈尔斯的手臂。他此时才意识到将会有一个非常可怕的结果。他用尽全身最后一点儿力气举起了手中的鱼叉向下猛刺，他想把锯鲉尽可能地送到章鱼的嘴里，但是这种做法只是让他的手臂更多地暴露给了章鱼。章鱼的触须猛地向上一卷，这下，它更加无情地把思迈尔斯缠紧了。

一切都结束了。思迈尔斯少校摘去了脸上的面罩，他发出了一声绝望的惨叫声。接着，他把头一低，沉入了水中。

顿时，海面上泛起了无数水泡。渐渐地，思迈尔斯的脚终于浮出来了水面，他的尸体在海面上漂荡着。与此同时，章鱼的嘴还在紧紧地咬着思迈尔斯的右手，它那如同铁钩一样的牙齿开始撕咬思迈尔斯的一根指头。

思迈尔斯的尸体是被两个捕鱼的牙买加青年发现的。他们刺死了正在撕咬思迈尔斯尸体的章鱼，然后载着思迈尔斯和章鱼的尸体回家了。

这两个青年把思迈尔斯少校的尸体移交给了警察局，然后把章鱼留下来做了美味的晚餐。

《新闻集锦日报》的记者报道这件事情的时候说，思迈尔斯少校是被章鱼杀死的。

但是当局为了不在旅游观光者中造成恐慌，在报纸刊载的时候，把思迈尔斯的死因改成了淹死。

在伦敦，其实邦德心里非常清楚，很明显，这是一起自杀案，但他却在最后对此案结案时，也写下了"淹死"的定论。

这之后，格里福斯医生对思迈尔斯的尸体进行了解剖。也只有在他的解剖记录中才记载了这位曾经非常重要的秘密警察官员的悲惨的死亡原因。